彼女が死んだ夜

西澤保彦

角川文庫　11498

目次

プロローグ

自宅の玄関に足を踏み入れた瞬間、浜口美緒《はまぐちみお》は胸騒ぎを覚えた。

何かが普段と違っている……そんな不安が腹腔《ふくこう》の辺りに渦巻いている。もちろん、具体的には何がどう違っているというのか、自分でも指摘できない。強いて言えば、空気が乱れている、とでも言おうか。

後から思い返してみても、我ながら不思議に思える。この日は、七月十五日。時刻は、午後十一時を少し回った頃だ。この時、美緒はかなり酔っていた。酩酊《めいてい》する、というほどではなかったにしろ、居酒屋を辞する際に、全然サイズの違う友人の靴を間違えて履いているのにしばらく気がつかなかったり、財布や学生証などの貴重品一式を入れてあるポーチを危ういところで洗面所に置きっぱなしにしそうになったりする程度には、酔っていた。

タクシーを拾うために大通りに出るまでの間、はっきり言って彼女は、隙《すき》だらけであった。世の中には、よこしまな意図をもって他人に接近しようとする人間が沢山いるのだ、という事実に対する警戒心が、完全に欠落している。いや、欠落していた筈《はず》なのである。

にもかかわらず、泳いでいるような恰好《かっこう》でタクシーから降り、もつれる手でようやく鍵《かぎ》を取り出して玄関のドアを開け、自宅の内部に足を踏み入れた途端、美緒は酔いが冷めたような気分になった。本来ならば、ようやく我が家へ帰り着いたという安心感で、警戒心の類《たぐ》いはなおさら払拭《ふっしょく》されなければいけない筈が、逆に緊張してしまったのである。

アルコールで普段よりも五感や判断力が鈍麻していた筈の自分が、この時、どうしてそんなふうに咄嗟《とっさ》に異変を嗅《か》ぎとれたのかは判らない。やはり何か、無意識に訴える微細な〝信号〟があったのかもしれない。我が家が、いつもと違う顔で自分を迎え入れている、という。

美緒は、現在二十歳。ここ、四国の安槻《あつき》市に在住。地元の国立安槻大学の二回生である。キャンパスの友人たちからは、ハコちゃん、と呼ばれている。

大学の、ある先輩に勝手に命名されて以来、すっかり定着してしまった自分のこの愛称が、美緒は実は大嫌いだった。何故《なぜ》なら、彼女をこう呼ぶ友人たちの何割かは、明らかに揶揄《やゆ》を込めているからである。ハコとはすなわち、箱入り娘の〝ハコ〟なのだ。

美緒は独り娘である上に、両親は、父親が私立高校で、そして母親は小学校で、それぞれが教鞭《きょうべん》を執っているときている。そのせいもあり、家庭での躾《しつ》けや教育方針は極めて厳格であった。それも時には、いささか戯画的と呼ばざるを得ないほど極端に。

例えば、門限ひとつ取ってもそうだ。浜口家の門限は、何と午後六時である。今時の小学生だって、そんなに行動を規制されてしまったら、塾のひとつにも通えはしない。それを、二十歳にもなった美緒が未《いま》だに厳守させられている、など、ほとんど笑い話だが、これは間違いなく事実なのである。

そんな、修道女も真っ青の禁欲的生活を強いられている筈の美緒が、この夜、大学の友人たちと一緒に居酒屋で心楽しい時間を過ごし午後十一時過ぎに帰宅したのには、もちろん理由があった。親戚《しんせき》に突然の不幸があり、両親は今朝から仕事を休んで通夜に赴《おもむ》いているのだ。その親戚の家は安槻市から車で四、五時間もかかる山村に在り、泊まりがけにならざるを得ない。本葬の手伝いもしなければならないため、両親の帰宅は明後日になる予定だ。

従って美緒を迎えてくれる者は今、この浜口家には誰もいない筈であった。当然、家の中の空気も、今朝彼女が出かけた際と同じくらい、静謐《せいひつ》さを保っていなければいけない筈である。それなのに……

静止していなければいけない筈の空気が乱れている、あるいは、ひんやりと落ち着いていなければいけない筈なのに、どこか不穏な熱を帯びている——もちろん、そこまで明確に言語化していたわけではなかったが、美緒はそんなふうに直感した。

玄関から階段へと向かおうとしていた彼女の足が、ふいに居間の前で、ぎくりと竦《すく》んだ。

あれ、待てよ……

じわり、と全身に冷や汗が滲《にじ》んだような気がした。今朝——といっても、もう昼頃だが——出かける時、あたし、家の戸締まりをしていったかしら？

美緒の部屋は二階にある。今朝、通夜のために出かける用意をしている両親に一旦《いったん》叩《たた》き起こされた後で、美緒は眠り直した。眼が醒《さ》めたのは十一時頃である。寝ぼけ眼をこすりながら二階のシャワー室でシャワーを浴び、二階の洗面所で髪をブローしたり軽く化粧したりして身だしなみを整えた後、そのまま階段を降りて玄関へ直行した——ような気がする。

いや、ような気がする、じゃない。実際そうだったのだ。最初は漠然としていた不安が、腹腔内で一気に膨張して、胃痛という明確な形にとって変わった。

つまり美緒は、今朝本格的に眼を醒ましてから一度も、一階の戸締まりを（玄関以外は）全然確認していないのである。食事は学食でするつもりだったから、キッチンを覗《のぞ》きもしなかった。だから勝手口のドアがロックされていたかどうかも、当然知らない。

両親は出かける時、戸締まりを確認していってくれただろうか？　夫婦揃《そろ》って神経質なくらい細かい性格なので普段ならまず間違いないと太鼓判が押せるのだが、今朝は何分急のことでふたりとも慌てていた。仮に自分たちに何か見落としがあったとしても娘が何とかしておいてくれる、という頭が当然あった筈で、従って、少なくとも通常ほど丁寧な点検はしていかなかった、と考えるべきだろう。

悪い予感がした。自分が取り返しのつかない失敗をしてしまった、あるいはこれからしようとしていると確信した時に必ず覚える、足の裏を弱火で炙《あぶ》られているかのような、あの独特の焦燥感が這《は》い上がってくる。

何、びくびくしてんのよ……美緒は妙に腹立たしい思いで、そう己れを叱咤《しった》した。大丈夫よ。大丈夫。ちゃんと戸締まりしてあるわよ。だいじょおぶだったら。仮に、どこかの戸や窓が開いていたとしたって、何も異常なんかある筈ないわよ。第一あたしが出かけてから、まだ半日も経っていないんだしさ。

そう自分に言い聞かせるものの、美緒はどうしても、居間を素通りして二階へ向かうことができなかった。そろりと、まるで他人の部屋を覗き見する痴漢みたいな趣《おもむ》きで、居間の入口に顔を突っ込む。

リビング兼ダイニングと、その横の対面式のキッチンをぐるりと見回してから、すぐに顔を引っ込めるつもりだった。何も異常がある筈はない。いつもの見慣れた内装が、そこには拡がっているだけの筈だ。普段と変わっている点と言えば、明日からの旅行に美緒が持ってゆく大きなトランクがソファの横に置かれているだけの筈だ——それを確認してから改めて、二階の自分の部屋へ向かうつもりで。

だが、美緒はそのままの姿勢で凝固してしまった。システムキッチンに小さな明かりが灯《とも》っているのが、眼に飛び込んできたからである。そして追い打ちをかけるみたいに、ふわり、と宙を舞うカーテン。

リビングの、庭に面したガラス戸が、めいっぱい開いていた。亀《かめ》の甲羅を何重にも重ね合わせたみたいな形の庭石や、濃い緑色の植え込み、赤いベゴニアが咲いている花壇などが、門灯や隣りの家からの明かりを受けて、捲《ま》くれたカーテンの向こう側に拡がっている。

いくら両親が慌てていたとはいえ、蚊が多くなってきているこの季節に、ガラス戸をこんなふうに大きく開けっぱなしにしておく筈がない。だとすればこれは（キッチンの明かりを点《つ》けたのも含めて）〝侵入者〟の仕業に決まっている。そう美緒が断定するのを待っていたかのように、今度は見慣れた風景の調和を無遠慮に掻《か》き乱す異物が眼に飛び込んできた。

ソファの傍《かたわ》ら、それもちょうど美緒の旅行用トランクに触れんばかりにして、女が倒れている。まるでフローリングの床の感触を全身で味わおうとしているかのように、無防備に両手を拡げて仰臥《ぎょうが》していた。

きゅっ、という、ゴムを指で擦《こす》ったみたいな、異様な音が美緒の喉《のど》から洩《も》れた。自分でも不思議なことに、悲鳴はそれ以上は続けて出てはこなかった。

やっぱり〝事件〟は起こっていた。自分の直感通りに。もしかしたらあたしって、霊感が強いのかもしれない、今度、誰かに自慢してやろうっと……そんな呑気《のんき》なことを考えている自分に呆《あき》れる形で、美緒は我に返っていた。いったい、どれくらい長い間、放心状態に陥っていたのだろう。咄嗟《とっさ》には判《わか》らない。時計を見てみよう、という気にもならなかった。

「誰」

無意識に発した自分の言葉が、何とも間抜けに響く。答えてくれる者は、そこに倒れている女も含めて誰もいない。

女は眼を閉じていた。いや、厳密には、糸のように細く目蓋《まぶた》が開いて、白眼が覗いていた。唇も半分ほど開いたまま硬直している。

年齢は三十代前半、といったところだろうか。臙脂色《えんじいろ》のサテンブラウスに、大胆なスリットの入ったチャコールグレイのタイトスカートを穿《は》いている。それだけなら、なかなかお洒落《しゃれ》で、派手めの美人と言えなくもなかっただろう。だが女は、美醜の問題以前に、思わず人目を惹《ひ》く異様な特徴があった。

それは彼女の頭髪である。最初美緒は、彼女の髪型が単なるショートカットだと思っていた。しかし、よく見ると変なのだ。女の、脳天よりほんの少し後ろ辺りに、銀製の髪留めが付いているのだが、その留め方がどう見ても、ロングヘアを束ねるそれなのだ。

事実、髪留めは髪を束ねている。ただし、その髪はロングヘアではなく、いっそ無残なほど無造作に刈り取られた、ざんばら髪であった。

このひと、髪を切られている……？　そう気づくと同時に、彼女の眼が、あるものを捉《とら》える。美緒のトランクに、まるで洗濯物みたいに引っかけられているそれは、肌色のパンティストッキングだった。シーム入りで踵《かかと》の部分が蝶《ちょう》のような模様を描いている。お洒落でいかにも高価そうだが、その中に女性の脚の代わりに詰め込まれているものは……間違いない。人間の髪の毛だ。それも、五、六十センチくらいの長さの、鬘《かつら》が作れそうなほどの房の両端を、ゴムで束ねてある。

美緒の眼は自然に、倒れている女の脚の部分へと移った。はたして女は、素足だった。赤い、というよりもむしろ黒に近い、妙に毒々しい色のペディキュアをした爪先《つまさき》が、豆のように並んでいるのを茫然《ぼうぜん》と眺める。

美緒はしばらく、自分が今眼にしている異常にはたして何か意味はあるのか、と考えてみた。というより考えてみようと努力した。しかし頭は、まるで中味の入っていない洗濯機みたいに、空回りするばかり。

身体は直立不動の姿勢で後ろに残したまま、首だけを亀のように伸ばせるだけ伸ばして、美緒は女の顔を覗き込んだ。彼女の顔から全身を眺めては記憶を探り、記憶を探っては眺めてみた。しかし徒労であった。美緒には、まったく見憶《みおぼ》えのない女なのだ。

「誰、よ」

まさか……誰何《すいか》を繰り返した美緒の胸に、ふと嫌な想像が渦巻く。このひとって、まさか、死んでるの？

そんな、そんな馬鹿なことある筈がない、と打ち消そうとすればするほど、その疑念は膨らみ、確信へと変じてゆく。女は身体がぴくりとも動かないし、よく見ると、彼女のこめかみからは、何か赤黒いものが溢《あふ》れているではないか。それだけではない。女のざんばら髪が垂れた床の部分も、溶けたチョコレートを連想させる色合いに、黒ずんでいた。

こ、これって、つ、つまり……美緒の喉《のど》が、ぼこん、と沸騰した泡みたいな音をたてた。殴られた跡？ 何か、その凶器を使って？ 殴られた傷痕《きずあと》、ってこと？ そうなの？ そしてこの染みは、こ、この赤黒い染みは、いわゆるひとつの、血痕《けっこん》ってやつ？

「やだ」

見てみると、血痕は女の頭部ばかりでなく、ダイニングテーブルの周囲とか、床のそこかしこに付着している。思わず美緒は、顔をしかめて唸《うな》ってしまった。

「どうすんのよ、これ？　誰が掃除するの？　誰が？　あたし？　え？　あたしに掃除しろっていうの？　これを？」

ただでさえ掃除は大嫌いだっていうのに、またよりにもよって血痕なんかを拭《ふ》き取れだなんて、考えただけでもゾッとする。だいたい、あたしに掃除する能力なんかがあればとっくに、パパやママの反対を押し切って家出同然に独り暮らしを強行してるわよ、この、規制でがんじがらめの息苦しい家なんか、さっさとおさらばして……などと場違いな憤怒《ふんぬ》が渦巻く。

「ちょっと。じょ、冗談じゃない。冗談じゃないわよ。何とかしてよ、これ、あんたの責任なんだから。あんたが始末をつけて頂戴《ちょうだい》。パパとママが帰ってくる前に――」

倒れている女に向かって真剣に文句を投げつけている自分に気がついて、ふいに美緒の背筋が凍りついた。先程、胃痛となって腹腔《ふくこう》の辺りに蟠《わだかま》っていた不安が、はっきりと恐怖へと形を変えて突き上げてくる。

改めて眼前の状況認識が、現実逃避的なそれから事態直視的なそれへと修正される。すなわち、まったく見知らぬ女が、何とも迷惑なことに、我が家のリビングで殺されてしまったらしい――というふうに。

女が浜口家に上がり込んで何をしていたのかは判らない。とにかく、女は浜口家にいた。

そこへ別の〝侵入者〟が現れる。〝侵入者〟は何か、棒状のものを振りかぶり、女の頭部を一撃する。倒れた女の生死を確認しておいてから、素早く、開いたままのガラス戸から庭へと逃走する殺人犯人……そんな、映画さながらの情景が、鮮烈に美緒の頭に浮かんでくる。

今度こそ思い切り悲鳴を挙げてやろうと、彼女は飛び上がった。だが声の塊《かたま》りが喉の辺りでつっかえてしまって、どうしても声が出ない。場違いな無駄口ならいくらでも叩《たた》けるのに、どうして肝心の悲鳴は出てくれないのだろうと、もどかしい気持ちで地団駄を踏む。うーうー、呻《うめ》いているうちに、眼尻《めじり》に涙が浮かんできた。どうなってんのよ、これは？いったい何がどうなってんのよ。誰なの、このひと。こんなところで何をしてんの。ひとの家で。なんで倒れてんの。

嫌。嫌よ。こんなの嫌。見たくない。こんなもの見たくない。何とかして。誰か何とかして。早く、これをどこかへ片づけちゃって。

声が放出できない形でパニックに陥るのが、こんなにも疲れるものだとは思ってもみなかった。ぜえぜえ喘《あえ》ぎながら美緒は、ぺたりと床の上に座り込む。

じっと女の顔を睨《にら》みつける。そうしていれば、いずれ眼の前から消えてくれるんじゃないかと、かなり本気で期待しながら。だがもちろん、そんな奇跡は、起こってくれない。

……そ、そうだ、電話——

ようやくそう思い当たる程度に落ち着いてきた頃には、既に時計の針は午前零時を回っていた。警察だ。尻餅《しりもち》をついている場合じゃない。警察に電話しなきゃ。そうすれば、この厄介なものも引き取ってもらえる。

な、何番だったっけ、警察って……ええと、ひゃ、ひゃくとおばん、ひゃくとおばん、ということは……えい、くそ、何番なんだ。はっきりしろよ。

リビングの電話に飛びついたものの、自分がまさに口にしている肝心の電話番号を、咄嗟《とっさ》にアラビア数字に変換できない。余りのもどかしさに、電話台を二度蹴《け》っ飛ばし、両親が聞いたら眼を剝《む》いて卒倒しそうなほど口汚い罵《ののし》り声を三度挙げておいてから、ようやく、1、1、0、とプッシュする。

よ、よかった、これで助けがくる……

だが美緒の表情が弛緩《しかん》したのも束の間、同じ彼女のその顔が、ふいに強張《こわば》った。かと思うや、相手が応答する直前、受話器を叩きつけるようにして戻してしまった。

「だ……ダメよお」

頭をかかえて、うずくまると、天井を仰いで呻いた。半泣きの顔で、仰臥《ぎょうが》している女を改めて睨みつける。

「け……警察なんか、呼んじゃ、ダメじゃないのよお」

警察はダメ、警察だけはダメ……警察なんかにこられたら、全部が台無しだ。そう美緒は思う。他人の生死よりも己れの勝手な都合を優先して。しかし、警察に助けが求められないとすれば、いったいどうすればいいのか。どうすればいい？　どうすればいいの？

美緒の苛立《いらだ》たしい苦悩は、まるで他人の粗大ゴミの処理を押しつけられた主婦のレベルである。

その時だった。ごふん、と泥の塊りが空気に押し出されたみたいな音がした。ほんの微《かす》かな音だったが、小さな明かりひとつだけの薄暗い空間の中にあっては、まるで特大の風船を割ったみたいに隅から隅まで轟《とどろ》き渡る。

びくん、と跳ね起きた美緒は、しばらくしてからようやく、それが女の口から発せられた呻きだと気づいた。女が死んでいる、と思い込んでいた時にはどうしても出てこなかった悲鳴が、今度は意外なほどすんなり噴出してくる。ぎゃっ、と叫びながら美緒は、後足で立ち上がった蛙《かえる》みたいな姿勢で背後に飛びすさった。

い……生きてる？

生きてるの、このひと？

死んでたんじゃないの……？

美緒の驚愕《きょうがく》に呼応するかのように、女は、ごふん、ごふん、と痰《たん》が絡んだ咳《せき》のような呻きを繰り返した。

「い……生きてるの？　あなた？」

そ、それなら警察じゃないわよね、きゅ、救急車、救急車を呼ばなくちゃ、救急車の方を……そう頭では思いながら、身体は動かない。今度は、形ばかり受話器を手に取ることすら、美緒はしなかった。

「――駄目」まるで、女の耳を憚《はばか》っているかのように押し殺した声で唸《うな》った。「ダメなのよ、救急車も」

女は倒れたままだった。まだ呻いていたが、眼を開ける様子はない。そんな女を、じっと凝視する美緒の瞳《ひとみ》から、やがて逡巡《しゅんじゅん》が霧散した。代わりに、決然とした、どこか我儘《わがまま》な子供を思わせる独善的な光が、その双眸《そうぼう》に宿る。

緊急の恋人

「えーっ、本気ですか、宮下《みやした》さん、そんなのあたし、信じられない」と、ハコちゃん、こと浜口美緒は素《す》っ頓狂《とんきょう》な声を挙げたものであった。「親と一緒に、ずーっと過ごすなんて。せっかくの夏休みを」

「だけど、たまには帰ってやらなくちゃ、さ」自分が親離れしていない甘えん坊みたいに馬鹿にされたとでも思ったのだろうか、宮下さんはどこかムッとした顔になった。「それこそ、盆と正月くらいは」

「だったら、ほんの二、三日でいいわけじゃないですか」ねー、バッカみたい、と実際に口にするわけではないが、いかにもそう言いたげにハコちゃんは、他の者たちにそう同意を求める。「夏休みじゅう、実家に帰ってやる必要なんか、ないわよねえ」

「いやいや、ハコちゃん、それだけじゃないんだよ、宮下さんはさあ」せっかく楽しく飲んでいるのに険悪なムードが生じては大変と気遣っているのか、ガンタ、こと岩田《いわた》雅文《まさふみ》がふたりの間に割って入った。「きっと、彼女でもいるんだよ、あっちの方に」

「郷里の方にですか？　それなら、彼女をこっちへ呼んじゃえばいいんですよ」せっかくガンタが執り成そうとしているのに、ハコちゃん、結構しつこく宮下さんに絡む。「それとも彼女を連れて一緒に、どこかへ旅行するとか、さ」

「彼女なんか、いないよ」勝手に話を作るな、とでも言いたげに宮下さん、ハコちゃんとガンタを交互に睨《にら》む。「ただ、毎年、夏にやっているバイトがあるんだ」

「だから、それが判らないんですよね。バイトなら、こっちでやればいいじゃない。せっかく独り暮らししているっていうのに。あたしには判らないなあ。あたしだったら絶対、実家になんか帰ってやらないけどなあ」

「時々は鬱陶《うっとう》しい親の顔も拝んでおいた方が、独り暮らしのありがたさが、よく判るってことなのよ」話題を変える好機と見たのか、ウサコ、こと羽迫由紀子《はさこゆきこ》が纏《まと》めにかかる。

「ハコちゃんもさ、明日っからずーっと、一ヵ月以上、レイチェルんちで過ごすわけだけど、もちろん初めての海外旅行だし、御両親の監視からも離れて思い切り、のびのびするんでしょうけれど、夏休みが終わる頃には意外に、ホームシックにかかってたりするかもよ」

だが、纏めにかかったウサコの試みは、却《かえ》って逆効果だったようである。

「えーっ」ハコちゃん、まるで蠅《はえ》の大群にたかられたみたいに、嫌悪感丸出しの顔で、両腕をぶんぶん振り回した。「そおんなこと、ない。も、絶対。あたし絶対、ホームシックになんか、ならないもん。できたらそのまま、ずーっとフロリダで暮らしていたいな。日本に帰ってきたくなくなると思う」

「まだ実際に行ってもいないんだから」まだ気分を害しているのか、宮下さん、皮肉っぽい。「そんなに断言しちまわない方が、いいんじゃないのかね。聞いて極楽、見て地獄ってこともあるわけだし」

「えー？　宮下さん、レイチェルの家が地獄だって言うんですかあ？　それはちょっと、ヒドいんじゃないですかあ？　彼女や、彼女の家族に対して」

「おいおい。何も、そんなこた言ってないだろ。俺《おれ》は、ただ——」

酒が入っている以上ある程度仕方がない面もあるのだが、今夜のハコちゃんみたいにテンションが高いメンバーは、話題を次々に軽く流してゆくという芸当が、なかなかできない。自分の言い分が絶対的真理という結論として落ち着くまで、こだわる。

すると、本来は体温が低かった筈《はず》の宮下さんみたいな他のメンバーも、巻き込まれる形で、どんどんテンションが高くなってゆく。かくして、最初は何ということもない、他愛のない話題だった筈が、とんだトラブルの種になってしまうというわけだ。

そもそも今晩の僕たちは、ハコちゃんの壮行会という名目で集まっているのである。彼女は明日の、七月十六日から日本を発って渡米するのである。そして八月の末まで、フロリダ州にあるセント・ピーターースバーグという小さな街で過ごす予定だという。

実は、壮行会をやろうというのは今日、キャンパスでたまたま顔を合わせた知り合い連中の間で急に決まったことだった。ハコちゃんの御両親が親戚《しんせき》の不幸か何かで不在であることを知ったみんなが、それじゃあ壮行会という名目で彼女を囲んで今夜はひとつ思い切り飲もうじゃないか、と話を纏めたのである。

ハコちゃん本人も大喜びだったし、僕たちの方も結構気分が浮き立った。というのも、ハコちゃんは二回生になる今日までコンパというものに出席した経験がただの一度もないという、今時奇特と言うには余りにも、こういう表現を許していただけるならばだが、シーラカンス的な女子大生だったからである。

ハコちゃんの御両親は、僕は個人的には会ったことはないのだが、噂《うわさ》によるとそれはそれは、前時代的と評するのも馬鹿馬鹿しくなるほどに厳格なひとたちなのだそうだ。何しろ、ハコちゃんに課せられた門限が午後六時だというから、恐れ入る。

午後六時といえば普通、学生にとってはこれから一日が始まる時刻である。それは何も、僕みたく独りであろうがコンパがあろうが関係なくのべつ幕なしに飲んでいる者にとってばかりでなく、例えば年じゅう実験また実験を、それこそ夜中まで繰り返している理学部の連中にとっても同じことである。ハコちゃんはたまたま英文科だからいいようなものの、もし彼女が物理とか化学をやっていたら、御両親はいったいどうするつもりだったのだろう？　明け方まで実験が長引いてしまって大学に泊まり込むことだって決して珍しいことではないのに。

おそらく、学業に支障をきたそうが家訓、すなわち門限の方を優先させるであろう、というのが浜口夫妻を知る者たちの一致した見解らしい。こうしてみると、ハコちゃん、という愛称の由来ともなった、箱入り娘、という言葉で浜口美緒さんのことを形容するのも、まだまだ生温《なまぬる》いような気すらしてくる。

それだけ厳しい御両親だから、ハコちゃんが何かを自主的にやろうと思っても、まず許可が下りない。アルバイトなども、学業に専念できなくなるという理由で禁止されているというから、涙なくしては語れない。だいたい、午後六時きっかりに自宅に戻ってこられるバイトなんて、そうそうあるものではない。当然ボーイフレンドだって作れない。噂によるとハコちゃんは、大学を卒業したら就職をしなくてもいいから先ず、お見合いをしろと厳命されており、その候補も既に決定しているんだそうな。聞いているだけで、こちらが息苦しくなってくる凄《すさ》まじさである。

今回の渡米は、そんな御両親からハコちゃんがもぎとった、おそらく生まれて初めての〝勝利〟である筈である。聞くところによると、昨年の春頃から計画を練り始め、一年余りかけて御両親をくどき落としたそうだ。

その成功の鍵《かぎ》は何と言っても、レイチェル・ウォレスという留学生の存在であった。レイチェルは僕たちが在籍している国立安槻大学に、日本文学を学ぶためにこの春まで短期留学していた、二十五歳のアメリカ人女性である。

ハコちゃんは、このレイチェルと徹底的に仲良しになることから、自分の遠大な計画を実行に移し始めた。そして彼女を何度も自宅に招いて両親にも紹介し、充分に親しくさせておいた上で、本題に入った。すなわち、海外旅行といっても、軽佻浮薄《けいちょうふはく》な観光や買物に明け暮れたりせず、レイチェルの家にホームステイさせてもらって、そこから英語学校に通うという、慎《つつ》ましやかで実りのある滞在にするから、というふうに説得をしたわけである。

最初は頑迷に、断固却下の姿勢を崩さなかった御両親も、レイチェルの人柄に絆《ほだ》されたのか、それとも娘の根気に負けたのか、年が明けてから急に風向きが変わってきたのだそうである。夫婦揃《そろ》って、娘に海外経験をさせるのも悪くないかもしれないと、むしろ積極的な姿勢すら示し始めたという。

ただし、さすがに浜口夫妻である。ただでは独り娘の渡米を許可しはしない。渡米にあたっては例えば、事前に何か不祥事を起こしたら許可は取り消すだの、セント・ピータースバーグからは必ず航空郵便で毎日手紙を寄越すことだの、その他さまざまの条件をびっしりと箇条書きにして手渡してきたそうである。

とにもかくにも、超が百個くらい付きそうな箱入り娘のハコちゃんは、こうして夏休みの間だけとはいえ、生まれて初めて両親の監視と束縛から解放されるという自由を獲得したわけである。そりゃあ、嬉《うれ》しいだろうと思う。たとえ酒が入っていなくったって、テンションが高くなろうというものである。

察するにハコちゃんは、親にがんじがらめにされている己れに、何か奇妙なコンプレックスを抱いており、それが他の、親元から離れて独り暮らしをしている学生たちに対する嫉妬《しっと》というか、ある種の敵愾心《てきがいしん》みたいなものと表裏一体となっていたようだ。もちろん普段はそんな深層心理なぞ、おくびにも出さずに、僕たちに対してはひたすら愛想のいい女の子を演じていたわけだが、いよいよ出発を明日に控えた今夜、思わぬ御両親の不在やアルコールなどの要素が相俟《あいま》って、歪《ゆが》んだ自己主張が噴き出してきた——と、いうようなことらしい。

最初は、ハコちゃんはレイチェルとフロリダで過ごすわけだけど、他のみんなはこの夏休みはどうするの、何か予定あるの、などという、無難と言えばこれ以上無難なのも他にちょっとないという話題だったのである。僕も含めて大概の者たちが、バイト以外は特に決まっていない、という答えだった。

ところが独りだけ、明後日から実家の方へ帰って、ずっと九月の頭までいる、と答えたひとがいた。それが、宮下さんだった。

これにハコちゃんが「え、嘘《うそ》、信じられない」とカラみ始めた、というわけだ。確かに、独り暮らしなんて夢のまた夢という立場の彼女にしてみれば、強制されたわけでもないのに自由意志でわざわざ両親の元で長い夏期休暇を過ごすなんて、とても「信じられない」行為なのであろう。いやそれどころか、それはさながら金持ちが暇潰《ひまつぶ》しにわざわざ浮浪者の恰好《かっこう》をして戯れるのと同じくらい、彼女にとっては侮辱的で許せない行為なのかもしれない。

もちろん宮下さんにしてみれば、たかが夏休みを実家で過ごすくらいで、なんでここまで、まるで自分が思慮が浅いかの如くカラまれなければならないのかと、大いに不本意であろう。それでも最初は軽く受け流そうとしていたのが、あんまりハコちゃんがしつこいものだから、だんだん本気で腹がたってきたらしい。

旅行は実際に現地に行ってみるまでは判らないという意味で言ったつもりが、ハコちゃんに、まるでレイチェルの家族を誹謗《ひぼう》しているかのように揚げ足を取られてしまって、とうとう宮下さんもキレたらしい。拳《こぶし》を振り上げて、何か怒鳴ろうとした。その時。

絶妙のタイミングで、宮下さんの顔にタバコの煙が吹きかけられた。思わず噎《む》せた彼は、顔を顰《しか》めて、歯の裏側辺りまで到達していたらしい怒鳴り声を呑《の》み下す。

「おなか、すきませんか、みなさん」

タカチ、こと高瀬千帆《たかせちほ》はいつの間に火を点《つ》けたのか、細いタバコを指に挟んでいる。サスペンス映画で主人公に危機が迫っていることを示す不穏な音楽みたいな、何か波瀾《はらん》を予感させせないではおかない不気味な笑いを浮かべながら、今度はハコちゃんの顔に、ふうううううと、いやにゆっくりと煙を吹きかけた。

「浜口さんは、どう？」けほけほ、と煙に咳《せ》き込んでいるハコちゃんに、タカチは妙に蠱惑的《こわくてき》に頰笑《ほほえ》みかける。「何か、食べたいもの、ないの？　遠慮しないでね。今夜は、あなたのお祝いなんだから」

「え……え、えーと」

タカチにメニューを手渡されながら、ハコちゃんは、すっかり畏縮《いしゅく》している。言葉にして窘《たしな》められたわけではないが、不気味な笑みに込められた、子供が駄々を捏《こ》ねるみたいな悪いお酒はいい加減にしときなさいよ、というタカチの暗黙のメッセージは、しっかりと了解したらしい。

「はい、宮下さん、どうぞ」

毒気を抜かれている一同を尻目《しりめ》にタカチは、しれっとして、いつの間に作っていたのか、新しい水割りを宮下さんに手渡す。

「どうも……」

宮下さんの方も、完全に頭が冷えたらしい。どこか、おどおどした上眼遣いで、タカチがマドラーを抜き取るのを律儀に待って、グラスを受け取った。

無理もない。普段は木彫りの人形みたいに表情の無いタカチが、こんなにわざとらしくニコニコして見せるのは内心イライラしている時だ、ということをみんな承知しているからである。さわらぬ神に祟《たた》りなし、だ。

宮下さんの狼狽《ろうばい》を嗤《わら》うつもりは、ない。僕だって、怖い。

「あー、すっきりした、すっきりした」

緞帳《どんちょう》のように降りた妙に気まずい沈黙を、あっさりと、と言うよりもいっそ無遠慮な感じで、そんな銅鑼声《どらごえ》がぶち破った。

ボアン先輩、こと辺見祐輔《へんみゆうすけ》だ。

不精に伸ばし放題の顎髭《あごひげ》を撫《な》でながら、ズボンをずり上げている。さっきまでトイレに立っていたのだ。

「ん。どした、みんな。ん。どした、どした。不景気な顔して。ちゃんと飲んどるか」

「盛り上がってるわよお」にやにやしたまま、わざとらしくそう答えたのは、タカチだ。

ピアニストみたいに長い指で、タバコの箱とライターを、ボアン先輩の前に押しやった。

「タバコを一本、もらったわよ。ボンちゃん」

「おう。遠慮すんな。ばかばか喫《す》ってくれ。ばかばか。いちいち断らんでもよろしい。タカチったら、水くさいんだから、んもう、馬鹿馬鹿、なんちってな」

つまらない駄洒落《だじゃれ》を飛ばして、がははと独りで受ける。ずっと歳下《としした》のタカチに、ボンちゃん呼ばわりされてタメ口——というよりも、タメ以下の口——を利かれても平気だ。もともと細かいことは気にしない性格の上に、ボアン先輩はタカチのことがいたくお気に入りだから、普段無口な彼女が言葉を発してくれるというだけで、もう眼尻が下がっている感じ。

ボアン先輩——何だか変な愛称だと思われるかもしれない。それは、俺のことならボへミアンと呼んでくれ、と後輩連中をつかまえては独り悦に入るという、彼の何とも傍《はた》迷惑な性癖に由来している。

後輩連中、と言ったが実は、安槻大学のキャンパスに、彼にとっての〝先輩〟なるものは存在しない。噂によると、もうとっくに就職も結婚もして子供までいる卒業生にすら、彼の〝後輩〟がいるのだという。それはいくら何でも話を作り過ぎだとしても、彼がもう何度も休学や留年を繰り返していることは、事実らしい。そしてすっかり、安槻大学の〝牢名主《ろうなぬし》〟と化してしまっているのである。

何のためにそんなに留年や休学をするのかというと、東南アジア周辺を放浪するのだという。といっても本人がそう主張しているだけで、誰も同行した経験がないから真偽の程は明らかではないのだが、時折旅費のカンパと称しては後輩たちから借金をしてそのまま踏み倒すという迷惑な性癖を有していることは確かだ。極めてアバウトというか、はっきり言えばかなりいい加減な性格の、すちゃらか野郎なのである。

で、何かと言えば、俺は旅人だ、とくるわけである。ボヘミアン、ボヘミアンと、あんまりうるさいものだから、後輩たちの間で、彼の本名、すなわち辺見にひっかけ、ボへんみアン、と揶揄《やゆ》され始めた。それが短縮されて、ボアン、になったというわけである。

ま、もちろん悪いばかりの人間ではない。借金を踏み倒したりもするけれど、逆に自分が貸したお金もそのまま取り立てずに忘れてしまったりするから、どこか憎めない。面倒見もいいから、結構人望があったりする。今夜のハコちゃんの壮行会の話を急遽《きゅうきょ》とりまとめ、暇そうな連中にかたっぱしから声をかけて面子《メンツ》を揃《そろ》えたのも、彼なのである。

もちろん酒も大好きで、何かと言えばひとを集めて騒ぎたがる。今夜は飲むぞと思い立ったら、相手が顔見知りであろうとなかろうと構わず声をかけるのだ。ひと見知りをしない、と言えば聞こえはいいが、要するに厚顔無恥な性格なのだ。周囲の後輩たち、特に女の子たちは、自分のことを好きでたまらないのだと信じて疑っていないフシもある。

何だかさっきから貶《けな》したり持ち上げたりと忙しいけれど、もちろん、ボアン先輩のそんな、おめでたくも押し出しの強い性格も、悪い側面ばかりではない。彼がいなかったら、おそらく卒業するまで出会う機会はなかったであろうひとたちと思いがけず知り合い、互いに親しくなれたりするからだ。

実際、今夜集まっている面子にしたって、そうである。三回生の宮下さんは別格として、ハコちゃん、ガンタ、ウサコ、そしてタカチの四人は、同じ二回生、すなわち同期生でありながら、もしボアン先輩という〝接着剤〟がいなかったら、僕には知り合う機会は絶対になかっただろう、と思えるひとたちばかりだ。

特に、タカチはそうだ。

「あら？」ウサコの隣りに腰を降ろして、うきうきとタバコに火を点けたボアン先輩は、ふと煙が眼に染みたような顰《しか》め顔で、首を傾《かし》げた。「でもタカチ、おまえいつからタバコ、喫うようになったの？」

そうだ。そういえば僕も、これまでタバコを咥《くわ》えているタカチを一度も見たことがない。ということは——

「さあ」タカチの、波瀾《はらん》を予感させる不気味な微笑は霧散して、元の無表情に戻っている。素っ気なく、さっき火を点けたばかりのタバコを灰皿の中で押し潰《つぶ》した。「大人ぶりたい歳頃なのよ、きっと」

「お。いいね、何か」どうやら険悪な雰囲気は無事回避できたようだとみんなが胸を撫《な》で下ろしているのにも気づかず、先輩、独り呑気《のんき》にはしゃいでいる。「この中で一番大人びてるタカチが、そういう可愛《かわい》い科白《せりふ》を言うと、何かこう、ぐっときますね」

彼女がこの中で一番大人、というのは多分当たっている。先刻のハコちゃんと宮下さんの一触即発状態を、ほんとうは喫いもしないタバコという小道具を巧く使って軽く鎮火させた手際といい、まるでやり手のホステスさながらだが、タカチは見た眼も、ちょっと〝素人〟だとは思えない独特の雰囲気がある。

先ず何といっても、その長身だ。一七〇か、もしかしたら一八〇近くあるかもしれない。とにかく小柄な僕よりも、たっぷり頭ひとつ分は高い。手脚が細く、表現は悪いが、まるで蜘蛛《くも》みたいに長く伸びている。

誰かが、まるでスーパーモデルみたいな体格だと表現していたが、言い得て妙だ。実際彼女は、服のセンスもちょっと変わっていて、どう見てもボロ布にしか見えないような、つまりファッションショーでしかお眼にかかれないような奇抜な恰好《かっこう》をして平気でキャンパスを闊歩《かっぽ》したりするのである。

おまけに鋭角的でバタ臭い顔をしているから、いやでもめだつ。入学したその日からタカチは、あのモデルみたいな娘、と巷《ちまた》で称される有名人だった。学生ばかりでなく、職員でも、彼女のことを知らない者はいないくらい。

もちろん僕も、知り合う前から彼女の噂《うわさ》は聞いていた。そして、何だか近寄り難そうなひとだなあ、と思っていた。そういうイメージを抱いているのは僕だけではなかったらしく、彼女には常に過激な風評がついて回る。やれ、言い寄った男をボコボコにして半身不随にしただの、実は外国人専門のハード・レズだの、ちょっと作り過ぎなんじゃないかとみんな思いつつも、妙に否定し切れないわけである。かくして高瀬千帆という女性の型破りなイメージは、彼女本人とはまったく関係のないところで造形され続け、そして独り歩きしてゆく。

そのイメージのせいだろう、タカチはいつも独りでいた。といっても全然翳《かげ》りのようなものはなく、むしろ孤独を楽しんでいるように、僕には見えた——ボアン先輩が彼女に、ちょっかいをかけるまでは。

「可愛くて、抱きしめたくなっちゃうね、もう。大人ぶりたいといえばさ、今夜あたり、どだ？　ん？　タカチ。そろそろ俺と、大人の関係にならない？　ん？　どだ？　どだ？」

良くも悪くも、こんな大胆な科白を、しかも公衆の面前でタカチに向かって吐けるのは、世界広しといえども、ボアン先輩ただひとりである。といっても、そんな〝不敬〟が罷《まか》り通っているのはタカチが先輩に心を許しているからでは、決してない。

要するに、女の子からどんな酷《ひど》い罵詈《ばり》を受けようが、はたまた殴られようがピンヒールで踏みつけられようが、ボアン先輩は絶対にめげない——それだけのことなのである。ワイヤーのような神経と剛毛付きの心臓で、挨拶《あいさつ》がわりに女の子たちをくどきまくる。相手がタカチだろうと誰だろうと関係ないし、笑い飛ばされようが、肘鉄《ひじてつ》喰らわされようが、はたまた変質者扱いされようが、決して恨まず騒がずケロッとしているというタフネスぶり。もちろん、愛称のボアン先輩をさらに縮められて、ボンちゃん、とタメ以下の口を利かれるくらい、屁《へ》でもない。

そんなボアン先輩に根負けして、さすがのタカチも仕方なく付き合ってやっている、というのが実情であろう。キャンパスの連中も、さすがにその点はよく判っているらしくて、ふたりが並んで歩いているのを見ても決して、あのカップル、とか、そういう色っぽい形容はしない。あのコンビとか、とにかく漫才的な組み合わせと認識しているわけである。

「やだな。くどくのは後にしてくださいよ」ボアン先輩というお祭り男が戻ってきたから、少々の気まずい事態が勃発《ぼっぱつ》しても、もう大丈夫と安心したみたいに、ウサコはころころと笑った。「それより、何か注文しようって、今、話してたとこなの。先輩は何がいいですか」

「何、喰いもの？　それは主役に訊《き》きましょう。ハコちゃん、何がいいの？」

「え、あたし、判んなくて……」

タカチの婉曲《えんきょく》な叱咤《しった》にすっかり意気消沈していたハコちゃんも、ようやく立ち直ったようだ。問題の宮下さん相手に、愛想笑いを浮かべて見せる余裕すら出てきている。

宮下さんの方も、自分も大人げなかったと反省しているのか、照れ笑いを返す。それを見て、ウサコとガンタのふたりは心から安堵《あんど》したような表情になった。もちろん僕も、ふたり以上にホッと胸を撫で下ろす。

酒の席での言い争いぐらい、嫌なものはないものな。ほんと。

「何がお勧めなんですか？　この店」

「え。ここ。ええと。ここは、だね。おい、タック」ボアン先輩は、ハコちゃんから僕へと向き直った。「ここは、おまえ御推奨《ごすいしょう》の店だろ。何がお勧めなんだ？」

一番最後になってしまったが、遅ればせながら自己紹介をしておこうと思う。

僕の名前は、匠千暁《たくみちあき》。通称、タック。

「この店は、あれか、その、メニューには載せないスペシャルティとかだな、そういう、話のネタになりそうなものはないの？」

「えーと、まあ、無いこともないですが」

「んじゃ、おまえに任せるからさ。しっかり注文してきて頂戴《ちょうだい》な」

「はいはい」僕は従容《しょうよう》と座敷を降りて、カウンターへ向かった。

タカチがいつもボアン先輩とつるんでいるとみんなに思われているように、僕もいつも先輩と飲んでいるように、みんなに思われているらしい。もちろん、それは正しい。というか、ボアン先輩と僕を繋《つな》ぐ接点とは、ずばり〝酒〟しかないのである。

前述したように、ボアン先輩は何かといえば、ひとを集めて飲みたがる。だが世間は、そういつもいつも彼ほど暇とは限らないので、思うように面子《メンツ》が集まってくれない場合もある。そんな時の彼にとっての〝保険〟が、他ならないこの僕というわけなのだ。要するに僕は、飲みに誘われたら絶対に断らないという男故《ゆえ》に、ボアン先輩に重宝され、彼の〝友だちの環《わ》〟に加えてもらっているのである。

顔馴染《かおなじ》みの店員に、何か面白いものを出してくれないかと頼んで、座敷に戻ってみると、座はすっかり和《なご》やかな雰囲気になっていた。ほんのついさっきまで、大喧嘩《おおげんか》突入寸前だったのと同じ面子とは、言われてみても想像がつかない。

やっぱりボアン先輩のお調子者ぶりは偉大だと感じ入った僕は、ふと、それもタカチが座に睨《にら》みを利かせるという抑制があってこそだ、とも思った。ふたりでバランスを取り合っているから、みんなはちょうどいい具合に盛り上がれるのかもしれない。そういう意味では、このふたりは、ほんとうにいいコンビだ。

「——あ、いけない。あたしもう、そろそろ帰らなきゃ」

ハコちゃんがそう宣言したのは、午後十一時にあと十五分ほど、という時刻であった。

「えー？　何言ってんの。まあだいいでしょ、まだ」当然ボアン先輩は引き止めようとする。「これからですよ、これから」

「駄目なんです、ほんとに。明日の朝が、早いから」

「早いって、何時なの？」ウサコは酔うと、くりくりとした大きな瞳《ひとみ》が、愛称の如くウサギ並みに赤く染まって余計に大きく輝いて見える。「飛行機で行くんでしょ？　もちろん」

「うん。朝一なの」

「東京で」ガンタは、もともと茫洋《ぼうよう》とした顔が、赤く染まって余計に焦点を失っている。

「一泊するの？」

「ううん。そのまま、成田へ行くの」ハコちゃんも、かなり酔っているらしい。判りきった行程を嬉《うれ》しそうに、わざわざ繰り返して説明する。「それで、ロス行きのジェットに乗って、ロスで乗り換えてタンパ空港行き。タンパまでは、レイチェルが車で迎えにきてくれるんだ」

「東京までは、独り？」普段は余り赤くならない宮下さんも、今日はだいぶ飲んだのか、眼もとが朱に染まって、妙に絞まりのない表情になっていた。せっかくの歌舞伎俳優ばりに鼻筋の通った男前が、台無しである。「誰も送っていってくれないの？」

「ほんとは、父がついてくる筈《はず》だったんですよ。成田まで」きゃはははと、けたたましくも解放感に溢《あふ》れた笑い声を、ハコちゃんは挙げた。「送っていってやるっていうから、てっきり空港までかなあなんて思ってたら、何と成田まで来るって言うんだもん。やめてくれ、と思ったんですけど、言っても聞かないし。ウチの親。あーあ、どうしよう、父親同伴なんてカッコ悪いよお、と覚悟を決めてたんですけどね。あー、よかった。こんな言い方しちゃダメなんでしょうけど、ちょうどの時に死んでくれた親戚《しんせき》のひとには、ほんと、感謝してます」

「それじゃあ、ここらで、お——」

「飲み足らんぞ、俺は」おひらきですね、と続けようとしたらしいウサコを、ボアン先輩、髪を振り乱して遮《さえぎ》った。「二次会へ行く」

「主役が不在になるのよ」ボアン先輩が無理矢理ハコちゃんを次の店に連れてゆきそうな気配を案じたのか、タカチがそう釘《くぎ》を刺した。「やめときなさい。お金もないくせに」

「大丈夫。何とかなる」

「言っときますけど、貸してあげないわよ、あたしは」

「いいのだ。金が全然かからないところで、飲むのだ」

「そんなところが、あるの」

「ある。俺の家である。俺の家へ行こう。そこで飲み直すのだ」

「だめ」タカチは、じろり、と尖《とが》った眼線をボアン先輩にくれた。「これから太平洋を渡ろうというひとには、ちゃんと睡眠をとらせてあげるものなの」

「判った。判りましたよ。じゃあ、ハコちゃん抜きでやりましょう」

居酒屋の店先でわいわい騒ぎながら僕たちは、イルミネーションが拡がる夜の雑踏の中に消えてゆくハコちゃんを見送った。さあ彼女の門出《かどで》を祝って万歳三唱をやるぞ、みんなでやるのだ、と駄々を捏《こ》ねるボアン先輩を取り押さえるのは、僕とガンタの役目だった。

「大丈夫かな」ガンタは、妙に名残惜しそうにハコちゃんの後ろ姿を見送っている。「誰か送っていってやった方が、いいんじゃないの？　結構、酔ってるみたいだし」

「大丈夫でしょ」盛大な欠伸《あくび》をひとつしてから、ウサコは肩を竦《すく》めた。「さっき間違えて、あたしの靴、履いてたけど。ま、平気よ。ここから大通りは近いし。タクシー拾えば、すぐだって言ってたから」

「よろしい。それではこれより、私の家に全員集合」

高らかに宣言したはいいが、ことはボアン先輩の思惑通りには運ばない。先ず宮下さんが、昨夜余り眠っていないので辛《つら》いという理由で、さっさと帰ってしまった。

この時点では、まだボアン先輩も落ち着いていた。まあ、野郎がひとり抜けたってどうってことない、と思っていたのであろう。だが、タカチとウサコが揃《そろ》って帰ると言い出したから、すっかり慌ててしまった。

「おいおい。そりゃないだろ？　ふたり一遍に抜けるのは反則だぜ。どちらか残れよ。それとも、何、俺たち野郎ばっかり、雁首《がんくび》突き合わせて飲めっての？」

「あたしたちに、いったい何を期待してるのかしら」ソバージュの髪を掻《か》き上げて肩をそびやかしながら、タカチは、にべもない。「キャバクラのホステス的サービス？」

種々雑多の人間たちが群れる繁華街の中で、タカチの長身はやはり、ひと際めだつ。時折、酔漢たちが、お、という感嘆符付きの顔で、しげしげと彼女を観察しようと近寄ってくるが、ぎろりと今にも金属質の音がしそうな勢いでひと睨《にら》みされると、ひょえ、とか何とか奇声を発して逃げてゆく。その筋のお姐《ねえ》さんとでも勘違いされたのであろうか。やはりタカチの美貌《びぼう》は、色っぽいというよりも、凄味《すごみ》のあるそれであるというのが衆目の一致するところのようだ。

「それも、ある」先輩、正直だ。「もとへ、いや違う。そんな下賤《げせん》なものではない。俺が求めているのは、そのですね、つまり、華やいだ雰囲気、である」

「あなた独りで充分、華やいでるわよ、ボンちゃん」

「そんな、タカチ。そういうシュールな意地悪を言うなよ。それにだな、いつもこんなふうに中途半端な交流では、俺たち、いつまで経っても大人の関係にまで至れないではないか」

「別にいいわ。あたしには、とりあえずウサコがいるから」

「きゃー、怖いいいん」とか何とか言って身体をくねらせながら当のウサコは、妙に嬉しそうにタカチの腕にぶら下がる。「うふ」

「じゃ、ね。みなさん。おやすみなさい」

恋人同士みたいに腕を組んで雑踏に消えてゆくタカチとウサコを見送りながら、ボアン先輩、夜空を仰いだ。

「嘆かわしいこった。何が悲しゅうてだな、あんな美女たちが互いに慰め合わにゃならんのだ。えれえもったいないと言おうか、意味がないと言おうか、はたまた俺も混ぜて欲しいと言おうか――ま、いっか」諦《あきら》めがいいのが、ボアン先輩の長所である。いや、諦めそのものは悪いのかもしれないのだが、とにかく切り換えは早い。「俺たちも行こうぜ」

というわけで、ボアン先輩の家へ向かったのは、アルコール絡みの誘いは絶対に断らないというこの僕と、ひと足遅く逃げ後れたガンタだけであった。男三人揃って、タクシー代を節約して、てくてくと約三十分ほどの道のりを、他人が聞いたら悶死《もんし》しそうなほどくだらない馬鹿話をしながら、ひたすら歩く。

ボアン先輩が住んでいるのは、大学の近くの一戸建てである。古ぼけた木造で、家賃は信じられないほど格安だが、二階建てで、独りで住むのは罰が当たりそうな部屋数である。察するに、ボアン先輩、学生たちの溜《た》まり場にしたくてわざわざ、こんな家族用の借家に住んでいるらしい。

「ねえ……先輩」

さあ飲むぞ飲むぞと氷やら何やらを用意しているボアン先輩に、ガンタは妙に思い詰めたような顔で話しかけた。

「ん。何だ？」

「ちょっと、訊《き》いてもいいっスか」

「おう。何でも訊いてくれたまえ」

「高瀬さんて、その、ほんとにアレなんスか」

「何だ、アレって」

「だからそのう、つまり、男性に興味が持てない性癖、とでも言いましょうか、要するに、ソレですよ」

「ああ。レズかってこと？　さあ」肩を竦《すく》めながら、自分とガンタには水割り、僕にはストレートとチェイサーを手早く作って渡してくれる。こう見えても結構、まめなひとなのだ。「そういう噂《うわさ》だけどな」

「ほんとのところ、どうなんスか」

「知らないよ。他人の趣味なんか。タック。おまえ、知ってるか？　タカチがレズなのかどうかってこと」

「先輩が知らないのに、俺が知ってるわけないでしょ。でも高瀬さん、確かにその噂、自分でも否定しませんね」

「実際、生半可な男よりモテるもんな」

「あれって羨《うらや》ましいですよね、本気で」

「じゃ、じゃあ、やっぱりそうなんだ」

「いや。待て。待てよ。ガンタ。だからな」ボアン先輩は、唇の端から垂れた水割りを手の甲で拭《ぬぐ》った。「知らないってば、俺たちは。ほんとうのところ」

「だって先輩は、気にならないんスか？」

「気になるって、何が？」

「だから、高瀬さんの趣味が」

「そんな個人的なこと、他人の俺が気にしたって仕方あるまいよ」

「ひ、ひどいじゃないですか」何を思ったのか、ガンタは急に畳の上に伏せたかと思うや、わっと泣き出した。「そ、そんなに、そんなにあからさまに、俺のこと、馬鹿にしなくてもいいじゃないっスか」

「あ……ああ？」ぽかんとした顔を僕と見合わせておいてから、ボアン先輩、頭を掻《か》き掻き、口籠《くちご》もってしまった。「な、何、何だって、ガンタよ、おい、おまえ、何言ってんの？」

「ああん、そうやって、俺を馬鹿にする、俺を除《の》け者にするうう」

「誰も馬鹿になんかしてないじゃないか。除け者にも、してないよ」

「だ、だってだってだって」ただでさえ酔いで赤くなっている丸顔を、さらに破裂しそうなほどに紅潮させて、ガンタは洟《はな》をじゅるじゅる、啜《すす》り上げる。「ほんとは知ってるくせに、そうやってふたりして、知らないふりして、馬鹿にするんだもん。俺だけ除け者にするんだもん。ひどい、ひどい」

「ま、まあ、おい、ちょっと、ガンタ、まあ落ち着け」

「お、俺ね、俺ってね、昔っから、そうなんですよ。俺だけ仲間に入れてもらえないの。保育園とかさ、幼稚園とかでさ、クラスの子たちとかね、みんなで楽しそうに遊んでるのに何故《なぜ》か、俺だけ仲間外れなの」

「あ、あのな……」

何か言いかけたものの、ボアン先輩、諦めたみたいに首を横に振って口籠もった。こりゃあ駄目だぜ、と眼線で、僕に向かって溜《た》め息をついて見せる。

どうやらガンタは、相当酔っぱらっているようである。何が呼び水になったのかは判らないが、ふいに、幼い日の辛《つら》かった憶《おも》い出が溢《あふ》れてきて、感情の抑制が利かなくなったらしい。泣き上戸のようだ。

「ほいでね、ほいでね、思い切って仲間に入れてもらおうとするわけですよ。そしたらね、そしたらね、俺が行くと、みんな、男の子たちも女の子たちもピタッと遊ぶのを止めて、ほいでじーっと、妙に含みのある眼で俺を見るの。ね。判る？　判ります？　先輩。この、疎外感に溢れる、寂寞《せきばく》とした感じが？」

「あ、ああ……何となく」どういうふうに相槌《あいづち》を打てば機嫌をなおしてもらえるのかと、先輩、かなり苦慮しているらしい。「わ、判る。うん。判るよ。辛い思いをしたんだね」

「それで、もうこの遊びは止あめた、って、みんなどこかへ行っちゃうんですよ。俺を置いて。そうやって、みんなみんな、いつもいつも、俺のことを除け者にするんだあ。ああああん」

「い、いや、ガンタくん、きみ、それはだね、えと、ちょっとそのう、えーと」

「判ってます」

背中を丸めて身も世もなくおいおい泣いていたガンタは、ふいに起き上がって背筋を伸ばすと、真剣な顔に戻って水割りを飲んだ。ボアン先輩が言おうとしていたらしいことを、冷静な口調で先回りする。

「判ってるんですよ、俺だって。こんなふうに考えるのは自分の僻《ひが》みなんじゃないか、って。被害妄想っていうか、考え過ぎなんじゃないかって。ほんとうはみんな、俺を除け者にするとかそういうつもりはなくって、ただ単に、みんなはほんとうにその遊びに飽きていたんだ、だからたまたま俺が近寄ってゆくタイミングが悪かっただけなんだ、って」

「うん。そうだよ。その通りだ。誰もおまえのことを、そんなふうに——」

「でもね、そんなふうに理性的には考えられない場合もあるんですよ」ボアン先輩がホッとしかけたのも束の間、再びガンタはべそべそと落涙し始める。「ていうかむしろ、そういう時の方が多いんです。中学校でも高校でもね、何か、みんなして俺のこと、馬鹿にしてるような気がするの。みんな、俺だけが知らない秘密をこっそり共有し合って、知らない俺のことを陰で笑ってるような気がして」

「だけどね、おまえ、それって――」

「校則で禁止されている喫茶店で、よくクラスメートたちがたむろしてダベってるとしますよね。自分がちょっと好きな可愛い女の子も、その中に混じってる。ね、判ります、このシチュエーション？」

「ああ、それが？」

「俺も仲間に入っていきたいんだけど、何しろ校則を破ることになるわけだから、なかなか勇気が出ない。そんな根性無しの俺を、店内にいるあいつたちがガラス越しに嗤《わら》ってる……そんな気がするんです」

「おいおいおいおい」

「それで、勇気を振り絞って、喫茶店に入ってゆくわけ。そしたら、俺が入ってゆくと、もうみんな居ないの。制服姿で独り茫然《ぼうぜん》としている俺は、教師に見つかって補導される――そこで眼が醒《さ》めるんです。汗びっしょりで」

「な、何だ、夢の話かよ」

「でも、現実だって似たようなものだったんですよ……ああ、今思えば、なんて暗い奴《やつ》だったんだろ、俺って」

「青春のサテン、じゃなかった、蹉跌《さてつ》というやつだな」きっちりと駄洒落《だじゃれ》を入れるのを忘れないのが、ボアン先輩である。「うん。判るよ。判る。それで？」

「だからね、だからね、俺、嬉しかったんスよ。大学へ入って。ボアン先輩や、他のみんなが裏表なく、俺を受け入れてくれたから。ほんとに嬉しかった。ああ、もう心配する必要はないんだ、って。また仲間外れにされちまうんじゃないか、なんて怯《おび》える必要はないんだ、って」

「あたりまえだ。おい。ガンタよ。おまえ、そんなこと、心配してたの？　本気で？　真剣に怯えてたわけ？」

「心配してなかったですよ、今までは。だけど、先輩もタックも、高瀬さんのこと、教えてくれないじゃないスか。ふたりでこっそり秘密を共有し合って。知らない俺を除け者にしてるんだ。馬鹿にしてるんだ。ああああん」

「ああ、もう。困った奴だな」何故ガンタが急に号泣し始めたのか、その理由がおおよそ判明してひと息ついたのか、ボアン先輩、苦笑しながらタバコを一本咥《くわ》えた。「ったく、もう。どう言えば判ってくれるんですかね。俺もタックも、ほんとうに知らないんだってば。タカチの趣味のことなんか。な？」

「納得できないっスよ。だって先輩、高瀬さんのこと、好きなわけですよね」

「おお。好きですよ。特に、あの胸が」

「だったら、彼女がレズビアンなのか、それともヘテロセクシュアルなのかってことは、やっぱり気になるでしょうが」

「何だ？　その、ヘドロ、何とかシャトル、っていうのは」

「異性愛者、という意味です」不審げな顔を向けてくるボアン先輩に、僕はそう答える。

「ホモセクシュアルの反対語」

「なるほど。いやー、しかしだね、ガンタ、それはやっぱり――」

「気になるでしょ？」

「どう言えばいいのかな、つまり……」

ボアン先輩の声に被《かぶ》さるようにして、電話が鳴った。無意識に僕は、自分の腕時計を見る。午前零時を二十分ほど回っていた。

「――はいはい」受話器を取ったボアン先輩、先刻までの仏頂面を一気に払拭《ふっしょく》する勢いで喜色満面になった。「お、ハコちゃんか。どうしたの？　こんな時間に。やっぱり、独りじゃ寂しくて眠れないんでないの。ん？　今からでも、こっちへ来ない？　一緒に飲――え？」

何を言われたのか、先輩、黒眼を碁石《ごいし》のように剝《む》いて、僕たちの方を振り向いた。

「ガンタ、かい？　ああ、ここにいるよ。うん。ちょっと待って」

ほいよ、と受話器を手渡されて、ガンタは今にも涎《よだれ》が垂れてきそうなくらい締まりのない顔で、ぽかんと口を開けた。

「お……俺っスか？」

「おまえだよ」

「だ、だって……ハコちゃん、でしょ？」

「そうだよ。とにかく、早く出ろ。何か慌ててるみたいだから」

「え、えーと……はい、俺です——え？」

何を言われたものか、ガンタは急に声をひそめた。ボアン先輩や僕の耳を憚《はばか》っているみたいに、丸めた背中をこちらに向ける。

しばらく、ぼそぼそと低く、しかし妙に緊迫した雰囲気で内緒話をしていたかと思うや「わ、判った」と呻《うめ》くように呟《つぶや》いて、ガンタは受話器を置いた。

「どうした？　何かあったのか。え？」

「す、すみません、先輩ッ」好奇心丸出しで身を乗り出すボアン先輩に向かって、ガンタはいきなり、胃袋がひしゃげてしまいそうな勢いで土下座した。「今晩のところは、これで失礼させていただきますッ」

「え……？　いや、そりゃいいけど、おい、何かあったのか？　ハコちゃんに」

ガンタは一向に答えず、すみません、失礼しますッ、と性急にがなり立てて、あたふたとボアン先輩の家を、まるで雪玉が斜面を転がるようにして出ていった。

「な、何だ、あいつ？」

「ハコちゃん、何て言ってたんです？」

「特に何も」まだ火を点《つ》けていないタバコを下唇にくっつけて、ぶらぶらと揺らすと、首を傾《かし》げながら顎髭《あごひげ》を掻《か》き毟《むし》る。「ただ、ガンタがいるなら出してくれ、って。それだけ。」

何か妙に、切迫した感じで」

「変な話ですね」

「変すぎる。第一、あいつ……」

「何です？」

「何かこう、ニヤけてなかった？　さっき出てゆく時、顔が」

「ガンタが、ですか？　さあ。そういえば、そうだったような気も」

「まさか……」

「まさか、何です？」

「逢《あ》い引き、かな」

「ガンタが、ハコちゃんとですか？」

「組み合わせとしては、意外性に富み過ぎちゃってたりする？」

「さあ。でも、何言っているのかは判らなかったけど、傍《そば》で聞いている限り、そんな色っぽい雰囲気でもなかったような……」

「それもそうなんだよな。何だいったい。わけ、判らん」

切り換えの早いボアン先輩のこと、ひとつ肩を竦《すく》めて水割りを干すと、それ以上追及しようとはしなかった。

とにかくこうして、残った面子はボアン先輩と僕だけになってしまった。酒だけが唯一の接点のふたりだから、共通の話題は余りない。普段ふたりだけで飲む時と同じように、自然に座の流れはゲームに向かっていった。

もちろん、ゲームといっても、ボアン先輩と僕が興じるのだから、トランプとかオセロではあり得ない。コップに注がれたビールにコインをバウンドさせて飛ばしてうまく入れられれば相手にそのビールを一気飲みさせる権利が出来る〝クオーター〟とか、缶ビールの底に缶切りで穴を開けて一気に喉《のど》に流し込み、そのタイムを競う〝ショットガン〟とか、要するにすべて、酒に絡めた遊びばかり。

そのうち、罰則がただのビールじゃつまらないということになって、ウイスキイと混合した爆弾酒、巷《ちまた》で言うところの〝ボイラーメイカー〟を、互いにかぱかぱ飲ませ合う、狂気の沙汰《さた》へと発展してゆく。これまた、ボアン先輩と僕との宴会では、お馴染みの展開である。

今夜のボアン先輩はツキまくっているらしく、わずか半時間余りのうちに僕は、怒濤《どとう》のようにビールと爆弾酒を飲ませられてしまう。二回目の電話が鳴ったのはちょうど、ふらふらになった僕が便器をかかえて、げぼげぼと泡を噴きちらかしている時だった。

「——はいはい。あ？　何だ、ガンタか。どうしたんだよ。え？　何？」

逆流する胃液の音に遮られて、ボアン先輩が何を言っているのかは全然聞こえてこない。自分の身体が便器にくっついたオブジェに化してしまうくらい長い間、吐きに吐きまくった後、僕は台所で口を漱《すす》いだ。

「……ガンタが、何ですって？」

「それが」ずっと咥えたままになっていたタバコに、ようやく火を点けると、ゆっくり煙を吐き出した。物憂い顔で首を傾げ、煙たそうに眼を細める。「……よく判らん」

「は？」

「何か知らんが、車を持ってきてくれ、と言っている」

「クルマ？」口の周囲を拭うのも忘れて、僕は呆気《あっけ》にとられた。「クルマって、あの車ですか。自動車、という意味の？」

「そう。そのクルマ」

「持ってきてくれって、どこへ？」

「それが、ハコちゃんの家へ、って言っているんだよな」

「何ですか、それは」吐いた後のせいか、脳味噌《のうみそ》はぐらぐら煮立っているし、眼球の奥は酸味に痺《しび》れている。まともにものが考えられない。「わけが判らない」

「だから、判らん、と言ってるじゃないか。最初から」

「でも、持ってきてくれ、って、まさか、運転してきてくれ、ってことですか？」

「他にどうやって持っていくってんだよ。担ぐのか、おまえ」

「だって先輩……」自慢ではないが、僕の方は自動車はおろか、運転免許すら取得してはいない身である。「大丈夫ですか？」

「大丈夫なわけ、あるかよ。おまえと同じくらい飲んでるんだぞ」

「そうですよね。じゃあ、どうするんです？」

「そりゃあ」吸殻を灰皿代わりの空き缶に落とすと、立ち上がった。「検問をやっていないことを祈るしかあるまい？」

「本気ですか」

「ガンタが、泣かんばかりにして頼むんだ。仕方あるまいよ」

「そうですか」面倒見がよくて他人に頼られるキャラクターも、なかなか大変である。

「それじゃあ、お気をつけて」

「何を言ってる。おまえも来るの」

「え？　ど、どうしてです？」

「タックも連れて来いってさ」

「い、嫌ですよ、俺」及び腰になった拍子に、膝《ひざ》が砕けてしまった。「まだ死にたくない」

「いいから、来いって」

「ひ」

「信用しろって、俺の腕を」

「嫌だあ、か、勘弁してください。後生です」

「ややこしいこと言ってんじゃないの。さっさと来い」

「あ。そ、そんな、御無体な」

　無理矢理引きずり出されてしまった。ところがボアン先輩ときたら、駐車場に停めてある自分の車を一瞥《いちべつ》だにせず、さっさと田圃《たんぼ》の横の夜道を歩き始めるではないか。

「あ、あれ？　おろ？　ねえ先輩、車で行くんじゃなかったんですか？」

「俺の車、今、ダメなんだわ。ガス欠でさ」

「ガス欠ぅ？」

「今日入れる筈だったんだけど、壮行会の飲み代で吹っ飛んでしまった」

「じゃあ、どうするんですか？」

「決まってるだろ」いともあっさりと、滅茶苦茶なことを言う。「ガンタの車を使うの。そもそもは、あいつが御入り用なんだからさ。あいつの車を持っていってやった方が、親切っていうか、合理的ってもんだろ」

「だけど、そんなこと、どうやって」

「まあ、ついてこいって」

それからの先輩の行動を見て、僕は呆れ果ててしまった。

歩いて数分の距離にあるガンタのアパートへ赴くと、郵便受けに隠してあった合鍵《あいかぎ》をまるで我が物顔で拝借し、誰もいないガンタの部屋へと入ってゆく。何をしているのかと思ったら、何分もしないうちに戻ってきた――キーらしきものを手に持って。

「な、何ですか、それ？」

「スペアキーさ」ボアン先輩、まるでサラダにかけるドレッシングの選択を口にしているかのようなお気楽さ。「ガンタの車の」

「せ、先輩ッ」

「変な声、出すなよ。こんな時間に。おい。誤解するなよな、タック。いつも、こんなことをしてるわけじゃないんだから」

「だ、だけどですね、部屋の合鍵はともかく、車のスペアキーの在《あ》り処《か》なんか、どうして知ってるんです？」

「そりゃあ、後輩に関するあらゆる情報に知悉《ちしつ》しておかないと、な。一先輩として。万一の時のために——実際こうして、その万一の時が訪れたわけだしさ。そうだろ？」

「あ、あの、ガンタは知ってるんですか、このこと？」

「さあ」

はっきり肯定せずにとぼけている以上、ガンタ本人はこのことを知らない、という意味にしか取りようがないではないか。

「先輩、まさか、俺の持ち物なんかも、例えば預金通帳とか実印なんかの在り処なんかも、しっかりと把握してる、なんて言うんじゃないでしょうね？」

「馬鹿言ってんじゃないよ。タック。おまえ、貯金なんかしていないくせに。入るそばから全部飲んじまって」

「そ、そりゃそうだけど……」

「判子だって三文判しか持ってないだろ」

「あ、や、やっぱり知ってるじゃないですか」

「だから、気にすんなって」

「気になりますよ」

後輩のものは俺のもの、という理屈だろうか。もちろんボアン先輩の場合、俺のものは後輩のものでもあるんだよ、というバランスが取れている分だけ、まだ救いがあるわけだが。それにしても何と言おうか、原始共産制の権化《ごんげ》みたいなひとである。

ガンタのアパートから少し離れたところにある月極め駐車場に赴きながら、僕はまるで自分自身が泥棒にでもなったかのような気分だった。民家の明かりが見えたりすると、何だかいわれもなく責められているみたいな心地になって、身が竦んでしまう。

だが、僕は知らなかった。僕たちがこの後、単なるコソ泥どころではない〝悪事〟に関わる運命にあることを。

不惑の恋人

ガンタの車は青塗りのセダンだ。確か新車で、この四月に買ったばかりの筈《はず》である。それが早々とスクラップになってしまうかもしれない。なにしろ、運転しているボアン先輩は、まだ呂律《ろれつ》が回らないというレベルまでは達していないものの、泥酔していると表現してもそんなに事実からは遠くないのが実情だ。

もちろん、ガンタには申し訳ないが、車がスクラップになるだけで済むのなら御の字だ。悪くすれば、こちらは昇天ものである。

「うおい、タック」

風呂に浸《つ》けられそうになっている猫みたいな気分で助手席に座っている僕の恐怖なぞお構いなしに、ボアン先輩、脳天気な声を張り上げる。やっぱり相当酔ってるな、と思う。もちろん、僕だって酔っぱらっているわけだが。

「な、何ですか」

「ちょいと寄り道するぞ」

「寄り道？　どこへ」

「宮下んちだ」

「はあ？」

「宮下も一緒に、連れていくんだよ。電話でガンタの奴《やつ》、人手が必要だみたいなことを言ってたからな。何をするのか知らんが。ま、今晩一緒に飲んだよしみだ。ついでに宮下の奴も、拾っていこうぜ」

「無茶を言いますね。あっさりと。第一、宮下さん、もう寝てますよ。いつもよりだいぶ飲んでたし。それに、昨夜寝てなくて辛《つら》い、って言ってたじゃないですか」

「気にしない、気にしない」

「そりゃ、俺は気にしませんけど、宮下さんは、しますよ。それも、思い切り」

宮下さんが住んでいるのは、五階建ての、比較的新しいワンルーム・マンションである。ボアン先輩はセダンを建物の前に停めると、エンジンをかけたまま、じゃ呼んできてくれよ、と当然のように僕に言いつけた。

せっかく気持ちよく眠っているであろう宮下さんを叩《たた》き起こす役目を押しつけられたわけで、もちろん僕としては大いに不満だったが、抗議しても無駄なことはよく判っている。仕方なく、『安槻《あつき》ハイツ』という看板を横眼で見ながら、建物の階段を上がった。

三〇五の部屋の前へ来て、さてドアチャイムを鳴らしたものか、それともノックをした方が起こし方としては親切なのかと、どうでもいいことで迷っているうちに、ふと、ドアのハンドルレバーに何かタグのようなものが付けられていることに気がついた。

薄暗い中で、眼を凝《こ》らして、そのタグを見てみた。マジックの字で『閉栓中《へいせんちゅう》』と読め、その横に地元の大手ガス会社の代表電話番号が印刷されている。

僕は、改めて『三〇五』と記されたプレートを見た。その下にあった筈の『宮下』という表札が消えている。

窓に嵌《は》まった鉄格子越しに、部屋の中を覗《のぞ》いてみた。暗くてよく判らないが、カーテンが掛かっていないことはすぐに見てとれる。やがて少しずつ眼が慣れてくると、カーペットも何も敷いていない剝《む》き出しの床が、何の障害物も無しに冷えびえと、ベランダの方まで伸びているのが見てとれた。ひとの気配はまったく無い。ほんの先月だか先々月だかにボアン先輩たちみんなと遊びにきて、床やベッドなど思い思いの場所に座り込み徹夜で喋《しゃべ》っていった身にとって、その時の賑《にぎ》やかな情景との落差は、まるで幽霊屋敷のような趣きすら迫ってくる。

「——あら？　おいおい」独りで戻ってきた僕を見てボアン先輩、鼻を鳴らした。「宮下は、どうしたんだ？」

「あの……」

「何だよ？」

「ここって、『安槻ハイツ』ですよね」

「そうだよ？」

「宮下さんの部屋、三〇五号室でしたよね」

「そうだよ。それが、どうかしたのか」

「か、空っぽです」

「あ？」

「だから、部屋が空っぽなんです。三〇五号室の部屋が」

「いないのか、宮下は」

「いや、いないというか、そういう次元の問題じゃなくてですね、あの、つまり、何にもないんですよ。あの部屋の中には。家具も何も。まるで、その……」

ふいに、ほんの何時間か前に会ったばかりの筈の宮下さんの相貌《そうぼう》が、煙のように飛散し、消滅してしまう幻覚に襲われる。

「その、まるで、あの、宮下さんという人間が、最初っから、この世には、存在していなかったみたい……」

「おいおい、タック」ボアン先輩、呆《あき》れたみたいに僕のおでこを平手で、ぴしゃり。「何を寝ぼけたことを言うとるんだ。おまえは？　相当酔っとるな」

「そりゃまあ、酔っていることは確かですけど、でも……」

僕では埒《らち》が明かないと見たのか、ボアン先輩、しょうがねえなあもう、とか何とかブツブツ呟《つぶや》きながら運転席から出てきた。首を傾《かし》げている僕を尻目《しりめ》に三階に上がってゆく。

だが今度は、そのボアン先輩が、首を傾げながら車に戻ってきた。文字通り幽霊を見たかのような腑《ふ》抜《ぬ》けた顔をしている。きっと僕も同じような、間の抜けた顔をさっきから晒《さら》し続けているに違いない。

「何も……なかったでしょ？」

無言で頷《うなず》いた。僕の、背筋が寒いような心持ちが伝染したのだろうか、ボアン先輩、何かとびきり怖い怪談でも憶《おも》い出したらしい。妙に思い詰めた顔で、声をひそめる。

「……俺たち、確かに、さっきまであいつと一緒にいたよな？」

「え、ええ、一緒に飲んでました」

「じゃ、じゃあ、あいつは今、いったいどこにいるんだ？」

「さ、さあ……」

「え？　いったい、どこへ消えちまったというのだ？　まさか、その、異次元の世界とか、そういう、掟破《おきてやぶ》りの……」

「そ……そんな」

ふたりとも酔っぱらっているせいか、話が一旦《いったん》怪奇な方向へ流れると、疑心暗鬼の相乗効果で恐怖はどんどん増してゆく。だが、怪談を持ち出すまでもなく、合理的な解釈はひとつしかあり得ないではないか。

「あれ」ふいに、馬鹿馬鹿しいくらいあたりまえの、その仮説に思い当たった。「もしかして、宮下さんは……」

「何だ？」

「引っ越した、んですかね？」

「そんな馬鹿な。だって俺は、そんな話、聞いとらんぞ」

　他の者が同じ科白《せりふ》を言ったら、そりゃあんたの知らないことだって世の中には沢山ありますよと窘《たしな》めるところだが、先刻のガンタのスペアキーの一件を見ても判る通り、ボアン先輩は親しい後輩たちの私生活に関する情報に、かなり精通している。あるいは、その身内よりも彼らについて詳しいと言っても、いいかもしれない。

　なるほど。宮下さんは、どうやら引っ越してしまっているらしい。そのこと自体は怪奇でも何でもないが、その事実を、かのボアン先輩がまったく把握していなかったというのは、かなりの謎《なぞ》と呼ぶべきなのかもしれない。

「ま……まあ、いいや。宮下のことは措《お》いておいて、とにかく行こうぜ」

　僕たちは首を傾げながらも気を取り直し、一路ハコちゃんの家をめざした。二階建ての洋風の邸宅に到着したのは、午前二時にあと五分という時刻であった。

　門灯が、水に滲《にじ》んだみたいな白い光を浮かべているのが、何だか無愛想というか、訪問者を余り歓迎していないかのような、どこかよそよそしい森閑さを醸し出している。

「おい」車から降りて玄関に向かおうとした僕をボアン先輩、背後から呼び止めた。「そっちじゃない」

「え、この家じゃないんですか？　だけど、浜口って表札に書いてありますよ」

「いや、ここだよ。だけど、玄関から入るな、とか言ってた」

「何なんですか、いったい」

「こっちだ」

ボアン先輩は、まるで我が家に足を踏み入れるかのように自然に、庭の方へ回った。植え込みや亀《かめ》の甲羅を何重にも重ねたみたいな庭石、ベゴニアらしき花が咲いている花壇などを横眼に、オレンジ色の光がぼんやりと、まるで人魂《ひとだま》みたいに浮かび上がっているガラス戸に近づく。

こん、ここん、こ、こん、とボアン先輩、妙に変則的なリズムでガラスをノックした。どうやら合図まで事前に決めてあったらしい。

何だか、いよいよ尋常ならざる雰囲気になってきたな、と不安になりながら、ふと何気なく視線を下げると、上がり口の平たい石の上に、靴が二足あった。スニーカーと、ハイヒールである。スニーカーは見憶えのある、ガンタのものだった。だが、ハイヒールの方は誰のだろう？　ハコちゃんか、あるいはその家族のものだろうか？　しかし玄関ならともかく、高価そうなハイヒールをこんなふうに庭先に脱いで置いておくのは、何だか不自然な感じがする。

ガラス戸が細く開いて、ガンタが丸い顔を覗《のぞ》かせた。てっきり、早く上がってくれ、とでも言うのかと思ったら、えらく思い詰めたような囁《ささや》き声で開口一番こう、のたまう。

「……車、持ってきてくれました？」

ボアン先輩が親指とひとさし指でＯＫサインを作るのを認めてようやく、ガンタは吐息をつきながら、僕たちを家の中へ招き入れた。

上がってみると、そこはダイニングルームを兼ねたリビングだった。本来なら広々とした気持ちのいい空間なのだろうが、明かりが、対面式のキッチンに灯《とも》っている小さなオレンジ色の光だけなため、周囲から暗闇《くらやみ》がのしかかってくるようで、妙に狭苦しく感じる。

「いったい、こりゃあ、何ご……」

何事なんだ、と訊《き》こうとしていたらしいボアン先輩は、ガンタ、そしてその後ろに控えているハコちゃん、そしてその足元――と視線を順番に移してゆくうちに、ぐごっ、と鼾《いびき》をかきかけて急に止めたみたいな変な呻《うめ》きとともに、口籠《くちご》もってしまった。

浜口家のリビングにいるのは、ハコちゃんとガンタのふたりだけではなかった。もうひとり、見知らぬ女性が、いたのである。しかも床に仰向けに倒れる恰好《かっこう》で。

「だ……誰だ、これは？」

「それが……」ガンタは、おどおどと躊躇《ためら》いがちに口を開いた。まるで、いちいちハコちゃんのお伺いを立てているみたいな素振りである。「判らないんです」

「判らない？　だって、ハコちゃん関係の人間じゃないのか？」

「あたし、知りません、こんなひと」

気分を害したのか、まるで威嚇《いかく》するみたいに、ハコちゃんは唸《うな》った。ほんの数時間前に居酒屋でころころと可愛《かわい》らしく笑っていた声からは想像もできない、ほとんど殺気すら感じさせる剣呑《けんのん》さでもって。

「知りません、て……だって、このひとは、ええと」ボアン先輩、中腰になると、しげしげと倒れている女性の顔を覗き込んだ。「ええと、そもそも、ハコちゃんが知らないひとが、ここで何をしてんの？」

「そんなこと、あたしに訊かないでください。あたし、何にも知らないんです。何にも判らないんです。だってさっき帰ってきたら、もうこの状態だったんだもん」

「ちょ、ちょっと待ってくれよ」ハコちゃんが居酒屋を出て帰宅したのが何時頃で、その時から今まで何時間経過しているのか計算しているみたいに、ボアン先輩、眉間《みけん》を揉《も》んだ。

「その時からずっとこうして倒れている、ってことは、もしかして、このひと……」

「ええ」ハコちゃんの口調は、素っ気ない、というよりも、その科白の内容からすればいっそ、氷のように無関心、と言うべきだろう。「――死んでいるわ」

「死んでいる、って……」

驚愕《きょうがく》したのかボアン先輩は、女性の身体にそっと伸ばしかけていた手を、びくん、と痙攣《けいれん》したみたいに引っ込めた。代わりに、彼女のこめかみや床に付着している赤黒い、血痕《けっこん》らしきものを、しげしげと見つめる。

「じゃ、これは……もしかして？」

「ええ、ええ。殺されたんだと思います」ハコちゃんの苛立《いらだ》たしげな素振りは、いつまでこんな問答を続けていればいいんだと焦《じ》れているようであった。「多分、頭を何かで殴られて。でも、さっきあたしが帰ってきた時には、まだ息があったみたいな――」

「何だって？」それまでハコちゃんやガンタにつられて囁き声だったボアン先輩、さすがに地声で立ち上がった。「生きてた？　彼女は、その時、まだ生きてたの？」

「いいえ。死んでました」まるで自分が不当に揚げ足をとられているかのように、ハコちゃんは不貞腐《ふてくさ》れた。地声が恫喝味《どうかつみ》を帯びている。「一瞬、まだ息があるかのように、勘違いしてしまったというだけの話です。だって、変な声で呻いたりしたから……」

「そりゃだから、生きていたからだろ？　彼女はまだその時、生きていたから、呻いたわけなんだろ？」

「何にも知らないんですね、先輩。死体が〝唸った〟りするのは、よくあることなんですよ」ハコちゃん、彼女にしては珍しく、取って付けたような蘊蓄《うんちく》をたれる。「肺に溜《た》まった空気が洩《も》れて。死体って結構、騒々しいものなんだから。看護婦さんに、訊いてみてください。個室で患者さんが死んだ時なんか、誰もいない部屋の中で突然、おううう、なんて。怪談そこのけの呻き声が」

「それが、単に死体の肺に溜まった空気だったのか、それとも重傷を負った者の瀕死《ひんし》の呻き声だったのかは、きみには区別できなかった筈じゃないか」

「いいえ。できました」

「どうやって。看護婦でもないのに」

「死んでた、って言ってるじゃありませんか。確かに死んでたのよ。いったい、あたしがどうすればよかったって言うのよ？」声を三オクターヴくらい撥《は》ね上げて、ハコちゃん、論点を巧みにすり替える。顔面全体が夜叉《やしゃ》のように裂け、吊《つ》り上がっていた。「ええ。そうですよ。あたしは看護婦なんかじゃありません。死人を前にして、何の手も打ちようがありませんでした」

「だ、だからな、今は、そういうことを問題にしているんじゃなくて……」

「死んでたんだもん。もう、とっくに。あたしが帰ってきた時には。死んでたの。あたしには、どうしようもなかった。ほんとに、ほんとに、どうしようもなかったんだもん」

「きゅ、救急車だ」埒《らち》が明かないと見てとったのか、ボアン先輩、せかせかと周囲を見回す。電話の在《あ》り処《か》を探しているらしい。「今からでも、とにかく救急車を——」

「や、やめてください」

台座に載った電話機を見つけて駈《か》け寄ろうとした先輩に、ガンタが縋《すが》りついた。

「な、何だと？」

「もう死んでいるんですよ、とっくに。死んでいるんだ。だったら、もう、どうしようもないじゃないっスか」

「そ、そりゃそうかもしれないけど、だっておまえ、その場合は救急車ではなくて、警察の方をだな……」

「だから、それが駄目なんですってば」

「何が駄目なんだ、何が。変死体を発見したら警察に通報するのが、善良な市民の義務ってものではないか」

「それは判ってますって。よおく判った上で、敢《あ》えて無理を頼んでるんです」

「無理を頼むって、おまえ……」

眼の前に見知らぬ女が頭から血を流して倒れている状況と、自分が泥酔しているにもかかわらず強引に車を持ってこさせられた事実とが、どうやら朧《おぼろ》げながらも関連づけられてきたらしい。ボアン先輩、呆気《あっけ》にとられるべきか、それとも憤激するべきなのか決めかねているみたいな、何とも複雑な表情になった。

「ガンタよ、おまえな、いったい何を考えとるんだ？」

「だから……」ゼロコンマ何秒かの逡巡《しゅんじゅん》の後、ガンタは、決然と顔を上げた。「手伝って欲しいんです」

「何を手伝えと言うんだ、俺《おれ》たちに」

「つまり……この女性の死体を、ここから運び出す、という作業を」

「正気かよ、おまえ」自分さえここで笑い飛ばせば、まだすべてを冗談にしてしまえる余地があると彼が信じたいらしいのはよく判ったが、残念ながらボアン先輩の笑顔は、ひきつってしまっている。「自分が何を言ってるか、判っているんだろうな」

「お願いします」

「犯罪だぞ、おまえ」

「判っています」

「いや、判っていない、よく考えるんだ。冷静になれ」

「俺、冷静っスよ。ちゃんとよく考えた上で、お願いしてるんで……」

「ちょっとこい」ガンタの腕を摑《つか》んで、システムキッチンの方へ連れてゆく。そして、ハコちゃんに向かって愛想笑いをした。「――すまないけど浜口さん、ちょっとの間、席を外しておいてもらえる？」

「だから、だから、言ったじゃない」その声が聞こえているのかいないのか、ハコちゃん、ボアン先輩はまったく無視して、ガンタの方を、馬鹿馬鹿、と罵倒《ばとう》した。癇癪《かんしゃく》を起こしたみたいに、地団駄を踏んでいる。「だから、最初っからあんたが車を持ってきてりゃ、よかったんじゃない。そしたら、こんなややこしいことには、ならなかったのに」

「浜口さん、ほんのちょっとの間でいいんだ。こいつと話し合いがしたい」

「あんたのせいよ。何もかも、ぶち壊し。あんたのせいよ」

「だからね、浜口さん――」

「どうしてくれるの。いったい、どうしてくれるのよ」

「浜口さん」ボアン先輩、愛想笑いを浮かべたまま、根気よく繰り返す。「ほんの、ちょっとの間でいいからね」

「辺見先輩が」歯の間から、もはや凶暴とすら呼べる呼気を吐き出しながら、ハコちゃん、ようやくボアン先輩の方を振り向いた。「そんなに頭の固いひとだとは、知らなかったわ」聞こえよがしの捨て科白を吐きながら、ハコちゃん、頰《ほお》をぷりぷり膨らませてリビングから出ていった。「最低」

「――おい、ガンタ」

「すみません」ハコちゃんの姿が消えるとガンタは、どこか軛《くびき》から解放されたかのような、安堵した面持ちで、いきなり謝ってきた。「こんなふうに、迷惑かけちゃって。先輩にも。タックにも。でも、どうしようもなかったんです。俺。こうするしか他に方法が――」

「もしかして、彼女がそうしろ、と言ったのか。おまえに命令したのか。あの死体を、どこかへ捨ててこい、と？」

「命令、だなんて、そ、そんな」

「じゃあ、甘い声で誘惑されたのか」

どうやら図星だったらしい。顔面が赤い風船のように膨張したガンタは、今にも泣き出しそうだった。

「最初、先輩んちに電話がかかってきた時、俺、事情がよく判らなかったんですよ」羞恥《しゅうち》をごまかすためか、ガンタはどこか取って付けたように弁解を始めた。「ハコちゃん、とにかく車を持ってあたしの家にきてくれ、今すぐ、の一点張り。もちろん、俺、こんなにべろべろだから、とても運転は無理。だけど、何か切羽詰まった感じがしたから、とにかくタクシーを拾って、ここまでやってきたんです」

「そこまではいいよ。おまえは何も、間違ったことはしていない」

「でも、彼女から詳しい状況を知らされると、なるほど、これはどうしても車を用意して、死体を処分するしかない、と……」

「そこからが間違ってる。何を言ってるんだ、おまえ。彼女に洗脳されちまって、どうする。変死体を勝手に現場から動かすのは死体遺棄罪といって立派な犯罪なんだよと、おまえの口から説得しなきゃいかん場面だろ」

「判ってます。判ってるんですよ。だけど、今回は特別で……」

「特別う？　何が、どういうふうに？」

「だってハコちゃん、明日——じゃなかった、もう今日か——出発しなきゃいけない身じゃないですか」

「フロリダ行きのことか？　だけど、それはおまえ、仕方ないだろ。緊急事態なんだからさ。飛行機をキャンセルして、出発を延期する。レイチェルにも、予定が狂ったと連絡を入れて。それしかあるまい」

ふたりが言い争っているのを聞きながら、僕は何となく、仰臥《ぎょうが》している女性を観察していた。臙脂色《えんじいろ》のサテンブラウス、大胆なスリットの入ったチャコールグレイのタイトスカート、という装いをしている。

「だけど、ハコちゃんは関係ないんですよ、事件とは。帰ってきたら、あの女のひとがここで、勝手に死んでた。ただ、それだけのことなんだ。彼女は、ほんとうに何も知らないんです。あの女のひとが、いったいどこの誰なのかも知らない。全然、無関係なんスから」

「それは判ってるよ。俺たちだって、そんなことは疑っていない。だけど警察は別だ。現場が彼女の家である以上、関係あろうがなかろうが、彼女は事情聴取を受けなければいけない」

「だから、先輩、聞いてくださいよ、それが困るんですってば。つまり——」

「災難だとは思うよ。気の毒だとも思う。だけど起こってしまったものは仕方がない。そうだろ。交通事故のようなものだ」

この季節だから単に暑かっただけなのかもしれないが、女はストッキングの類《たぐ》いを何も穿《は》かず、白い素脚を晒《さら》している。それが何か不自然というか、腰の座りが悪いような気がして、周囲を見回してみた。

「ハコちゃんが、かわいそうっスよ。あんなに楽しみにしてるのに」

「おいおい。何も俺だってだな、今回の計画をすべてキャンセルしろ、なんて言わないよ。彼女はそもそも、一ヵ月以上もレイチェルんちに滞在する予定だったんだろ？　そしたら例えば、一週間遅れになったって、残りの三週間をエンジョイすればいい。それだけの話だ。そんなに、大したことじゃない」

女の傍らには、ハコちゃんの旅行用の荷物だと思うのだが、大きなトランクが鎮座している。そこに肌色のパンティストッキングが、まるで洗濯物を乾かしているみたいな趣きで、掛けられているのに気がついた。

「でもそれは、一週間で事件が解決した場合の話でしょ？　もし、九月になっても捜査が続いてたりしたら、どうします」

「事件そのものは解決しなくても、一週間もあれば、彼女が事件とは無関係であると判断される公算は高い」

パンティストッキングの中に、妙なものが入っている。最初は刷毛《はけ》かブラシのようなものかと思ったのだが、よく見ると人間の髪の毛のようだ。五十センチほどの房をまとめて、両端をゴムで留めてある。

「保証されてるわけじゃないでしょ？　捜査はだらだらと長引いて、いつまで経ってもハコちゃんが事件とは無関係であることが立証されないかもしれない」

「それはそうさ。だが、まったく可能性がないわけじゃないぞ」

「でも、ダメなんです」

「何だ？」

「仮に、例えば二、三日で事件がスピード解決したとしますよね。でも、それでもハコちゃんにとっては、お終《しま》いなんです。警察に事件のことを通報した段階で、彼女の夢のフロリダ行きは、中止になってしまう」

「何を言ってるんだ、おまえ？」

「問題は、警察じゃないんだ」

「あ？」

「彼女の両親の方なんです」

僕は屈《かが》み込んで、女の頭部を覗《のぞ》き込んだ。銀製の髪留めで本来まとめられている筈《はず》のロングヘアが、無残なくらい不恰好に断髪されている。美容院でカットしたものではない。ひと眼で素人《しろうと》の手によるものと判る。

「何だ、そりゃどういう意味だ？　どうして彼女の両親が、ここに出てくる？　それこそ、いったい何の関係があると言うのだ？」

「明後日、じゃなかった、明日になったら、ハコちゃんの御両親が帰ってきます」

「知ってるよ」

「そしたら、事件のことを知ってしまう」

「あたりまえだ」

「それで、アウト、っスよ」

「どうも、話がよく見えないな。何が言いたいんだ、おまえは？」

「ハコちゃんのフロリダ行きを許可するにあたって、御両親がいろいろ彼女に条件を提示した、って話、聞いたでしょ？　先輩も。あの中に、事前に何か不祥事が起こった場合は、許可を取り消すという項目があるんです」

「不祥事って……」言葉に詰まったらしく、ボアン先輩は対面式キッチンのカウンター越しに、僕の方を一瞥《いちべつ》して間を取った。「——だ、だっておまえ、それは彼女自身がしでかした不祥事という意味だろ？　例えば門限を破ったとか、そういう類いの。この事件は、彼女には関係がない筈じゃないか」

「不祥事は不祥事なんです。自宅で事件が起こった以上、御両親にとって、これは無視できない不祥事ということになる。そんな不祥事の真っ最中に、他ならない自分たちの娘が海外旅行にうつつを抜かすなんて、とんでもない——というわけです。ひとがひとり、ここで死んでいるのに、何て不謹慎な、と」

「そんな飛躍した論理があるか」

「もちろん、俺たちにとっては飛躍してます。もしかしたら浜口夫妻だって、飛躍していることは理解しているかもしれない。だけど問題は、彼らがもともと、娘のフロリダ行きには大反対だったという事実なんだ」

キッチンの方へ歩み寄ろうとした僕の眼が、何か光るものを捉えた。倒れている女から、さほど離れていないダイニングテーブル。その下に、何かがある。

「これ幸いにと、娘の旅行を中止にする口実にすると言うのか？」

「そうっス。まさに、その通りなんです。だから駄目なんだ。絶対に。この女の死体は、ここで、この家で発見されちゃ駄目なんです」

「俺だってこんな紋切り型の演説はぶちたくないけどな、どんなに楽しみにしている旅行か知らんが、ひとの生死といったい、どちらが大切だと思っているんだ」

「俺、ややこしいことは、判らない。頭、悪いから。ただ、ハコちゃんの窮地を見ていられないだけっスよ」

ダイニングテーブルの下に頭を突っ込んで、見てみた。真珠の指輪である。

手を触れないように気をつけながら、わずかな明かりの中で、いろんな角度から見てみた。イニシャルの類いとかは彫り込まれていない。何の変哲もない、普通の指輪だ。

やはりアルコールのせいで注意力がおろそかになっていたのだろうか。下から這《は》い出ようとしてうっかり、脳天をテーブルにぶつけてしまった。頭をさすりながら、倒れている女の身体を回り込んで彼女の左手を見てみる。

その薬指に指輪を嵌《は》めていたらしい跡が、かすかに残っていた。

「――おい、タック」カウンターを指ではじきながらボアン先輩は、そこに並べてある調味料の瓶が吹き飛んでしまいそうなほど大きな溜《た》め息をついた。「何、ちょろちょろしてんだ、おまえ。さっきから」

「いえ……ちょっと」

「おまえも、何とか言ってやってくれよ。こいつに。色欲に眼が眩《くら》んじまってものの道理が見えていない、この大馬鹿野郎に」

「お、おおお、俺は、俺は別に……」

ガンタは今にも、絶叫しながら暴れ出す寸前のように眼が吊り上がった。羞恥と憤怒の狭間《はざま》で、めまぐるしく表情が明滅する。

「――先輩」

ガンタはハコちゃんに何か色事絡みの交換条件を提示されたために完全な洗脳状態に陥っており彼女の言いなりになっている、とするボアン先輩の解釈は、多分当たっている。だからこそガンタは、そのことを仄《ほの》めかされると、こんなにも逆上するのだ。

しかしいたずらにガンタの感情を刺戟《しげき》しても却って面倒なことになるのではないか。ただでさえふたりの議論は膠着《こうちゃく》状態に陥りかけている。アルコールもたっぷり過ぎるほど入っているから、双方いつまで理性が保てるのかも覚束《おぼつか》ない……などと、危惧《きぐ》していた、その時だった。

がたん、と心臓を直接蹴飛《けと》ばされるみたいな、けたたましい音が響きわたった。何事かと見てみると、リビングから廊下に通じる引き戸が、めいっぱい開け放たれている。そして、戸口にはハコちゃんが仁王立ちになっていた。

「も、いい。いい、もう」甲高い声で叫ぶなり、ハコちゃんは何か、銀色に鈍く光るものを自分の喉《のど》もとに突きつけた。「終わりよ。何もかも。台無し。も、いい。もーお、いい。どうなっても、いいもん」

「お、おおお、おい」ボアン先輩、仰天してキッチンから飛び出してきた。「何をする」

「やめろよ。ハコちゃん」もちろん、ガンタもすっ飛んでくる。「や、や、や、やめ」

「いいもん。いいもん。もう何もかも、台無しなんだもん。こうなったら、死んでやる」

頭を振りたくると、髪が炎のように、今にも天井にまで届きそうな勢いで放射状に逆立った。カッターナイフを一旦《いったん》、ぐい、と僕たちに見せびらかすように宙に突き出しておいてから、再び自分の喉もとに当てた。「死んでやるんだ。も、いい。いい、もう。どうなっても」

「わ。わわわ。ハ、ハコちゃん、落ち着け。ば、ばばば馬鹿な真似は……」

「近寄らないで」再びカッターナイフを、ぐいと突き出して、駈《か》け寄ろうとしたボアン先輩を威嚇《いかく》する。「死ぬわよ。あたし。本気よ。本気なんだから。警察を呼ぶくらいなら、あたし、この場で死んでやる。死んでやるんだから。も、いいんだもん。どうなっても。どうなっても、あたし、いいんだもん」

ハコちゃんの眼は、まるで溶鉱炉のように、真紅に煮えたぎっていた。そしてそこから、溶けた鉄のように、たらりたらりと大粒の涙が溢《あふ》れてきていた。僕たち三人の誰かが飛びかかろうとする気配を見せるたびに、カッターナイフをそちらに突き出して牽制《けんせい》し、そして刃先を自分の喉もとに戻す。

後から思い返してみて、やっぱり彼女は本気だったのだと改めて確信したものだが、もちろんこの時の僕たちもしっかり、石膏《せっこう》で固めたみたいに凝固してしまっていた。これは決して単なる脅しではない、そう感じたのは僕だけではない筈である。鬼気迫る光景であった。この場に照明が少ないのも独特の陰影を彼女に与えて効果倍増だったし、何よりも、普段のハコちゃんの無神経なくらい無邪気な言動との余りにも激し過ぎる落差に、僕たち三人はすっかり、びびり込んでしまったのである。

「落ち着いてくれよ。ハコちゃん。頼むよ。落ち着いてくれ」うろたえる余りか、ガンタは涙声である。「大丈夫だよ。大丈夫だったら。言う通りにするから。ちゃんと、きみの言う通りにするからさ。だから……」

「お、おい。ガンタ」そのひと言で、彼女の気迫の呪縛《じゅばく》から一瞬眼が醒《さ》めたのか、ボアン先輩、慌てて怒鳴りつける。「何を言ってるんだ。何を寝言《ねごと》みたいなことを言ってるんだ、おまえは。まだ判らないのか」

「だ、だって……」

「ガンタ。いいか——」

「先輩」

あ、まずい、と思って僕はそう口を挟んだ。といっても具体的に何がどうまずいのか、自分でもよく判らない。とにかくこのままだと、何だか取り返しのつかない展開になりそうな恐怖にかられたのである。

「何だよ」

「いっそのこと、好きにさせてやったら、どうですか？」

「お、おいおい」

「もちろん、俺たちは協力しませんけどね。キーと車を渡して、ガンタがやりたいようにやらせてやれば、どうでしょう」

「タック、おまえな、おまえまで彼女の毒気に当てられちまったのか？」

「ただし、ガンタが〝仕事〟を終えた後は、ちゃんと警察に通報をする、という条件で」

「話にならん」

「もちろん、証拠となるこのストッキングや、テーブルの下に落ちている指輪、そして庭先にあったハイヒールも多分この女のひとのものだと思うんですけど、それら一切合切の物証も死体と一緒に運搬する、という条件で」

「タック。おまえはそれでお利口さんな提案をしたつもりかもしらんが、たとえどんなに慎重に、万全を期したつもりで証拠を一緒に運んでいっても、それが警察の捜査妨害になる事実に変わりはない。何故《なぜ》なら、現場はここだからだ。判るか。本物の現場が、まさにこの家の中であるという事実は絶対に動かない。動かしようがない。そして警察にとっては、殺人の現場こそが、一番大切なものなんだよ。それを、おまえは捜査の手から隠そうとしているんだぞ。え？　タックよ。それがどんなに重大な犯罪なのか、ほんとうに認識しているのか？　たっぷりアルコール漬けになった、その脳味噌《のうみそ》で？」

「死体が現場から動かされているという事実は、死斑《しはん》などの状態から、警察はすぐに見当をつけるでしょう」

「だから？」

「捜査は当然、その前提に立って行われることになります。日本の警察の優秀さを、俺は信じたいですね」

「結構なことだな、おい。邪魔をしておいて、その相手の努力に期待するときた。貞操帯を自分で嵌《は》めておいて、誰もあたしを抱いてくれないと拗《す》ねている女以上に、厚かましいダブルバインドだぜ。それじゃあ訊くがな。もし警察が、この事件を解決できなかった場合は、どうするつもりなんだ。ええ？　殺人現場という証拠の山を隠されたばっかりに、この殺人事件が迷宮入りになってしまったらだな、おまえいったい、どう責任をとるつもりなんだ？」

「責任、ですか……ええと」

後から考えてみても、いくらこんなふうに切羽詰まった状況だったとはいえ、この時どうして、そんな突拍子もない放言をしてしまったのか、我ながら自分の心理が理解できない。何もかもアルコールのせいにしてしまうのもどうかと思うのだが、やはり酔っぱらっていたせいだろう、としか言いようがない。

「じゃあ、その時は、俺が解決しますよ」

「何だと？」

「警察が、妨害にもめげずにちゃんと解決してくれれば、よし。そうでない場合は、現場をこの眼で見ている者の責任をとって、この事件は俺が解決します」

「また随分と、大きく出たな、おい」

皮肉っぽく一蹴《いっしゅう》しようとしたものの、ボアン先輩、他にこの場を収拾する名案にも思い当たらないのか、微妙な迷いの残る、中途半端な口調になった。

「お、お願いします、先輩」そんな逡巡を見逃さず、ガンタはここぞとばかりに土下座をかました。眉間《みけん》が割れてしまいそうなほど、床に額を擦《こす》りつけている。「お願いします。先輩。俺の一生のお願いです」

「判った」ボアン先輩、拳銃《けんじゅう》を突きつけられたみたいに、苦々しげに両手を掲げて見せた。「判ったよ。タックがそこまで言うんなら、俺はもう知らん。勝手にしろ」

「あ、ありがとうございます」

「つっても、俺は何も協力せんぞ。車とキーを置いていってやるだけだ。おまえ、ちゃんと運転できるのか?」

「何とか」先輩に手を引っ張られて、ガンタは立ち上がる。「やってみます」

どうやら最終決定が出たらしい、これが再び引っ繰り返されるような展開には、多分もうならないだろう……そんなふうに、場の雰囲気の感触を確かめてでもいるのか、ハコちゃんは、いやにゆっくりと僕たち三人を順繰りに見回した。今にも溶岩が噴き出てきそうだった眼も、みるみるうちに冷却する。

ようやくハコちゃんは、カッターナイフを握った手を下げた。刃先を引っ込める音が、いやに大きく響く。

「じゃ……まあ」そんな彼女を横眼に、ボアン先輩、大きく嘆息した。「頑張れよ。タックが言ったように、ちゃんと証拠品は全部、死体と一緒に運び出すんだぞ」

「判ってます」

「〝仕事〟が終わったらすぐに、俺の家に電話をかけてこい。死体をどこへ捨てたのか教えてくれれば、俺が警察に通報する。もちろん、匿名《とくめい》でだし、おまえやハコちゃんのことには絶対に触れないでおく、と約束する——こういう条件でどうだ?」

「最高っス」ようやくガンタの表情が、普段のように明るくなった。「一生恩に着ます」

「——俺とタックは、これで退散するけど」車のキーをガンタに手渡しながら、ボアン先輩、妙に芝居がかった仕種《しぐさ》でハコちゃんの顔に指を突きつけた。「運搬そのものはガンタに任せるにしてもだよ、死体を車に積み込むぐらいは、ちゃんと手伝ってあげるように。

いいかい、ハコちゃん。判ったね」

「あ、あたしが？」先刻までの夜叉《やしゃ》の如き迫力は霧散し、ハコちゃん、普段のように、無邪気なのか無神経なのか咄嗟《とっさ》には区別がつきかねる顔と喋《しゃべ》り方に戻っていた。早速、という感じで、いつものように駄々を捏《こ》ねる。「あたしが運ぶんですか、このひと？」

「自分の問題でしょ、そもそも。何もかもガンタに押しつけるんじゃありません」

「だってあたし、こんな女のひと、知らないんですよ。知らないひとなのに、なんであたしの問題になるの？」

「あのねえ、ここは、きみの家でしょうが」

「知らない女のひとの死体なんかを、さわるの、嫌よ。もちろん、知ってるひとの死体だって、嫌だけど」

「とにかく、床の血痕《けっこん》を拭《ふ》き取るぐらいは、自分でしなさいね」

「そ、それが一番、嫌なのにー」

そういえばハコちゃん、掃除が大嫌いだとか、いつか話していたっけ――こんな場合だというのに僕は、そんな他愛もないことを憶《おも》い出す。独り暮らしもしてみたいけど、家政婦でも雇わなきゃとても無理かもしれない、なんて。

「あ、あれ？」ガンタが、ふと訝《いぶか》しげな声を挙げながら、手渡された車のキーを眼の高さに持ち上げた。「……これって」

「ああ。そうだよ。おまえの車」

「え、お、俺の？」驚くというよりもむしろ、ガンタは拍子抜けしたような顔になった。

「俺の車のキーを、あ、あの、先輩、いったい、どうやって……」

「ほら。だから言ったでしょ。だから最初から、あなたが車を持ってくればよかったのよ。そうしてたら、こんな――」

ややこしいことにはならなかったし、時間も節約できてたのに、というハコちゃんの、半分笑っているみたいな、半分怒っているみたいな繰り言を背中で聞きながら、ボアン先輩と僕は浜口家を後にした。

ガンタの青塗りのセダンを尻目《しりめ》に、てくてくと歩いて、先輩の家へ向かう。

「――サンキュー、タック」

「え？」

「助かったよ、ほんとに」夜空を仰ぎながら、うん、と大きく伸びをする。「おまえの方から、ああいう提案をしてくれて、さ」

「ていうと、ガンタの好きにさせる、という提案のことですか？」

「うん。正直、俺、困ってたんだ。ガンタの気持ちも判らないではないから、正論ばっかりぶつけたってダメだとも判ってたし、おまけにハコちゃんに、死んでやるーと、こられちゃあな。だけど酔ってるせいか、どうもいい考えが浮かばなくてさ。一旦《いったん》反対の立場をとってしまうと、なかなかそこから切り換えができない。お蔭《かげ》で、俺らしくもない、警察の広報担当みたいな演説をえんえん、ぶつはめになっちまった」

「ひょっとして」僕は少し、意地悪い気持ちになって、「例のハコちゃんの、あのひと言がこたえてるんですか――先輩がこんなに頭が固いとは知らなかった、っていう?」

「まあ……」渋々と認める。「かもな」

「気にすること、ないですよ。正論を述べるひとは、洒落《しゃれ》の判らない面白くない人間だと疎《うと》まれがちだけど、誰かがやらなくちゃいけない役目なんだから」

「ああ、そうだな」口が寂しいのか、タバコを一本咥《くわ》えると、火も点《つ》けずに、ぷらぷらと唇にくっつけて弄《もてあそ》ぶ。「考えてみりゃ、真面目な人間て、損な立場だよな。誰かが言わなくちゃいけない正論を述べてるだけなのに、誰からも尊敬されないわ、融通の利かない、温かみのない人間だみたいに思われて愛されもしないわ、で。さんざんだ。俺は御免だよ。二度と」

「弱気にならないでくださいよ。それこそ、らしくもない。先輩みたいな、すちゃらか男が言ってこそ正論にも重みがあるってもんです。あれで、ハコちゃんも、相当こたえてたみたいだから。口には出さなかったけど」

「まさか俺に反対されるとは予想していなかったから――か?」

「そうですよ。あれで彼女も少しは眼が醒《さ》めてくるかもしれない。もしかしたら、今すぐとはいかなくても、九月に帰国したら、気を変えてくれるかもしれません。黙っていたけど実は、犯行現場はあたしの家だったんです、と警察に正直に話してくれるかも」

「一ヵ月遅れでも、隠し通すよりはその方が、まあ、ましだろうけどな」

「案外、自主的にそうしてくれるかもしれませんよ。頭が冷えて」

「さあ、どうだかな。それよりタック、おまえ、さっきどさくさまぎれに何と言った。俺みたいなすちゃらか男って、どういう意味なの。俺、真剣に気を悪くしちゃうよ。おまえって、そういう眼で俺のことを——」

「そんなことより、ガンタですけど」

「ん」

「どうやら、以前からハコちゃんのこと、憎からず思ってたようですね？」

ああ、とボアン先輩、声というよりも息の塊りのようなものを吐き出して、立ち止まった。街灯の明かりに、陰影のついた顰《しか》め面が浮かび上がっている。

「……ひとめ惚《ぼ》れってやつらしいな、どうも」再び夜道を歩き始めた。「あいつらが、大学に入学した時からの」

「そんなに前から、ですか」

「ガンタは何度か手紙を書いたり、デートに誘ったりしたこともあるらしい。だが、今のところ彼女の方からは、色好《いろよ》い反応は返ってきていないようだ」

「さすがに、お詳しい」

「俺にも判ってるさ。いくらガンタだって、女なら誰にでも色仕掛けに乗るわけじゃない、ってことくらい、さ。あいつは単純だが、それほど愚かじゃない。相手がハコちゃんじゃなかったら、俺が説教垂れるまでもなく、自分で理性を働かせてるさ」

「そう……ですよね」

「だから、余計に腹がたつ、とも言える」

「というと？」

「だって、ハコちゃんは、ガンタの気持ちをちゃんと知っているんだぜ。具体的に、彼女が差し出した交換条件が何なのかは知らないが、結局は奴《やつ》の好意に付け込んで、ああいう無理難題を、あいつに押しつけているわけじゃないか」

「好意的に解釈するなら、ハコちゃんも、いざとなればガンタが一番頼りになると、極限状況の中で思い当たったのかもしれない」

「何だそりゃ。随分回りくどいが、要するに、両想いってこと？」

「あり得る話でしょ？」

「意外にロマンチストだな、おまえ」

「映画でも何でも、ハッピーエンドが好きなものですから」

「ま、そこに落ち着くのなら、それに越したことはないよ。そのためにも、とりあえずは、ガンタの奴が、途中で検問にひっかからないことを祈っていようぜ」

「そうですね」

僕たちは、てくてくと一時間ほどかけて歩き、ボアン先輩の家まで戻ってきた。ガンタの連絡を待つ間、性懲りもなく、また飲みながら時間を潰《つぶ》す。

ガンタから電話連絡が入ったのは、朝の五時過ぎだった。ちょうど、ボアン先輩がトイレに立っている時で、僕が受話器を取る。

「あ……俺」〝大仕事〟を終えた直後のせいか、ガンタはぜえぜえと、すっかり息が切れてしまっている。「タックか？」

「うん。どうだった？」

「何とか、終わったよ、今。先輩は？」

「ちょっと、御不浄に」

「何だ、そりゃ」

僕の言い回しが可笑《おか》しかったのか、性急に喋《しゃべ》っていたガンタも、少し口調を落ち着かせる余裕を見せた。

「——ひょっとして、まだそこで、ふたりで飲んでるとか？」

「すばらしい勘だ」

「だろう」

「で？　首尾は」

「うん。それが結局、桟橋《さんばし》まで行ってきた」

「えらく遠くまで運んだんだな」

「埠頭《ふとう》の手前の通りに最近、小さい公園が出来てるだろ？　ええと。市民ふれあい何とか、って名前の。あそこの阿舎《あずまや》に横たえてきた」

口調はだいぶ落ち着いてきたが、息切れは一向におさまる気配がない。

「随分、しんどそうだな。大丈夫？」

「そりゃあ、おまえ、あれを――」さすがに、死体と、はっきり口にするのは、電話といえども憚《はばか》られるらしい。「担いできたんだぜ。しかも、独りで」

「というと……もしかして、手伝ってもらえなかったの？　全然？」

「誰が手伝ってくれるっていうんだよ」ガンタにしては珍しく、自嘲的《じちようてき》に鼻を鳴らす。検問にもひっかからず無事に大仕事を終え、独りになったことで一気に緊張が解け、うっかり本音が出てしまった、という感じだ。「最初っから、期待しちゃいないよ。そんなこと」

「それじゃ、ええと、まさか、床に付着した血痕《けっこん》とかも？」

「もちろん」くすくすと、低いが妙にヒステリカルな、今まで聞いたことのないような声で笑う。安堵《あんど》と自嘲が微妙に綯《な》い交ざった、複雑な笑い方だった。「俺が掃除したとも」

「じゃあ、ハコちゃんは？」

「お休み中じゃないかな。いや、ひょっとしたらもう起きてる頃かもしれない。空港行きのバスが七時だから五時頃には起きなくちゃ、って言ってたし」

ボアン先輩が戻ってきた。受話器を持っている僕に眼で、ガンタか？　と訊《き》いてくる。

「――ちょっと待って。先輩に代わる」

「俺だ。おう。どうだった？」

そうか、大変だったな、〝お姫さま〟はいい気なもんだな、とか何とか受話器に相槌《あいづち》を打っていた先輩は、よし、じゃあおまえもゆっくり休め、と言い置いて電話を切った。

「ちょっと待っていてくれ。すぐ戻る」

「え？　どこ行くんですか、先輩」

「決まってるだろ？　警察に通報するのさ。港の近くの公園に変死体がありますって。まさか、そういう内容の電話を、この家からかけるわけにはいかんだろ？」

言われてみれば、まったくその通り。ボアン先輩も、なかなか用意周到というか、頭が回る。ほんと。夜郎《やろう》自大《じだい》なだけでなく、いざという時には頼りになる男だ。

独りでボアン先輩の家で待っている間、ふと何か、いたたまれないような気持ちがこみ上げてくる。ほんとうにこれでよかったのだろうか、という。後悔、というのはちょっと違う。不安というか、焦燥のようなもの。ほんとうに、あの場面でガンタの望み通りにことを運ばせてやって、よかったのだろうか。ひょっとしたら僕も、ボアン先輩側に回って、あくまでも、犯罪を糊塗《こと》するなどという暴挙には反対の立場を貫くべきだったのではないか、と。

もちろん、今さらそんなことを考えても、もう遅いわけだが。

ボアン先輩は、ほんの二、三分ほどで戻ってきた。近所の公衆電話で、言いたいことだけ相手に伝えて切ってきたらしい。

完全に寝そびれてしまった僕たちは、そこからまた、しつこくビールを飲み始めた。我ながら、まったくよくやるよ、と思う。付き合う先輩も先輩だけどさ。

時計が七月十六日の午前十時を回ったところまでは、かろうじて記憶に残っている。その後は、ボアン先輩の家で、そのまま眠り込んでしまったらしい。

鼻に何か痛みを覚えて眼が醒《さ》めてみると、もう夕方の五時を過ぎていた。

「——やっと、お眼醒め？」

見ると、タカチが僕の顔を覗《のぞ》き込んでいる。いつものように、にこりともしない、無表情のままで。

僕の鼻をつまんでいた指を、ふいに放すと、今度はうつ伏せに寝ているボアン先輩の方へと向かった。

「こら」手加減などというのはどこの世界の言葉かという感じで、彼女、思い切り先輩の背中を踏みつけた。「いい加減に起きろ」

ぷぎゅる、と驚いた子豚みたいな奇声とともにボアン先輩、飛び起きた。「な……何、何だ、タカチか。お。いいね。いいね。もっと。もっと踏んで頂戴《ちょうだい》な。あ。いやん。止めちゃ、いやん。もっともっと」

「アホ」

昨夜の宴会の残骸《ざんがい》を払いのけるようにしてタカチは、スーパーのビニール袋をテーブルの上に置く。

「何時だと思ってんの」脚に縋《すが》り付こうとしてくるボアン先輩の顔に、まるで大リーグのピッチャーみたいな勢いで新聞を叩《たた》きつけた。「朝刊も取り込まないで。もうとっくに夕刊もきてるわよ、ほら」

「いでで」ひっくり返りながらも、先輩、何だか嬉《うれ》しそうである。「鼻が折れた」

「あら、そ。造作が改善されて、ちっとは、いい男になるんじゃない？」

「いやあ、照れるなあ。これ以上いい男になっちまったら、俺、どうしよう」

全然めげない先輩を無視して、タカチはビニール袋の中味をあけた。各種野菜や、パック詰めの肉、魚の干物などが出てくる。

「あら？　何だそりゃ」

「あんたたちの食事に決まってるじゃない。今日ぐらいは飲みに出ずに、ちゃんとまともなもの、食べること。判った？」

「え。というと」ぱっと満開の花のように先輩、にやけまくる。「わ。わはい。タカチが作ってくれるの？」

「甘えるんじゃない。あたしは材料、調達してきてあげただけ」

「そ、そんなあ」玩具《おもちゃ》売り場で駄々を捏《こ》ねている子供みたいに、ボアン先輩、ひっくり返って暴れる。「タカチの手料理が食べたい、食べたーい。も、もお、すごーく、食べてみたい、食べてみたいよー」

「やってなさい、死ぬまで」

「冷たいな、もう。ねーったら。ねえねえ。タカチぃ。作ってー。作ってくれなきゃ、今夜も飲むぞ。飲みにいっちゃうぞ」

「勝手になさいな。あんたたちが肝臓破裂させて悶死《もんし》しようが、あたしの知ったことか」

ふたりの痴呆的《ちほうてき》なやりとりをぼんやりと聞いていた僕は、ふとあることに思い当たって、完全に眠気が吹っ飛んでしまった。「せ、先輩……ちょっと」

「ん？　何だよ、タック。ほら。おまえからも、お願いしないか——どうしたの？」

「し、新聞、ですよ」

「んあ？」

「だ、だからッ」もどかしくなって思わず怒鳴ったら、二日酔いの頭に、げげんと響く。

「新聞記事ッ」

「あ」

ようやく思考がまともに働き出したらしい。ボアン先輩も顔色を変えて、先刻タカチが叩きつけてきた地元新聞紙を、今にも破かんばかりにして畳の上に拡げた。

「ど、どこだ？　どこにある。ちゃんと載ってるのか？」

「先輩。それは朝刊。朝刊ですってば」

「え？　何言ってんだ、おまえ。これ、今日のだろ？　間違ってないだろ？」

「あれが朝刊記事に間に合うわけ、ないでしょ。載ってるとすれば——」

「あ、そ、そうか……」

ふたりで夕刊を、引き裂かんばかりにして覗き込んだ。問題の記事は掲載されていた。掲載されていた、どころではない。他に事件らしい事件が起きなかったのか、何と社会面にトップで、それも一文字一文字が名刺ほどのサイズがありそうな白抜きタイトルが、でかでかと躍っている。

『女性の他殺死体、安槻《あつき》港桟橋公園で発見』――と。

思わず僕と先輩は互いに顔を見合わせた。期せずして、ふたりの喉《のど》が同時に、ごくん、と盛大に上下した。

もどかしいような、それでいて、恐るおそるという思いで、記事を読み進む。

『――女性の他殺死体、桟橋公園で発見。

十六日未明、安槻港桟橋の、市民ふれあい公園の中で女性が倒れている、との通報が安槻署にあり、パトロール中の警官たちが駆けつけてみたところ、公園の一角にある阿舎《あずまや》で、女性の変死体が発見された。

女性は頭部に、打撲性の外傷があり、また死後に動かされた形跡が認められることから、どこか別の場所で殴られて殺された後、運ばれてきたものと見られ、安槻署では県警と合同で、殺人及び死体遺棄事件として捜査本部を設置した。

検視による死亡推定時刻は、十五日午後十時から、十六日午前四時までの間。死因については明らかにされていないが、頭部の傷による、外傷性ショック死と見られる。着衣に、特に乱れはなかったという。

女性は推定年齢二十代から三十代。身元を示すものは何も身につけてはいなかったが、本来は長かったと見られる頭髪が切られており、その切られた頭髪が、女性の穿《は》いていたと見られるストッキングの中に詰められていたことなどから、捜査本部は事件との関連を調べている。

また、安槻署に通報してきた人物が名前を名乗らなかったため、この人物の素性を調べるとともに、事件との関連を追及する方針……』

「——まいったな、おい」ボアン先輩、不精髭《ぶしょうひげ》を毟《むし》りながら、首を横に振った。「まさか、こんなド派手な記事になるとはなあ……思ってもみなかった」

「てことは……ハコちゃんの心配も、あながち杞憂《きゆう》とは言えなかった、ってことで」

「そう……だな」珍しく弱気というか、殊勝な面持ちで頷《うなず》く。「大騒ぎになってたろうな。ご両親が、末代まで残る恥だとか怒って。ハコちゃん、一生、座敷牢《ろう》か何かに繋《つな》がれて、出してもらえなくなってたりしてさ」

「笑えませんね、それ。実感あり過ぎて」

はああと揃《そろ》って溜め息をつきかけた、その時、「気が変わったわ」という声がした。

ボアン先輩と僕は、ほぼ同時に跳び上がっていた。ひゃっ、とか、きゅっ、とかいう奇声とともに、ほとんど腰が抜けかける。記事に夢中になる余り、タカチの存在をすっかり失念していたのである。

「作ってあげるわ。食事。もう、とびっきり美味《おい》しいお料理を、用意してあげる。特に、あなたたち、ふたりのために」

にっこり、と昨夜ハコちゃんと宮下さんをタバコの煙で恫喝《どうかつ》した時みたいな、不気味な頬笑《ほほえ》みをタカチは浮かべていた。彼女にしては珍しく、投げキッスの真似までしている。

「用意する間に、お風呂にでも入ったら？　それともビールにする？」

もちろん、全然色っぽくない。ただひたすら、怖いだけ。さすがに脳天気なボアン先輩も、今回ばかりは嬉しがる余裕もないのか、ただ、鼻白むばかり。

「その代わり――」

バンッ、と紙面が裂けそうな勢いで、タカチは夕刊を平手で、ぶっ叩いた。天使、もとへ、悪魔のような笑顔を貼《は》りつかせたまま。

「どういうことなのか、ちゃんと説明してくれるわね、全部？」

ボアン先輩と僕が、かくかくと、からくり細工の人形のように、揃って何度も頷いたことは言うまでもない。

公約の恋人

「――あんたたちのどこが決定的に馬鹿なのか、って言うとね」

タカチの口調は、辛辣《しんらつ》というより、冷静かつ淡白である。もちろん、聞かされる方にとっては、その方がダメージが大きい。

「もし仮にこの事件が迷宮入りになるとすれば、それは、被害者の身元が判明しなかったことが最大の原因に、おそらくなるであろうという至極当然の可能性を、まったく完璧《かんぺき》に失念している、という点よ」

カウンター席に、タカチを挟んで座っているボアン先輩とガンタ、そしてカウンターの内側でサロンエプロンを着て佇《たたず》んでいる僕の三人は、まるで先生のお説教を喰《く》らって廊下に立たされている小学生みたいに、伏し眼がちな顔で一斉に、首を竦《すく》めた。

場所は、大学のすぐ前にある〝アイ・エル〟という喫茶店だ。週に何度か僕はここで、ウエイター兼料理人としてアルバイトをしている。本来は単なるウエイターとして雇われているのだが、お店のマスターが、超、狂、病の三文字が同時にくっつくパチンコ好きで、こちらが隙《すき》を見せると遁走《とんそう》してしまうという困ったひとなのである。その間にお客が来た場合、嫌でも僕が自分でコーヒーなり軽食なりを用意せざるを得ないわけで、すっかりそちらの方の腕も鍛えられてしまっているのだ。

　立地条件が良いので、お店はなかなか繁盛している。もちろん、お客の大半は安槻《あつき》大の学生たちだ。モーニングセット、そしてお昼の日替わり定食と、それぞれの定番メニューめあてに、だいたいいつも同じ顔ぶれが並ぶから、体力的にはともかく精神的には、僕にとっては気楽なバイトだ。時給も、いつもサボってばかりいるというマスターの負い目があるせいか、他よりも少し多めといったところ。

　時刻は、午後三時を回った頃だ。学生たちの帰省が本格化しているため、店の入りは普段より少ない。昼食の時間帯が過ぎた今、お客はカウンター席に雁首《がんくび》を並べているボアン先輩にガンタ、そしてタカチの三人だけである。もちろん、マスターはとっくの昔に遁走していて不在だから、店内には僕も含めて四人しかいないという、貸し切り状態。

　カレンダーの日付は、七月二十九日。栈橋公園で身元不明の女性の他殺死体が発見されたという例の新聞記事が掲載されてから、既に十日以上が経過している。

　テレビのローカル・ニュースや新聞記事から判断する限り、これまで事件は未《いま》だ何の進展も見せていないようだ。関連記事は、その後、一度出たきり。被害者の女性の身元依然不明、という見出しとともに、彼女の似顔絵が一般公開されたのである。

　もちろん、断髪前の想像図であるから、本人をこの眼で見た身としては、妙に人形っぽくて不自然というか、余り似ているとは思えなかった。一番長い時間、死体と付き合ったガンタも、ちょっと違うような気がする、と首を傾《かし》げているのに、ボアン先輩だけは、そうか？　結構似てるじゃんか、という御意見。

しかし似顔絵が公開されてからも、被害者の身元が判明したとか、容疑者が逮捕されたとかいう類いのニュースは、一向に聞こえてこない。どうやら捜査は相当、難航しているようなのである。残念ながら。

「殺人事件ってのは普通、被害者がどこの誰なのかを特定するところから始まる——そんなことは素人《しろうと》だって、簡単に判ることよね」

アイスコーヒーの氷を、ゆっくりと攪拌《かくはん》しながらタカチは、両側に座っているボアン先輩とガンタを交互に睨《ね》めつける。

「被害者が特定されたら、次はその交友関係が調べられる。そしてその中から、やがて容疑者が絞られてゆく。当然の手順よね。行きずりの衝動殺人とか、通り魔的な無差別殺人でない限り、犯人は被害者と何らかの繋《つな》がりがある人物に決まっているんだもの。だから逆に言えば、被害者の身元が判らない、ということは、容疑者が誰なのかもまったく見当がつかない、ということでもあるわけよね」

そんなこと今さらおさらいしてもらわなくてもよく知っとるわい、とは誰も言い返さない。普段なら顔の半分を口にして喋《しゃべ》り倒すボアン先輩でさえ、妙に気まずそうに押し黙ったままチョコレートパフェのスプーンを虚《うつ》ろに舐《な》めている。

ちなみに彼は、辛いものも甘いものも両方いける、両刀遣いである。

「被害者が誰なのか判らなければ、犯人が誰なのかも判らない。これは論理の当然の帰結よね。いくら日本の警察が世界一でも、こればっかりはどうしようもない。桟橋公園の阿舎《あずまや》に放置されていた死体が、いったいどこの誰なのか特定できないまま、かくて、この事件はめでたく迷宮入りになるってわけよ。お判り？」

クリームソーダのサクランボを、食べもせずに指で弄《もてあそ》びながら、ガンタは泣きそうな顔をしている。時々そっと、タカチの方を上眼遣いに窺《うかが》おうとするのだが、眼が合いそうになるたびに、びくんと感電したみたいに慌てて眼を逸《そ》らし、手の中のサクランボを、まるで骨董品《こっとうひん》を鑑定するみたいな眼で見つめるのであった。

「さて。迷宮入りになった場合は責任をとって自分が事件を解決する、と大口をぶっ叩《たた》いた張本人さん」

タカチはアイスコーヒーのグラスから抜き取ったストローを、指揮者のタクトよろしく、僕に突きつけた。

「この事件が迷宮入りになるかどうかは、ひとえに被害者の身元が判明するか否かに、かかっている。その点について異存は？」

「あ」皿拭《さらふ》き用の布巾《ふきん》を持ったまま、思わず僕は直立不動の姿勢をとってしまった。「ありませんです。はい」

「そりゃ、そうでしょうよ。身元が判明すれば、世界一優秀な警察のことですもの、事件を解決しちゃうわよね？　少なくとも、解決する可能性は高い。てことはよ、被害者の特定ができなかったのが原因で迷宮入りになった事件を、警察になり代わって解決しようと言うからには、タックが先ず手をつけなきゃいけないのは、他ならない、その、被害者が誰であるかを突き止めること、なわけよね？」

「さよでございます」

「へえ？　そう？　判ってるの、あんた、そのことが？　それじゃあ、ぜひひとつ、お聞かせ願いたいものだわね。警察は被害者の外観から、血液型、歯の治療痕《こん》、その他あらゆる情報を入手している。それにもかかわらず彼女が誰なのか判らなかったっていうのに、それらの情報を何ひとつ入手していないド素人のタックが、いったい何をどうやって、被害者の身元を突き止めようっていうのかをさ」

ぐうの音も出ない、とはまさにこのことだ。タカチが僕のことを、決定的に馬鹿、と喝破したのは、決定的に正しい。

まさしく、その通りなのだ。事件を解決するためには先ず、被害者が誰なのかを知らなければ話にならない。にもかかわらず僕は、被害者の身元の特定はいずれ警察がするだろうし、報道もされるだろうから早晩知ることができる、なんてお気楽に考えていた。つまり、もしほんとうに探偵の真似事をするのなら、そういう基本的な調査から始まって、何もかも自分でやらなければいけなくなるという現実が、まったく見えていなかったのである。

たった今タカチが指摘したように、もし被害者の特定が警察によって為《な》されるのならば、事件そのものだって警察が解決してくれるに決まっている。そんなの言われてみるまでもない。自明の理というやつだ。だけど、責任とって自分が解決云々《うんぬん》の発言をした時は、そんな自明の理が、まったく思い浮かばなかったのである。我ながら迂闊《うかつ》と言う他はない。

「ま、まあ、タカチ」ボアン先輩にしては珍しく及び腰で、まるで御機嫌をとっているみたいな愛想笑い。「もうそのへんで止めておいてやれよ。タックが気の毒だ」

「何言ってんの、ボンちゃん。ひとのこと気遣う前に、自分が反省したらどう？　だいたい、あんただって同罪よ。同じくらい馬鹿。このひとの、自分が解決云々の大ボケ発言を鵜《う》呑《の》みにして、事態を放置したという、重大な過失があるのよ、あんたには。タックと同じように、あんたにも、ものの道理が見えてなかった。その責任をどうとるつもりでいるのか、ぜひ聞かせて欲しいわね」

「わ、判ってるよ。判ってますって」合掌した手の下に、竦《すく》めた首をぐらせて、ボアン先輩、ひたすら平身低頭。「すべての責任は、最終判断を下した俺《おれ》にあります」

「切腹ものよ、まったく」

「お、俺が悪いんですよ、すべては」ガンタは、酒も飲んでいないのに顔が真っ赤で、半泣きになっている。「俺がいけないんです。無茶を承知でふたりを引きずり込んだりしたから。タックも先輩も、俺のためによかれと思って、ひと肌脱いでくれたんです。高瀬さん。どうか、ふたりを責めないでください。何もかも全部、俺の責任なんだから」

「あたりまえじゃない、そんなこと。偉そうに言うんじゃない」

死者を鞭《む》打《ち》つ《う》というのはタカチのためにある言葉なんじゃないか、と時々真剣に思う。

ガンタはもちろん、いきなり頬桁《ほおげた》をひっぱたかれたみたいに鼻白んで、黙り込んだ。

「もちろん、ハコちゃんもハコちゃんよ。一番悪いと言えば彼女に決まってる。まったく。死んでやるとか脅したり、男の煩悩《ぼんのう》を利用したりするなんて、最低」

「おいおい。タカチよ。それは違うぜ」ボアン先輩、卑屈な態度が消えて、急に尊大というか、分別臭い口吻《こうふん》になって、ふんぞり返った。「女が男の煩悩を利用することこそが、人類の文化の根幹ではないか。利用される煩悩があるからこそ、人類は労働力を確保し、技術を磨き、学問を発展させ、歴史を築いてきたわけではないか。自分の存在の根底を揺るがすようなことを言っては、いかんな」

「な」ボアン先輩が、先刻までの意気消沈ぶりとは打って変わって、余りにも自信たっぷりに迷いがないものだから、さすがのタカチも一瞬、毒気を抜かれたようである。「何よ、いきなり。どうでもいいけど、なんてまあ、身も蓋《ふた》もない世界観だこと」

「シンプルに」ちっちっち、と芝居がかったリズムで舌を鳴らし、指を横に揺らせる。髭《ひげ》面《づら》のボアン先輩がそんな仕種《しぐさ》をすると、猿回しの猿が上手に人間の物真似をしているみたい。「本質を衝《つ》いている、と言ってもらいたい」

「てことは何、ボンちゃん、あんただって男である以上、自分は煩悩、あからさまに言えば性欲によって女に操られ、利用され、搾取されるだけの存在であると認めるわけ？　そういうネガティヴな自己存在意義を、あなたまさか、肯定するつもりなの？」

「今さら何を言うとるんだ。女に利用され搾取されることこそ、男の喜びというものではないか。ネガティヴなどと、とんでもない。女に消耗されてこそ、男はポジティヴに生きられるというものではないか。な？　な？」

と、しきりに同意を求めてくるけれど、ガンタも僕も、戸惑いの表情を見合わせるばかり。それは確かに、ボアン先輩の言い分にも一面の真理はあるとは思うが、なかなかそこまで、すっぱりと割り切れるものではない。少なくとも凡人には無理である。

「女にとって使いでのある〝消耗品〟であることこそが、男のレーゾンデートルでありだな、誇りでもあるわけではないか。な？　な？　ってことはだぞ、おまえ、そのために拠るべき煩悩がない男ほど悲惨なものはないと、これはもう、誰が何と言おうとだな、そういう理屈になってしまうではないか」

つまり、ボアン先輩は非凡だということだ。これは、ほんとうにそう思う。彼が型破りなのは、こういう〝哲学〟を冗談でもなく、ましてや衒《てら》いでもなく、大真面目に、心の底から信じて発言しており、あまつさえそれに〝誇り〟を抱ける、という点なのだ。

そのことに、さすがのタカチも改めて思い至ったらしい。偏頭痛をこらえているみたいに自分のおでこを押さえると、ぐったりとカウンターに突っ伏してしまった。

「まさしく、人類にとって性欲さまさま、性欲クン、ありがとう、万歳、ってな感じで――あ、あら？　どうしたのだ？　おい。タカチ。気分でも悪いの？」

「……ボンちゃんは」蚊を振り払っているような感じで、しっし、と掌をはためかせる。

「ちょっと黙ってて――タック」

「この店、何かアルコール飲料は、置いていないの？」

「何ですか」

「ワイン、くらいなら……」

「じゃ、それ頂戴《ちょうだい》」

「おいおい。昼間っから飲むのかあ？」

がばっと起き上がると、タカチはボアン先輩の方に身を乗り出して、爆笑半分、憤激半分という複雑極まる形相で喚《わめ》きちらした。「ど、どの口が言うのかな、そういう、己れを知らない戯言《ざれごと》を。え？　この肝臓破裂男が。他の誰に言われても、あんたにだけは言われたくないわよ、あんたにだけは」

「何を言うとるんだ、おまえは？　錯乱しとるみたいだが、大丈夫か？　おい、タック。それ、こっちへ——」

凶暴な唸《うな》り声を発しているタカチなど、蛙《かえる》の面《つら》に何とやらで、ボアン先輩、冷えた白ワインをボトルごと、僕の手からひったくった。タカチの前に置いたワイングラスに、三流のソムリエよろしく気どって、とくとくと注《つ》ぐ。

「ま、ま、ぐっといきたまえ。ぐっと。気を落ち着けてね」何か喚こうとしたタカチを遮り、僕に向かって指を二本立てて見せる。「あ、俺とガンタにも、グラス、お願いね。いやあ悪いな、タカチ、こんな高価そうなワイン、奢《おご》ってもらっちゃってさ。あはは。さ、さ。乾杯、乾杯。いやあ、昼間っから飲む酒は美味《うま》いなあ。これぞ人生って感じで」

勝手に奢らされることになっても、タカチはもう何も言い返す気力は残っていないらしい。ぐったりとカウンターに沈んだまま、グラスを舐《な》めている。その唇の端っこが、何とも微妙な苛立《いらだ》ちに歪《ゆが》んでいた。もちろんそれは、ボアン先輩に対する苛立ちであり、口惜《くや》しさであり、諦《あきら》めであったりするわけだが、何よりもタカチは自分自身に対して、どうして今すぐ席を蹴《け》って店を出ていかないのか、と訝《いぶか》り、苛立っている——そんなふうに見えた。

このふたりは、色恋絡みの間柄でもないのに、どうしていつもいつも一緒につるんでいるのか、その理由の一端が、僕には改めて理解できたような気がする。つまりタカチは、ボアン先輩のことが苦手なのだ。とても。

ひとは誰にでも苦手意識というものがある。どんなに豪胆で恐れを知らずに強い人間でも、苦手な相手というものは必ず存在する。そして、何故《なぜ》その相手が苦手なのか理由がはっきりしている場合はいいけれど、さしたる合理的理由もないのに自分が苦手意識を抱かされるのは、ひとによっては、とても屈辱的な状態だろう。

つまり、タカチがそれなのだ。彼女はおそらく自分には苦手なものなぞ、人間も物も含めて何もないと思っている。だから、ボアン先輩だって苦手ではないのだということを、タカチは他の誰でもない、自分自身に対して証明したいのだ。だから、いつも彼と一緒にいる。その、証明をする機会を得るために。

実際は、ボアン先輩のマイペースに調子を狂わされっぱなしで、彼女の思惑とは裏腹に、苦手意識はますます募っているのではないだろうか。しかし、今さら逃げ出すわけにもいかない。ボアン先輩を避けるということは、すなわち己れの苦手意識を認めることであり、ひいてはそれは人生の敗北にも繋《つな》がりかねず、タカチにとっては我慢がならないのだろう。

かくして彼女は、機会さえあれば、いつもボアン先輩と一緒にいる自分を発見することになる。頼まれてもいないのにスーパーで買った食料をアパートに届けるという、本人はもちろんそんなつもりはないのだろうけれど、傍《はた》から見れば通い妻同然の行為に、つい及んでしまうのも、そのためだ。賭《か》けてもいいが、タカチが男のためにそんな行動をとるのは空前にして絶後の筈《はず》であり、そういった一連の行為はおそらく、彼女の苦手意識を克服させるどころか、ますます深めていってしまうという悪循環を形成してしまっているのではないだろうか。

もしかしたら彼女が普段、いつ会っても、何か身構えているみたいに殺気だっているのは、そういった〝罠《わな》〟――自縄自縛のアンビバレントから抜け出せない己れに、常に腹を立て、イライラしているからなのかもしれない。そう考えると、ボアン先輩って、何だか罪深い男だという気がしてきた。

「――ハコちゃんは」

がはがは馬鹿笑いしながらワインをがぶ飲みしているボアン先輩を尻目《しりめ》に、ふいにガンタがそう思い詰めたように切り出した。

いや、思い詰めていたのは結局その切り出しの部分だけで、後に続くガンタの口調はむしろ、さばさばしていた、とも言えるのだが。どこか、宿痾《しゅくあ》から解放でもされたみたいに。笑顔を浮かべる余裕すら漂わせて。

「帰国の予定を、こっそり一日繰り上げてあげるから――って言ったんスよ。俺《おれ》に」

「ああん？」ガンタが何を言おうとしているのか悟ったのか、ボアン先輩、ワインを飲む手は止めずに、真面目な顔になった。「え。てえことは、つまり――？」

「ええ。要するに、それに合わせて俺も上京してホテルをとっておけば、一緒に一泊してあげるから、って……つまり、それが言うところの〝交換条件〟だったってわけです」

「いいではないか」

何がいいのか判らないけれど、ボアン先輩が力を込めてそう言うと、何だか、ほんとうにいいことのように、一瞬錯覚させられてしまうことも確かだ。

「でも……どうせ駄目だな、って感じで。多分、約束は守ってもらえないと、今ではもう、諦めてます」

「いいではないか」

ほんとかよ。

「ガンタよ。それでいい。それでいいのだよ。ハコちゃんが約束を守ってくれないことが判っていてもだな、東京へは断固行かなくてはいかんぞ。そしてホテルを予約するのだ。スイートルームで独りで、来る筈のない彼女を、ずーっと待っているのだ」

「何よ、それ。ばっかじゃないの？」

「報われない結果こそが、人生に価値を付与し、喜びを与えるのだ」タカチの野次なぞ、自分の滔々《とうとう》たる演説に陶酔しきっているボアン先輩には屁《へ》でもない。「ガンタよ、ともに頑張ろう。頑張って、女にとって使いでのある〝消耗品〟になろうではないか。な。な」

「はは、は」その内容というか、考え方に同意しているわけではなさそうだが、ガンタにとっては何らかの形で救いになる言葉だったらしい。「何だか、俺、元気が出てきたっていうか、気が楽になってきたっス」

「いいではないか」

って。これぱっかり。

「あー、もう、虫酸《むしず》が走る。男のナルシシズムって最低」それだけで人間を凍死させられそうなほど冷たい声音で、タカチは茶々を入れた。「だいたいね、そういう考え方が逆説的に女性の存在を商品化し、騎士道精神という隠れ蓑《みの》によって、フェミニズムに歪《ゆが》んだ出発点を与え、ひいては男尊女卑の温床になってきたっていう、封建主義の歴史を、あんたたちいったい、少しは理解——ええい、くそ、もう」

面倒臭くなったのか、それとも、自分の演説の主旨が奈辺《なへん》にあったものやら見失ってしまったのか、ひと声高く罵《ののし》っておいてから、タカチは口をつぐんだ。ワインの残りを干して、ふと、僕に眼線を据えてくる。

嫌な予感がした。だいたい、こういう予感は外れないものである。

「ま、とにかく犯してしまった過ちを今さら、ぐちぐち責めてみても始まらないわ。問題は、これからあなたたちが、いったいどうするべきか、ということよ」

「何だよ、それ」ボアン先輩、演説口調が消えて普段の声音に戻る。「俺たちが、何をするべきだってえの？」

「決まってるでしょ。〝公約〟を果たすの」

「公約？　何の」

「捜査妨害した責任をとって、事件を解決するんでしょ？」

「え。タカチ。だってそりゃ、さっきおまえが言ってたことと、矛盾してやしないか。事件を解決するためには、被害者の身元を知ることが必要不可欠なんだろ？」

「そうよ。だから当然、その調査から始めなければいけないことになるわね」

「おいおいおい。被害者に関する情報を警察は入手しているが、俺たちはなあんにも入手していないという厳然たる事実を御親切に指摘してくれたのは、どこの誰だよ？　そんなこと、できっこないじゃんか」

「あら、そうかしら？　よく考えてごらんなさいな。警察は知らないけど、あなたたちは知っているという情報が、たったひとつだけ、あるじゃない。それも、とびきり重要な情報が」

「ていうと……」話の筋道が見えてきたのか、ボアン先輩、だんだん真摯《しんし》な口調と表情になってきた。「ほんとうの現場がハコちゃんの家、ってことか？」

「御明察。つまりね、被害者はハコちゃんか、もしくはその家族の関係者である可能性は非常に高い。あたしたちはそのことを知っているけど、警察は知らないわ。だから、その方面から調べてゆけば——」

「でも、高瀬さん……」おずおずと不安そうに、それでいてこれだけは断固言っておかないといけないという決意を同時に込めながら、ガンタが口を挟んだ。「ハコちゃんは、あの女のひとを、一度も見たことがないと言ってました。俺、それはほんとうのことだと思うんスけど——」

「あのね、これは意地悪で言うんじゃないから、冷静に聞いて欲しいんだけど——」

タカチは、聞いていて可笑《おか》しくなってしまうくらい、真剣な口調になった。喋《しゃべ》っているうちに、自分でもかなり心理的に巻き込まれてきているらしい。

「ハコちゃんのその主張が、真実なのかどうか、あたしたちに判断できる材料は、今のところ皆無なのよ」

「でも……でも、敢《あ》えて彼女を疑う理由もないっスよ」

「それが、あるの。ガンタ。いい？　よく聞いて頂戴《ちょうだい》。その理由ってのはね、ハコちゃんが、死体を何としても自宅の外へ運び出さなければならなかった、という事情そのものなの」

「でも……」

「これは仮の話だから、そのつもりで聞いてね。十五日の夜。あたしたちと別れたハコちゃんが、自宅へ戻ったら、そこへ被害者の女性がやってきた、と仮定してみて。そして、何らかの感情的行き違いがあって、ハコちゃんが彼女を殺してしまったのだ、とする」

「た、高瀬さん……そんな」

「だから、これは仮の話なんだってば。ハコちゃんは慌てた。というのも、このまま死体が自宅で発見された場合、どう言い訳しても自分が犯人だということは一目瞭然《りょうぜん》。例えば、帰宅してみたら彼女が死んでいたんだ、という言い訳は絶対に通用しない。何故なら、被害者はハコちゃんがよく知っている人物であり、ふたりの間には確執めいたものがあったと周囲もよく知っているから。だからハコちゃんは、何があっても、死体を自宅へ置いておくわけにはいかなかった。自宅が犯行現場であるという事実を知られるわけにはいかなかった、と」

「で、でも、ハコちゃんは……」

「うん。楽しみにしているフロリダ行きを台無しにしたくない——そういう口実で、ガンタに協力を要請した。多分あなたも、何を無茶苦茶な我儘《わがまま》を言い出すんだと呆《あき》れながらも、その一方で、いかにもハコちゃんらしい、なんて納得もしてたんじゃない？」

「え、ええ、それは、まあ」

「そうでしょ？　あたしたちだって、そう聞いてみると、なるほどいかにも、ちょっと自己本位で世間知らずのハコちゃんらしい発想だ、って納得してしまうもの。でも、彼女が死体を自宅から遠ざけたかったほんとうの理由は、そんな牧歌的なものじゃなかったのかもしれない。判る？　ほんとうは、自分が犯人であることに弁解の余地がなくなる事態を恐れての措置、だったのかもしれないわけよ」

「ま、それも可能性のひとつだ、というだけの話さ」何か反論したいのだが有効な理屈が浮かんでこなくて懊悩《おうのう》しているらしいガンタに、ボアン先輩はそう助け船を出した。「可能性といえば、被害者はハコちゃん本人ではなく、彼女のお父さんかお母さんの関係者である、という可能性だってあるわけだ。な？　そうだろ？」

「あ、そ、そうか」ぱっ、とガンタの瞳《ひとみ》が太陽並みに照り輝く。「そ、そうですよね。そういう可能性もあるわけっスよね」

「浜口夫妻はあの夜、親戚《しんせき》の家の通夜に泊まりがけで赴いていて不在だったわけだが、そのことを知らなかった被害者が、夫妻のどちらかを訪ねてきていたのかもしれない」

「ちょっと待って」タカチは慎重な口調ではあるものの、普段の死人みたいな無表情に比べると、妙に活きいきしているように見える。もしかしたら議論に熱中しかけているのかもしれないが、こんな彼女を見るのは初めてである。「不在であることを事前には知らなくても、実際に家まで訪ねてくれば彼女にも、浜口夫妻が留守であることはすぐに判った筈でしょ？　それなのに何故、彼女は引き上げないで、わざわざ留守宅に上がり込むような真似をしたわけ。いくら、ハコちゃんが戸締まりをうっかり忘れていたため、ガラス戸が開いていたとはいえ？」

「そりゃあ、何か浜口家に届け物でも、あったんじゃないのか？　それだけでも置いていこうと、ガラス戸が開いているのを幸い、リビングへ上がり込んだ、と」

「でも、彼女は何も持っていなかったんでしょ、荷物の類いは？」

「だから、それは強盗が持ち去ってしまった、ってわけ」

「何よ、強盗って？　なんでここでいきなり、そういうキャラクターが出てくるの」

「もちろん、殺人犯として、さ。届け物を置いていこうとリビングに上がり込んだ被害者は、そこでたまたま、浜口家に侵入していた強盗と、ばったり鉢合わせしてしまったんだ。彼女は驚いたが、強盗の方も驚いた。何しろ留守だとばかり思い込んで忍び込んでいたわけだからな。被害者は悲鳴を挙げて逃げ惑う。強盗は、そうはさせじと焦る余り、うっかり彼女を殴殺してしまった、というわけ」

「い、イイっスね」ハコちゃんが犯人かもしれないという仮説以外にならなんでも飛びついてしまいそうなガンタは、まるで魚屋の店頭で刺し身の鮮度に感嘆しているみたいな感じである。「いいですね、先輩、それですよ。きっと。それが正解だ」

「被害者の髪が切られていた一件は、どうなるんですか？」

僕としては何気なしに、ごく自然発生的に湧《わ》いてきた疑問のつもりだったのに、カウンターの三人に一斉に、何だか咎《とが》めるような眼つきで振り返られてしまって、思わず後ずさる。背中が棚に触れて微《かす》かに、食器が互いに軋《きし》み合う、耳障りな音がした。

「そりゃ……おまえ」しばらく眼を虚空《こくう》に遊ばせていたボアン先輩、ぽんと手を打った。

「強盗の仕業に決まってるじゃん」

「それとも、ハコちゃんが、やったか、よ」タカチは、あくまでも可能性のひとつとしてなのだろうが、ハコちゃん犯人説に固執する。「どちらにしても、彼女を殺した犯人の仕業に決まってるじゃない」

「しかし、何のために、そんなことをしたんでしょうね？」

「何ですって？」

「だから、理由ですよ。彼女の髪を切って、しかもわざわざ彼女のパンストを脱がした上に、その中に髪の房を詰め込んだ理由。何のために、そんなことをしたのかな、と思って」

こうして口にしてみると改めて、その行為の異様さが浮き彫りになってくる。それは僕だけではなく、眼の前の三人も同感だったらしく、互いに薄気味悪そうな顔を見合わせた。

「問題の髪の房だけど……」

誰に訊《き》こうかと迷っているみたいな仕種《しぐさ》の後でふと、タカチは僕の方を向いた。無表情でもなければ、恫喝《どうかつ》的な微笑でもない。こういう言い方は変かもしれないが何だか、ごく普通の女子大生が雑談している、という感じだ。彼女のこういう穏やかな表情を見たのは、少なくとも僕は、初めてのことである。

「両端をゴムで留めてあった、とか言ってたわよね。それって、どういうゴム？」

「どういう、って……ごく普通というか、何の変哲もない輪ゴムみたいだったけど」

「その輪ゴムって、ハコちゃんちに、もともとあったものなのかしら？」

「というと？」

「一連の行為を殺人犯がやったものと仮定しての話だけど、もしその輪ゴム、犯人が持ち込んだものだったのだとしたら、最初からそういう髪の房を作ることが目的で侵入していた、という可能性が出てくるわけでしょ。だけどもし、ハコちゃんちにもともとあったものを使ったのだとしたら、犯人にとって被害者の髪を切って房を作るという行為は、その場で急遽《きゅうきょ》そうせざるを得なくなるという、何か突発的な事情があったから、ということにならないかしら」

我知らず僕は腕組みをして考え込んでしまう。これは案外、鋭いところを突いているかもしれない、とタカチの指摘に感心したからである。しかし、何がどういうふうに鋭いのかは、まだ具体的にはよく判らないのだが。

「でも、それは今となっては、確かめようがないなあ」問題の〝証拠品〟を捨ててきた張本人であるガンタは、そんな必要もないのに、申し訳なさそうに僕たちに向かって頭を垂れた。「あの女のひとが倒れていたのは、ソファのすぐ横だったから。輪ゴムくらい、例えば生ゴミの袋とか使いかけの材料の袋を閉じるために、引き出しに用意してあったとしてもおかしくない。でも仮に、ハコちゃんちのキッチンに輪ゴムが常備されてるとしても、問題の輪ゴムがそこから調達されたものなのかどうかは、確かめようがないんじゃないスか。だって輪ゴムなんてどれもこれも、似たようなものなわけで」

「まあ、そりゃそうだわな。とにかく」ボアン先輩、ちょっと面倒臭そうな顔で、両手で虚空に円を描いて纏《まと》めにかかるジェスチャーをした。「そういうややこしい疑問点は後回しにして、だ。とにかく被害者の身元を突き止めること。これを先ずやらなくちゃ、話にならん。細かい問題の検討は、それからにしようぜ」

「でも、具体的には？　どうするの」

「ええと。ハコちゃんのお父さん、どこか、高校の先生とか言ってたよな。どこの学校なのか、誰か知らないか」

「確か、海聖《かいせい》学園ですよ」さすがに、好きな女の子のことだけに、ガンタは詳しい。「理科の先生だったんじゃないかな。名前は啓司《けいじ》」

海聖学園は私立の中高一貫教育の学校で、県下では有数の進学校である。

「海聖かあ……海聖じゃあ、ちょっとなあ。何のコネもないなあ」

「てことは、何」ボアン先輩の、いかにも惜しいぜという口調が可笑しかったのか、タカチにしては珍しく、ぷっと吹き出した。「他の学校だったら、ボンちゃん、何か有力なコネでもあるっていうわけ？」

「そうなんだ。俺の伯母《おば》さんてひとがさ、丘陽《きゅうよう》女子学園出身で、今、そこの校友会会長をやってんの」

「それがどうしたの。あんまり、大したコネでもなさそうだけど」

「そんなことないぜ。口やかましいオバはんで、押し出しが強いから、理事会でも結構、発言力があるって話だ」

このコネが結局は大したものであった証拠に、ボアン先輩は大学卒業後、まともな就職活動をしていなくて路頭に迷いかけていたところを、この伯母さんの口利きで、かの名門、丘陽女子学園に国語講師として赴任することになるのであるが、それはまた別のお話。

「ん。待てよ。そういや、伯母さんに、いつか聞いたことがあったっけ。以前海聖で教えてたんだけど、何か事情があって丘陽に移ってきた先生がいるとかって話を。よし。その先生を、紹介してもらおう」

「そりゃいいけど。それでいったい、何をどうしようってのよ？」

「その先生、ハコちゃんのお父さんのことを、よく知ってるかもしれないだろ。プライヴェートなこととか。あるいはその先生本人は何も知らなくても、事情をよく知っている誰か別のひとを紹介してもらえるかもしれない」

「そうやって、ハコちゃんのお父さんの交友関係を調べてみようってわけ？　狙《ねら》いは判るけど、そんなにうまくいくかしら？」

「そりゃあ、やってみなくちゃ判らない。どんな職場だろうと、噂《うわさ》好きの人種ってのは沢山いるものだ。案外、思ってもみなかった情報が集まるかもしれないぜ。例えば、あの被害者は実は、ハコちゃんのお父さんが付き合ってた女性だった、とかな」

「つまり……不倫てこと？」

「可能性はあるだろ？」

「でも、お母さんの方の、知り合いかもしれないっスよ」ガンタも、そんなにうまくことが運ぶものなのかと、どちらかと言えば懐疑的な顔をしている。「そちらの方は、いったいどうやって調べるんです？」

「うーん。お母さんは、ええと、そういえば、ハコちゃんのお母さんの方も、先生をやってるとかって話だったな。どこだ？」

「安槻第一小学校です」打てば響くように答えたのは、もちろんガンタだ。「何でも、なかなか有能な先生で、同校史上初の女子教頭になるんじゃないか、という、もっぱらの噂らしいですよ。名前は秀子《ひでこ》」

「第一小かあ。俺はそっちの方は全然、まったく何のコネもないな。誰か、知り合いがそこの出身とかって奴、いない？」

「なんで、あたしの顔を見る。この中で地元出身者は、ボンちゃんとタックじゃないか」

そんなタカチの声に被《かぶ》さって、店のドアのカウベルが、からん、と軽やかな音を立てた。お客さんかと思って、いらっしゃいませと言おうとしたら、やっほー、という元気な声に先んじられてしまった。

「わーい。みなさん、お揃《そろ》いで」

ウサコである。今日はまるで中学生みたいに髪を三つ編みにしているせいか、普段ただでさえ齧歯類的《げっしるいてき》な印象が余計に強調され、ぬいぐるみみたいに、ふわふわと可愛《かわい》い。

「あ、おなかすいた。ねー、ねー、タック。日替わり、残ってる？」

「こんな時間に来ておいて、何を糞厚《くそあつ》かましいことを言っとるんだ」

「えーん。先輩に訊いてるんじゃないもん——あれ、ガンタ、サンキュ」

ガンタはカウンターの席をひとつ横にずれ、タカチの隣りをウサコに譲っている。妙に顔が強張《こわば》っているところを見るとどうやら、タカチ＝レズ説がまだ頭の隅にひっかかっており、あの十五日の夜、彼女たちが愛し合ったのではないかと本気で疑っているらしい。

「残念だけど、日替わり、もう終わってる。何か作ろうか」

「うん。じゃ、ミートソースね」

「そういや、小腹がすいたな。タック、俺たちにも、同じやつ、な」

相変わらず、タカチやガンタの意向なぞ確認せずに、勝手にオーダーしてしまうボアン先輩であった。

「あ。それじゃ」カウンターに荷物を置くと、座ったばかりの席から立って、ウサコは厨《ちゅう》房《ぼう》に回ってきた。「あたしも手伝ったげる」

勝手知ったる感じで予備のサロンエプロンを手早く身につけるウサコを、僕は別に止めない。ボアン先輩ほどではないけれど、ここのマスターもかなりいい加減な性格で、店が滅茶苦茶忙しい時など顔見知りの女子学生たちに平気で手伝わせたりするのだ。そういう、ボーダーレスというか、アットホームな雰囲気が〝アイ・エル〟のウリだと開き直っているフシもある。

だから、さっさとサラダを用意するウサコも、手慣れたものだ。もちろん、パスタやカレーに付くプチサラダではなく、一品メニューのシーフードサラダにすることは忘れない。

これはもちろん役得というものだから、僕は黙認。仮にマスター本人がこの場にいたとしても、別に何も言わない筈である。

「あ、そうだ」和風ドレッシングをかける手を止めてウサコは、カウンター席の三人に、順番に、かつ公平に笑いかけた。「ハコちゃんから、手紙がきてるよ」

うえッ、と首を絞められたみたいな奇天烈《きてれつ》な声で呻《うめ》いたのは、もちろんガンタだ。「ほ……ほ、ほんと?」

「うん。そこの、あたしのバッグに入ってる。開けていいよ」

呻くばかりで一向に手を伸ばそうとしないガンタに代わって、タカチがやや苦笑気味に、エアメイルを取り出した。

横に細長い、日本では余り見かけないタイプの白い封筒に、赤いペンでエアメイルと英語で記されている。いかにも古き良きアメリカ人という感じの男性肖像画が印刷された切手に、異国情緒が漂っていた。

差出人の住所は英語。宛《あ》て先の方は、ジャパンだけ英語で記しておいて、あとは日本語という、お定まりのパターンだ。ウサコの下宿の住所が、見慣れたハコちゃんの丸っこい筆跡で、整然と並んでいる。

タカチはプラカードみたいにその封筒を掲げてみんなに披露した後、中から、便箋《びんせん》の束を取り出した。

「あれ。写真も送ってきたんだ」

「うん。かあいいでしょ？　ハコちゃん」三人の前にサラダを並べながら、ウサコはまるで自分のことのように嬉《うれ》しげだ。「ほら。その海岸とか、芝生とかさ、綺麗《きれい》でしょ？　さすが、フロリダって感じよね。なにしろ、もともとそこってリゾート地らしいから」

写真は三枚あった。どこかの部屋の中で、何とかカレッジというロゴが入ったTシャツを着て、自慢げに笑っているハコちゃんの写真。抜けるような青空の下、その同じ大学名の看板が立っている、まるでゴルフ場みたいな大学キャンパスの写真。そして、日焼けした欧米人たちが群れる白い砂浜で、水着姿で手を振っているレイチェル・ウォレスの写真。

タカチは、声に出して手紙を読み上げた。

無事にセント・ピーターースバーグに到着したことから始まって、レイチェルの家族に手厚い歓迎を受けたこと、ハコちゃんが在籍する予定の留学生向けの英語学校は、地元の大学の敷地内にあるのだが、ちゃんと入学手続きを終えて、もう授業が始まっていること、キャンパスの売店で大学名が入ったグッズがいろいろ売られていたのでTシャツを買ったこと、レイチェルにビーチに連れていってもらったこと、この週末は彼女の家族と一緒にディズニー・ワールドへ行く予定であること等々。

他愛のないといえば他愛のない、いかにも心楽しく充実した時間を謳歌《おうか》しているという感じが伝わってくる内容だった。もちろん、あたりまえのことだが、例の十五日の夜の一件については、ひと言も触れられてはいない。

「日付は……ええと。七月二十一日か。ウサコ、これ、いつ着いたんだ？」

「昨日だよ」

「てことは」ウサコから、特別大盛りのミート・スパゲッティを受け取りながら、ボアン先輩、指折り数える。「一週間。航空郵便でも、届くまで一週間もかかるのか。さすが、アメリカ大陸は遠いのお」

「そりゃ、地球の反対側にあるんですもんね。フロリダ半島は」ふと、タカチは声をひそめてガンタを振り向く。「……あなたには、きてないの、手紙？」

「い、いえ」ガンタは、ちょっと油断するとみんなの前で泣きべそをかいてしまいそうだと心配しているみたいに、無理に引きつった笑みを浮かべている。「それが、全然」

「電話も、なし？」

「ないっス」

「冷たいもんね、まったく」

「そ、そんなふうに、言わないでやってくださいよ。きっと、そのお、ハコちゃんも忙しいんですよ。やっぱり」

「どんなに忙しいか知らないけど、あんなことがあった後でよ、知らん顔というのは、どういう神経かしらね、まったく。ボンちゃんやタックにはともかく。ガンタには何かひと言、詫《わ》びの言葉なり、感謝の言葉なりが、あって然《しか》るべきなんじゃない？」

「何の話、それ？」サロンエプロンを脱いでカウンターの席に戻りながらウサコは、もともとまん円い黒眼を、さらにくりくりと動かす。「ハコちゃんとガンタ、何かあったわ

うわ　ーい」ウサコもまったく動じず、単純に喜んでいる。「なーんだ。いつの間に。そういう仲になってたの？」

「あったも何も」もちろん、変に隠し立てするようなタカチではない。「東京で逢《あ》い引きする約束してんのよ、これが」

け？」


誰にも答える暇を与えず、再びドアのカウベルが鳴った。「うおーす」と妙に舌足らずな、くぐもった声で、小太りで天然パーマの、メガネを掛けた男が入ってくる。

「よ、みなさん。ども、どもどもども」

同じ大学の二回生の、コイケさんだ。といっても、それはニックネームである。

本名は誰も知らない。コイケでないことは確かなのだが、ほんとうに誰も知らないのだ。学生たちのみならず、某教授が何かのゼミの間じゅうずっと彼のことをこの愛称で通してしまい、後になって学生名簿を確認してみると小池も古池も見当たらなかったので面喰《めんく》らってしまったという伝説があるくらい、定着してしまっている。安槻大の関係者で彼の本名を知っている者は、多分ひとりもいないだろう。

かくいう僕も、彼の下の名前が、どういう漢字を当てるのかは判らないが、ヤスヒコ、であるということをかろうじて知っているだけで、苗字となるとまったく見当がつかない。ちなみに本人によると、小学校の頃からこの愛称で呼ばれ続けているため、今さら全然気にならないそうである。もしかしたら、自分でも本名を忘却しているのかもしれない。

「あ、タック、俺、ラーメンね」

賢明な向きは既にお気づきのことと思うが、コイケさんという愛称の由来はもちろん、かの名作漫画『オバケのQ太郎』に登場する、いつも丼《どんぶり》をかかえてラーメンを啜《すす》っている謎《なぞ》のおじさん、コイケさんである。その風貌《ふうぼう》といい、ラーメンに異様に執着する嗜好《しこう》といい、漫画のキャラクターが三次元の世界に実体化してきた、としか思えない相似形ぶりであった。

「コイケ、よかったら俺のスパゲッティ、喰わない？」ガンタは最初から余り食欲がなさそうだったのに、先輩に無理矢理オーダーをされてしまって、持て余していたらしい。

「代金、半分でいいからさ」

「お。喰う喰う」漫画のキャラクターとひとつだけ違うのは、彼が、もちろんラーメンも大好きなのだけれど、それ以外の麵類《めんるい》にも異様に執着するという点である。「タックのミートソースは、絶品だもんな」

「あたしも、手伝ったんだもーん」

「ほんと？　そりゃ、ますます最高」お箸《はし》でミートソースを啜り込みながら、至福の表情で二重顎《ふたえあご》を震わせる。「うん。何か、こう、ウサコの味がする。なんてね。あはは。この店ってさ、マスターがヘタに居ない方が、何もかも美味《うま》いんでないの？　なんつって。いやいや、これは笑えない冗談でしたね」

「ん。待てよ」やはり大盛りのミートソースを掻《か》き込んでいたボアン先輩、慌てて口を拭《ぬぐ》うと、四人掛けのテーブルに独り座っているコイケさんの方を振り向いた。「おい、コイケ」

「はいはい。何スか。先輩」

「おまえ確か、第一小の出だよな」

「は？」何を言われたのか、咄嗟《とっさ》に理解できなかったらしい。スパゲッティを口いっぱいに頬張《ほおば》って、へごもご。「なんれふっへ？」

「第一小学校だよ。おまえ、安槻第一小学校の出身だろ、確か？」

「え。そうですけど、それが何か」

「コネ、ないか。おまえ、あそこに」

「これ？　ていうとアレですか、ボアン先輩、今から小学校に入学するとか？」

「阿呆《あほ》たれ。だいたい公立小学校に入学するために、なんでコネなんか要るんだよ」

「知り合いなら、いないこともないっスよ。あそこの教師で」

「ほんとか。誰だ？」

「俺の姉貴ですよ。一番上の」

「それを早く言わんか」カウンター席から飛び上がると、しっかりスパゲッティの大皿をかかえたまま、ボアン先輩、コイケさんが座っているテーブルへと移った。「よし。いいぞ。いいぞ。コイケ。すまんがな、頼みたいことがある。ハコちゃんのお母さん、知ってるか？」

「秀子先生のことですか？」

「名前まで知ってるのか」

「だって、俺、習いましたもん。秀子先生に。小学校五年生と六年生の時に、クラスの担任だったんです」

「ますます、いいぞ。よし。この件は、コイケくんに一任しようではないか」

「何の話ですか、いったい」

「あのな、例の桟橋の市民ふれあい公園で女性の変死体が発見されたって事件、知ってるか」

「知ってますよ。ニュースでやってたから。そういや、さっきも続報を観《み》ていたところです。依然手がかりまったく無し、このまま迷宮入りか、とかって、悲惨なこと言ってましたが」

「あの事件がな、ハコちゃんのお母さんの周囲で特に話題になっていないかどうか、ちょっと調べて欲しいんだ」

「変なの。何のために、そんなことを調べるんスか？」

「いいから。言われた通りにしろ。それから、ハコちゃんのお母さんの知り合いで、最近行方《ゆくえ》が判らなくなっているひととかがいないか、これも調べて欲しい」

「行方不明？　行方不明って、そりゃまた、どういう意味です？」

「言葉通りの意味だよ。どこかへ出かけたまま帰ってこないということ。蒸発したとか。誘拐《ゆうかい》されたとか。はたまた、かけおちしたとかさ。要するに、そういう女性」

「女性というと、野郎の方は、無視して構わないわけだ。いかにも先輩らしい指示というか」

「何を意味不明のことを言うとるんだ。お姉さんのコネと、もと教え子という立場をフルに活用して、徹底的に調査をしてくるように。いいな。判ったか？」

「了解しました」コイケさん、あっという間に大皿をたいらげて、嬉々《きき》として口を拭《ふ》いた。おひやの氷を口に含んで、こりこりと、美味《おい》しそうに嚙《か》み砕いている。「何か知らんけど。面白そうだ。先輩。これって、あれスか。やっぱ、さっき言ってた栈橋公園死体遺棄事件の絡み？　あの事件を調べようってんですか？」

「そういうことはね、コイケ、きみが知らなくてもいいことなの」

「あらら？　そういう冷たい言い方は、ないでしょ？　たった今、調査係を命じたばかりの、この俺に」

「頭脳と手足の関係、判る？　収集されたデータを検証するのは俺の役目なの。きみは、私の手となり足となって、頑張ってくれればよろしい。判ったね」

「頭脳？　先輩が？」

「何だよ、その、海の中で酸素吸入器が外れたダイバーみたいな顔は。何か文句ある？」

「いえ。別に。だけどこれって、大変な事件らしいじゃないスか」

「そうだよ。大変な事件なのだ。だから、この日本の頭脳たる私が出馬するのだ」

「何か謎《なぞ》めいてるもんな。あ。そういや、知ってます？　死体と一緒に見つかったパンストに詰められてた、髪の毛——」

もちろん知ってるよ、誰に訊いてると思ってるんだ、おまえ、俺はほんものの現場をこの眼で見ているんだぞ、とでも自慢したげに鷹揚《おうよう》に、ふんぞり返ろうとしたボアン先輩であったが、次のコイケさんのひと言で、椅子《いす》から転げ落ちそうになった。

「あの毛髪って結局、被害者とはまったく別人のものだったらしいっスね」

コイケさんが落とした〝爆弾〟の反応たるや、まさしく何かが爆発したかのように強烈だった。あんなに強烈に、しかも〝やかましい〟沈黙を、僕は未《いま》だかつて経験したことがない。

「コ、コイケ……」

「な、何スか、先輩」店内が異様な雰囲気に包まれていることに、コイケさん、ようやく気がついたらしい。怯《おび》えたように、周囲を見回す。「み、みんなも、ど……どうしちゃったの？　そんな怖い顔して？」

怯えているのはコイケさんだけではなく、詳しい事情をまだ知らされていないウサコも同様だった。僕たち四人の反応が余りにも過剰なものだから、今にも敵から逃げ出そうと身構えているウサギみたいに緊張している。

「コイケ、おまえ、今、何と言った？」

「へ？　あ、あの、桟橋公園の変死体のことっスか？　だから、一緒に発見された頭髪は、どうやら被害者のものとは違うらしい、と——」

「なんでおまえが、そんなことを知っているんだよ？」

「別に俺が調べたわけじゃありません。テレビのニュースで言ってたんスよ。ほら。さっき言ってた、事件の続報で——」

「タック」

先輩に怒鳴られるまでもなく、僕はテレビのスイッチを入れた。だが、午後のニュースは全部終わっているらしく、どのチャンネルを回しても事件の続報はやっていない。

「俺が聞いたところによると、ですね、髪の毛そのもののDNA鑑定とかの結果は、まだ出ていないんだそうです。でも被害者の髪と、それからパンストに詰められる形で発見された髪の房とは、見た眼の色も、手触りとかも全然違っているんですって。しかも、切り口って言うんスか？　髪の断面も全然、顕微鏡で調べた限り、被害者の髪と髪の房とはまったく合致しないんだって。だからどうやらこれは、被害者のものではなくて全然別人の髪の毛らしいという結論に、ほぼ落ち着きつつある——と」

コイケさんのこの報告を、僕たちが自分の眼と耳で確かめるためには、結局この日の夜のニュースまで待たなければならないのだが、内容的には今、彼から聞いた以上のことは、何も知ることはできなかったのである。

「——だとすると、よ」一番最初に冷静に戻ったタカチが、何か詩を暗記しているみたいな口調で独り言《ご》ちる。「被害者の髪は、いったいどこにあるの？」

「俺に訊かれても……でも、ニュースでは、おそらく犯人が持ち去ったのではないか、というふうに言ってたけど」

「何のために？　いったい、どういう必要があって、そんなものを持ち去ったの？」

「それは犯人に訊かないと、判らないっスよ」

「全然別人のもの、ということはよ、被害者以外にも髪を切られてしまった女性がいる、ということよね」

「女性とは限らないんじゃないスか？　思い切り長髪の男だっているわけだし。あ。別に高瀬さんの揚げ足を取っているわけではなくてですね、これはニュースで言っていたんです。女性とは限らないが、って」

「その女か男かも判らない別人は今、どうなっているの？　やっぱり殺されてるの？」

「さあ……それは何とも」

先刻の爆弾のようなそれとは、また別種の、何とも重苦しい沈黙が降りる。

「——あ、そ、そうだ。あの、話は全然違いますけどね」

コイケさんにしてみれば、座の雰囲気を少しでも明るく変えようとして無難な話題を選んだつもりだったのだと思う。多分。

「誰かさ、宮下さんがどこにいるのか、知らないかな？」

「宮下さんなら」そう答えたのは、ウサコだ。やっぱり彼女も、この話題は先刻のものと比べて無難だと信じ込んでいるのか、緊張が解けて呑気《のんき》な口調である。「実家へ帰ってるよ」

「え？　そんな筈《はず》はないけど」

「そんな筈あるわよ。だって、ええと、この前、十五日だっけ？　一緒に飲んだ時に本人が言ってたんだもん。明後日から帰るって。つまり、十七日からよね。十七日からずーっと、九月の頭まで実家で過ごすって言ってたよ」

「そんなこと言ったって現に、その実家の御両親から、俺んとこに電話がかかってきたんだぜ。息子と連絡がつかないんだけど、って」

「えー？　どういうこと、それ？　連絡がつかないって」

「宮下さんの下宿、ええと、あれ、何て名前だっけ」

「『安槻ハイツ』？」

「そう。そこの部屋へ電話をかけるんだけど、繋《つな》がらないんだって。現在この番号は使われておりません、という例のメッセージが流れるだけで。だから、どうやら息子は電話番号を変えているらしいんだけど、新しい番号を知りませんか、って訊いてきたんだ。昨夜」

「御両親が？　それって、ほんとの話なの？　変ねえ。宮下さん、確かに、実家へ帰るって言ってたのに。ね、みんな？」

タカチとガンタは、それほどピンときていないというか、肩を竦《すく》める程度の反応であったようだが、もちろんボアン先輩と僕のふたりは、それどころではなかった。互いにそっと顔を見合わせ、先刻のそれに勝るとも劣らない沈黙を〝爆裂〟させている。

無敵の恋人

　それぞれの〝調査報告〟を携えて僕たちが再び顔を合わせたのは、それから十日後、八月八日のことだった。といっても、集まったメンバーはボアン先輩、ガンタ、タカチ、そして僕の四人だけだ。ウサコとコイケさんには、今日のこの〝会議〟のことは内緒なのである。ふたりには未《いま》だ、例の桟橋公園で発見された死体は実はガンタが現場から運び出し、遺棄したものだ、という事実を打ち明けてはいない。こういった〝秘密〟は知っている者の数が少なければ少ないほどいいという、至極当然のセオリーに従ったのである。もちろん、友人たちを信頼していないというわけでは決してないが、やはり無闇《むやみ》に〝共犯者〟の環《わ》を拡げる必要はあるまい。

　従って、コイケさんの分の調査に関しては、タカチが一旦《いったん》その報告を受け取って、僕たちに詳細を伝える手筈《てはず》となっている。コイケさんの立場にしてみれば当然、自分が調査した内容がどんなふうに活かされるのか、その経過を自分の眼と耳で確かめたいというのが人情であろうから、自分も会議に出席させてくれなければ調査結果は渡せないぞ、とか何とか駄々を捏《こ》ねまくる展開は容易に予測がつく。そんな時、僕やガンタが〝連絡係〟だとつい、絆《ほだ》されるというか、押し切られてしまう可能性が高い。そのため、コイケさんが最初から、かけひきをしようなんて夢にも思わない強面《こわもて》の相手、すなわちタカチに、彼の話を聞きにいってもらったというわけだ。

自分が〝仲間外れ〟にされることを何よりも嫌うガンタとしては、友だちを締め出すような真似をして自らが他者を〝仲間外れ〟にする側に立ってしまうのは、内心忸怩《じくじ》たるものがあるというのか、大いに不本意の様子だったが、ことが己れの不祥事なだけに、やたらに秘密を暴露するのは好ましくない、という理屈にはやはり抗《あらが》えなかったようである。

というわけで、僕たち四人は八日の夜、午後十時にボアン先輩の家に集合した。前にも言ったように先輩は、わざわざ大学近くの一戸建ての家を借りて自分の住居を学生たちの溜《た》まり場として積極的に開放しているため、こういった秘密会議の場には適していないのではないかという意見も出たのだが、しかし普段滅多に使わない場所に我々四人が集まって、万一それを他の学生に目撃された場合、もっと意味深長というか、不自然な印象を与えてしまいかねない、という結論に落ち着いたためである。

他の学生たちにいつ踏み込まれても、通常の宴会をやっていたのだと言い抜けができるよう、ビールその他を用意して待っていると、タカチとガンタが、ほぼ同時にやってくる。そして一様に、ボアン先輩と僕の顔を見て、ぎょっ、と眼を剝《む》くのであった。

「ど」タカチが口籠《くちご》もったのを聞いたのは、僕もボアン先輩も、そしてガンタも、おそらくこれが初めてではなかろうか。「どうしたの、ボンちゃん、その顔? タックまで……

いったい、何があったの？」

タカチが驚くのも無理はない。先輩と僕は揃《そろ》って、絆創膏《ばんそうこう》だらけ、そこからはみ出した紫色の痣《あざ》だらけ、傷だらけという、まるでウレタン製の怪獣の仮面みたいな、何とも醜怪な御面相を仲良く並べていたからである。

「いやあ、何」まるで片方だけゴーグルを装着しているみたいに目蓋《まぶた》を腫《は》れ上がらせながらも、ボアン先輩の豪快な笑いには、いささかの翳《かげ》りもない。「ちょっとした誤解というか、行き違いがあってな。何、全然心配ない。そんなに、悲しまないでよろしい」

「誰も悲しんでなんか、いないわい。びっくりしたのよ。びっくり」

「ど、どうしたんスか、いったい？」とりあえずボアン先輩が普段通りあっけらかんとしているので、ガンタは少しばかり安心したようだ。「まるで、その、ド派手な大立ち回りでも演じてきたみたい……」

「俺もタックも、喧嘩《けんか》なぞ、しておらん」

「じゃあ、何よ？　言っておくけど、ふたり揃ってどこかで転んだんだ、なんて、いかにも嘘《うそ》臭い言い訳はしないように」

「まあ、その、余り威張れた話ではないので、ちょっと言いにくいのだが」もちろん言葉とは裏腹に、ボアン先輩、全然言いにくそうな様子ではない。「一方的に、ボコボコにされてしまったのだよ」

「殴られたってこと？　誰に？」

「山田一郎さん」

「ああ？」

まるで、いきなり腐敗物の臭気を鼻先に持ってこられたみたいに、タカチは顔をしかめた。無理もない。ボアン先輩が挙げた名前が、余りにも一般匿名的《とくめいてき》というか、記号的だったからだろう。だけど、世の中にはそういう名前のひとも実在するのである。

「ちょっと。ボンちゃん。ふざけてるんじゃないでしょうね」

「もちろん、ふざけてなぞおらん。ちゃんと、名刺も貰《もら》ったぞ、ほら」

「名刺？ ボコボコにされた相手に、名刺なんかもらったんスか？」

ボアン先輩が掲げた『㈱グランデ経理課長 山田一郎』と記された名刺を、ガンタは首を傾《かし》げながら、しげしげと見つめていたが、やがて、あ、と低く叫ぶ。

「あ、あれ？ この、グランデ、って、もしかして、アレじゃないスか？ 以前に〝整理屋〟とかって、問題になった……」

「何なの？ 整理屋って」

「いや、俺もよく知らないんスけどね、要するに経営が立ち行かなくなった会社の経理を、代わりに請け負う、という」

「それで？ 傾いた会社を再建して、立て直してくれるわけ」

「とんでもない。その逆。手形を乱発させるだけさせておいて、計画倒産させるんです。もちろん経営者には、あらかじめ夜逃げさせておく。それで、がっぽりひと儲《もう》けという」

「何、それ？　まるで詐欺《さぎ》じゃない」

「もちろん詐欺です。手形詐欺」

「そんなことして、捕まらないの？」

「だから、俺もよく知らないけど、そこは巧妙にやるんでしょうね。きっと。自分はあくまでも、債権者が責任を問えない立場にいるとか、どうとかして。手形を駆り集めたのも全部、とんずらこいた社長に頼まれてやっただけだ、と言い張られたらもう、警察にはどうすることもできないらしいし」

「民事不介入原則もあることだしな――そうか。そういう〟お仕事〟のひとだったのか」

ボアン先輩、呑気《のんき》に鼻なぞ掻《か》いて、まるで他人事《ひとごと》である。その指がうっかり傷口に触れてしまったらしく、痛そうに顔をしかめた。「てっきり、普通の会社員かと思ってた。若いのに課長だなんて、大したもんだなあ、なんて」

「感心してる場合じゃないでしょ」彼とは対照的に、タカチは苛立《いらだ》ちが募っているらしい。ボアン先輩の傷口に、塩でもすり込んでやろうかという顔をしていた。「要するに、ボンちゃんとタックは、ヤクザ屋さんに、ボコボコにされてしまったってわけ？」

「いや、やくざとはまた、違うんじゃないか、こういうのって？　行動原理というか、基本的な職業形態において。なんつっても、俺も、よく知らんけど」

「どっちでもいいわよ。そんなことは」タカチはテーブルを、いやにゆっくりと指の関節の尖《とが》った部分で、こつこつとノックするように叩《たた》いた。ボアン先輩の昼行灯《ひるあんどん》ぶりに付き合うのも、そろそろ忍耐が限界ということらしい。「それより、いったいどういう経緯《いきさつ》だったのか、さっさと説明なさい」

肝心の調査報告が後回しになってしまうが、ボアン先輩と僕が、くだんの山田一郎氏と遭遇した事情が明らかにならない限り、会議は前に進まない雲行きになってしまったのだから、この際、仕方がない。

ざっと説明しておこう。こういう経緯だったのである。

今日の午後のことだ。ボアン先輩と僕は、今夜の会議の前に一度、宮下さんのこともついでに調べておこうと思い立ち、『安槻《あつき》ハイツ』に向かったのである。もちろん、宮下さんがもう引っ越してしまってこのワンルーム・マンションにいないことはよく判っているし、いくらボアン先輩が後輩たちの動向を掌握する立場にあるといっても、彼に届け出をしなければ引っ越しができない、などという規定があるわけでもないので、別にこれはこれで不審な点は何もないとも言える。

だが宮下さんが、自身の言葉に反して実家には戻っておらず、しかも御両親が連絡がつかなくて心配している、となれば話は別である。単に本人が気まぐれで予定を変え、実家への連絡をうっかり怠っているだけの話なのだろうとは思うが、やはりこちらとしても、万一の場合を想定して、彼の新しい住居ぐらいは知っておかないと腰の座りが悪い。

というわけでボアン先輩と僕は『安槻ハイツ』の一階にある管理人室を訪れ、話を聞いてみることにした。

その結果、宮下さんが引っ越したのは、この七月の十一日だったことが判った。これは結構、見逃せない事実と言える。

何故《なぜ》なら、ハコちゃんの壮行会という名目で僕たちが飲み会を催したのが、七月の十五日。彼の引っ越しから、まだ僅《わず》か四日しか経っていない。そんなホット・ニュースが何故、あの場で話題にならなかったのだろう？　恰好《かっこう》の酒の肴《さかな》だというのに。

もちろん、あの夜に限って言えば、宮下さんがうっかり言いそびれた、ということもあり得るだろう。しかしその後も、キャンパスの友人たちの誰ひとり、いやそれどころか、実家の御両親ですら、彼が引っ越したことを聞かされていないとなると、これはもう、何か意図的なものを感じざるを得ない。

「……どういうことなのかな」残念ながら、新しい引っ越し先は教えられていないと言う管理人さんに礼を述べて辞去しながら、ボアン先輩、首を傾げた。「まるで宮下の奴《やつ》、自分が引っ越したことを、誰にも知られたくないみたいだ」

「みたい、じゃなくて、事実そうなんだ、という印象を受けますけど」

「でも、何故？」

「さあ……」

「何故、そんなことを秘密にする必要があるのかな。まるで、夜逃げみたいだが……まさか」

くなっているとか、そういう事情なのかな」

「まさか、宮下の奴、サラ金か何かに莫大《ばくだい》な借金をこさえてしまって、それで首が回らなくなっているとか、そういう事情なのかな」

「でも、俺、経験がないからよく知らないんですけど、ああいう借金って、身分証明書の類いを提示しないと、できないんじゃなかったんでしたっけ？　例えば免許証とか、保険証とか。だとしたら、どちらにも本籍地とか実家の住所が記載されているわけだから、下宿だけ変えて逃げても、あんまり意味ないような気がしますけど」

「うーん……それに、連帯保証人とか、いろいろあるだろうし。問題が。いや、俺もよく知らんけどさ。そういうの」

いつになく自信のない口調からすると、どうやらボアン先輩も、金融業者から借金をした経験は皆無らしい。もっぱら後輩たちに、カンパという名目でタカるのが、このひとの得手《えて》だから。

「まあ、そういう問題を起こしているのだとしたら、御両親が全然事情を知らない、というのは不自然だしな、やっぱり。借金の果ての夜逃げ、というのとは違うんだろう」

「でも、だとしたら何なんでしょう」

「うむ。何なんだろうな」

そのまま立ち去る前に、僕たちはもう一度、建物の階段を上がって三〇五号室へと向かった。だが、もう既に新しい住人が入っているらしく、鉄格子の嵌《は》まった窓には、真新しそうなカーテンが掛かっていた。もちろん、たとえカーテンが無くて中が覗《のぞ》けたとしても、何の役にも立たなかったであろうが。

「随分、むつかしい苗字だな」ボアン先輩、三〇五というプレートの下に嵌まっている『梧月晦』という表札を、胡散臭《うさんくさ》げに見やった。「何て読むんだ？　いったい」

「ヒナシ、でしょ」

「タック、おまえ、俺が漢字を知らないと思って適当に言っていないか？」

「確か、ヒナシだと思ったんだけど、そう言われると自信がなくなってきました」

「郵便屋さんも、大変だよな。こんなの、仮名を振っておいてもらわないと——ん。待てよ」

踵《きびす》を返すと、ボアン先輩、小走りに階段を降り始めた。

「どうしたんですか？」

「郵便だよ。郵便。まだ、引っ越していって一ヵ月足らずしか経っていないんだから、もしかしたら宮下宛ての郵便物はまだ、ここに配送されているかもしれないだろ？」

「住所変更届けくらい、出してあると思いますけど。普通は」

「出し忘れているかもしれない」

「だったら、どうだって言うんです？」

「奴宛ての郵便の中に、何か手がかりになるようなものがあるかもしれないじゃないか」

それはいくら何でも、希望的観測というか、ムシがよすぎるのではないだろうか。第一、仮に運良くそんな郵便があったとしても、第三者の僕たちが勝手に開封するわけにはいかない、というのに。

だが、ボアン先輩、そういった良識をまったく麻痺《まひ》させているらしい。階段の脇《わき》にある郵便受けの前に立つと、何の躊躇《ためらい》もなく、三〇五の郵便受けを開けた。

はらはらしている僕を尻目《しりめ》に、ボアン先輩しばらく、がさごそやっていたが、どうやら入っているのはチラシの類いと、新しい住人であるヒナシ某氏宛ての郵便ばかりだったらしい。やがて、収穫無しと諦《あきら》めて、踵を返そうとした。

その時。

「——ちょっと、きみたち」

よく通るテノールでそう呼び止められた。見ると、アルマーニだかベルサーチだか判らないが、とにかく高価そうなスーツに身を包んだ男が立っていた。まだ若い。ボアン先輩と余り変わらないくらいだろう。

「きみたち」

男は、濃いウイスキイみたいな色のついた銀縁メガネの背後の眼を、そのまま横へずらすのではなく、一度上に持ち上げる形で、ぐるりと半円を描くようにしてゆっくりと、ボアン先輩、そして僕を順番に見やる。当然、黒眼が移動している間は三白眼になる。威圧している態度を、自分が自覚している以上に、相手に意識的に知らせている眼つきだった。

「そこで、何をしているのかな」

「いえ、別に」図太いボアン先輩も、唐突のことでさすがに、声が淀《よど》んでしまった。「何でもありません」

「ここに住んでるひと?」

「は?」

「違うだろ? ここに住んでるんじゃあ、ないんだろ? きみたち」

この段階で僕は、スーツの男は問題の三〇五号室の新しい住人、ヒナシ某で、彼は自分の郵便受けを勝手に物色していた僕たちを非難しているのだとばかり思い込んでいた。

「え、ええ、違いますけど……」

「学生?」

「は、はい」

「安槻大?」

状況が判らずに、答えあぐねていると「さっさと答えろよ、おまえら」という、風邪《かぜ》で掠《かす》れたような声が、僕たちの背後から聞こえてきた。

振り返ってみると、茶色の髪をリーゼントにしてサングラスを掛け、おまけに口髭《くちひげ》と顎《あご》髭《ひげ》まで茶色に染めた若い男が立っていた。こちらもスーツにネクタイ姿だが、発散される空気が戦闘的に尖《とが》っている。

狭い階段の脇で僕たちは、雰囲気の悪い男たちに前後を挟まれる形になってしまった。

「安槻大なんだろ? え?」リーゼント男が、押し潰《つぶ》したようながら声で、近くにいた僕の胸ぐらを乱暴につかんだ。「ここの部屋に用事があったんだろうが。訊《き》かれたことには、さっさと答えろよ。ああ？」

答えるも何も、リーゼントに首を吊《つ》り上げられて喉《のど》が詰まり、こちらは声が出ない。呻《うめ》いていたらそのまま、後頭部をスチール製の郵便受けに、ぶつけられてしまった。

「耳が聞こえないのか、てめえ」

思わず閉じた目蓋《まぶた》の裏側で、焦げ臭い火花が渦になって、弾け飛んだ。

「んとか言え、こら」

「手荒な真似はよせ」ボアン先輩、間に割って入ろうとした。「話せば判る」

「どっちだ、おまえら？」銀縁メガネの男は、ボアン先輩の胸ぐらを摑《つか》んで、無理矢理自分の方を向かせる。「え？」

「何だって？」

「どっちだと訊いてるんだ、おまえら」

「何の話ですか」

「何の話ですか、だと？」

銀縁メガネが、まるでトイレで大便を気張っているみたいな怖い顔になったかと思った途端、ボアン先輩は、がほっと空気の塊りを吐き出しながら、身体を前に折り曲げた。僕の位置からは見えなかったが、どうやら銀縁メガネに腹を殴られたらしい。

「とぼけやがって。ちょっと、こい——おい、エージ、いいから、引きずってこい」

「え、えーと、どっちをですか？」

「両方連れてこい」銀縁メガネは、エージと呼ばれた若いリーゼントの男を振り向きもせず、さっさと歩き出す。「面倒臭え」

ボアン先輩と僕は建物の外へ、文字通り引きずり出されてしまった。『安槻ハイツ』の前の道路に停めてあった黒塗りのベンツの後部座席に、無理矢理押し込められる。

「――ちょっとお」

ベンツの助手席では、ショートヘアに細かくウエーヴをかけた、ボーイッシュというか、マニッシュな雰囲気の女が脚を組んで座っていた。タバコの紫煙をくゆらせているせいか、それとも角度によって二十代にも四十代にも見える年齢不詳さのせいか、いかにも退廃的な気だるさを漂わせている。

「嫌あよ。こんな時に、揉《も》め事なんか」女は嫌悪感をあらわにして、僕たちを、ちろりと、まるで小包か何かみたいに一瞥《いちべつ》する。「どうしてもやらなきゃいけないのならさ、別の日にして頂戴《ちょうだい》よ。あたしのいない時に」

「うるさい」一喝しながら、銀縁メガネは女の肩を押した。「おまえ、やれ」

「え？　まさかあたしに、シメろってんじゃないでしょうね、こいつらを」

「違う。車だ。おまえが、運転しろって言ってるんだ。さっさと、言う通りにしろ。ひとが来るだろうが」

「んもう。我儘《わがまま》なんだから」ぶつぶつ文句を垂れながら女は、吸殻をハイヒールの踵《かかと》で潰しながら助手席から出た。ピンクのミニスカートから、こんな季節だというのに、黒いストッキングを穿《は》いた肉感的な脚が伸びている。「はいはい。どこへ行くの?」

僕たちが連れてゆかれたのは、郊外の、既に廃業している小さなガソリン・スタンドの跡地だった。周囲には、やはり古い木造の廃屋や田圃《たんぼ》しかなく、舗装していない道路には、まったく車が通る気配がない。ひと気の、ひの字もない、寂しい場所である。

「——さて、どっちなんだ?」

ベンツから引きずり出されたボアン先輩と僕の顔を、銀縁メガネは交互に睨《にら》みつけてくる。

どう答えていいものか判らず、互いに眼配せをしている僕たちに、業を煮やしたらしい。銀縁メガネは、足を踏み込むと、いきなり僕の腹に鉄拳《てっけん》を叩《たた》き込んだ。

「タック」

ボアン先輩の怒鳴り声を、じんと痺《しび》れたような頭の隅っこで聞きながら、僕は反射的に、両手で腹部を庇《かば》おうとした。衝撃で胃が、ぐいん、とエレベーターみたいに食道まで上がってきているのがよく判る。

だが銀縁メガネは、全然容赦しない。あの、トイレで大便を気張っているみたいな怖い顔で、眼はじっと僕の顔に据えたまま、腹をガードしようとする僕の手を、ひょいひょいと、嘲笑《あざわら》うかのように次々に振り払って、立て続けに腹に鉄拳を埋め込んでくる。

「よせ」

殴り合いの際の、敵のディフェンスのパターンを、視認するまでもなく身体で読んでいるというのか、銀縁メガネは随分、他人を殴り慣れているという印象を受ける。もちろん、そんな分析は後からしたことで、この時の僕は文字通りサンドバッグ状態。

「タック」

腹を打ち込まれるたびに、何とか倒れまいと僕は無意識に足を踏ん張ってしまった。そんな無理をして我慢したところで、余計にダメージが大きくなるだけで何のメリットもないというのに、暴力沙汰《ざた》に場馴《ばな》れしていない身の悲しさである。自然に膝《ひざ》が砕けて、前のめりに倒れてからようやく攻撃の手が一旦《いったん》緩んだお蔭《かげ》で、その道理がよく判った。

「なんなら、ふたりまとめて、足腰立たなくしてやったって、かまわねえんだぞ。それが嫌なら、どっちがそうなのか、ちゃんと言え」

倒れ込んだ僕の脇腹に、銀縁メガネの爪先《つまさき》が飛んできた。まるで、そこから自然に生えているみたいに綺麗《きれい》に肉に埋まり込む。痛いというよりも驚いて僕は、強姦《ごうかん》されている女の子もかくや、という悲痛な悲鳴を挙げてしまった。

「よせ。もう、やめろ」

もちろん、痛みは後からちゃんとやってくる。それも激烈な。たまらず僕は背中を亀《かめ》みたいに丸めて、何とか腹だけは守ろうとするのだが、銀縁メガネはそんな僕の防御の動きを先へ、先へと読んでいるのか、まるで鼠《ねずみ》をなぶっている猫みたいに、余裕で僕のガードをひっぺがし、蹴《け》りを確実に入れてくる。時々腹ではなく顔を蹴られたが、これは外れたのではなく、わざとそうしていたのだと思う。

「よせったら、よせ」

ボアン先輩は果敢に助けようとしてくれてはいるのだが、その都度、エージに顔面をぶん殴られたり、下腹を蹴られたりで、こちらも血みどろである。

「もう充分だろ。そいつには、手を出すな。出さないでくれ」

「てことは」クラシックバレエのポーズを決めているみたいに、銀縁メガネは蹴り上げようとした爪先を宙でぴたりと静止させた。「おまえだ、と認めるんだな?」

「ああ、俺だ。何だか知らんが、俺だ。だから、そいつには手を出すな」

「ようし。いい度胸だ」

銀縁メガネが顎をしゃくったのが、合図だったらしい。それまでボアン先輩の動きを背後から止めていたエージは、脇に退《さ》がった。

銀縁メガネは、表現が変だが、ストリップショーみたいにもったいぶった面持ちでスーツの上着を脱いだ。ついでにメガネも外すと、一緒にエージに手渡す。意外に、ひとなつこそうな、丸っこい眼が現れた。

手渡されたエージは、それらを御神体みたいに大事そうに掲げ持ったまま、ベンツの方に退がって、〝観戦〟の構えに入った。

その横では、あのミニスカートの女がさっきから、黒塗りの車体に凭《もた》れかかって、つまらなさそうにタバコを喫《す》っている。こんな茶番に自分が付き合わされるのは、いい迷惑というか、時間の無駄だとでも言わんばかりの態度だった。

メガネを外した男は、細めた眼をボアン先輩の顔に据えたまま、ゆっくり近づいたかと思うと、やはり視線を固定することによって一見右側から顔面を狙《ねら》っているかのような素振りを閃《ひらめ》かし、その実、左から腹に鉄拳を見舞うという攻撃パターンから入った。このフェイントは、どうやら彼の癖らしい。

だが、ボアン先輩にはそんな小細工など必要なかった。先輩は、だらんと両腕を垂らしたまま、自分の身体をガードする素振りを、お義理にも見せない。

もちろん男は男で、相手が無抵抗だからと言って容赦はしなかった。次々にボアン先輩の腹に、強烈なパンチを決める。

鉄拳が、足刀《そくとう》が、鮮やかなばかりに次々に繰り出されて、ボアン先輩、たちまちボロボロになってしまった。まるで、颶風《ぐふう》に翻弄《ほんろう》される折り紙の船さながら。

実際、それは正視に耐えない光景だった。あんなに殴られたら、人間、死んでしまうのではないかと真剣に思う。いや、他の人間だったら多分、死んでいただろう。

そんな恐ろしい光景を前にして、しかし僕は何をどうすることもできなかった。何とか先輩を助けなければ、と頭では判っているのだが、身体が動いてくれない。何しろ、こちらもボロ布のようなありさまで、コンクリートの枕《まくら》に頰《ほお》を貼《は》りつかせて呻《うめ》いているしかない状態である。

いや、そういった肉体的ダメージばかりではない。こんなに本格的な暴力沙汰に巻き込まれるのが初めての経験なため、心が恐怖に凍りついてしまっているというのが、やはり最大の原因であったのだろう。

「い、いいか、おまえ」

どれくらい、鉄拳の嵐《あらし》が続いたのだろう。具体的な時間は判らないのだが、男は息を切らして、ぜえぜえと喘《あえ》ぎながら、ボアン先輩の胸ぐらを摑《つか》み上げた。

「これに懲《こ》りたら、二度と、え、もう二度とだ、ふざけた真似をするんじゃないぞ。いいか。判ったな」

「ふざけた真似って……」

掠《かす》れ声ながら、ボアン先輩がはっきりとそう口にするのを聞いて、僕は驚いた。まさか彼に、まだ言葉を発する余力が残っているとは、夢にも思っていなかったからである。

「どういうことですか？　具体的には」

「な……」

だが男は、僕よりも、もっと驚いたらしい。一瞬敵意に尖《とが》っていた眼から角がとれ、黒眼が針の穴みたいに収縮するほど仰天していたが、すぐに凶悪な憤怒に顔面を染める。

「の野郎。ま、まだ、そんなことをぬかしやがるのか」

「い、一応、確認のためですから。ね？　いったい、これはその、どういうことなのかを、ぜひ聞いておきたいと、このように愚考しておるわけなんですが——」

「うるせえ」

再び、男はボアン先輩に鉄拳の雨を浴びせ始めた。だが同時に、何故か先刻までの酷薄とも呼べる冷静さが失われている。

鉄拳も膝蹴《ひざげ》りも、さっきまでと同じように、ちゃんと綺麗に決まっている。それなのに、まるでそれらがことごとく外れてでもいるかのように、男は焦り、狂ったみたいに暴れまくる。

抵抗らしい抵抗もできずに、もうズタボロになっている相手に対して、何をそんなにムキになって興奮しているのか、不思議がっているのは僕だけではなかった。上着と銀縁メガネを預かったままのエージも妙に不安げな顔になっているし、女も物憂そうな表情から一転、眉《まゆ》をひそめて成り行きを見守っている。

「この、この、この、この」

眼球を充血させ、歯茎を千切れんばかりに剝《む》き出しにして、男は次々にパンチを繰り出した。次々にボアン先輩に命中する。

ふと、僕は気がついた。ボアン先輩は確かに、抵抗はしていない。してはいないのだが、男性にとっては致命的な股間《こかん》蹴りなど、急所狙《ねら》いの攻撃だけは、巧みに身体をひねったり、よろけたふりをして身体の別の部分でガードしたりして、うまくかわしているのだ。

その上、いくら殴られても、先刻の僕みたいに無駄に踏ん張ったりすることもない。だらり、と両腕を垂らした恰好《かっこう》のまま、衝撃をできる限り分散、吸収している。

「い、いいか。も、もう二度と、ももも、もう二度と、たわけたことをぬかすんじゃねえぞ。この俺に向かって」

「いや、あのですね、だから、いったい俺がどういうふざけたことを、しでかすなり、言うなりしたのか、そこんところをぜひ、お教えいただかないとですね。俺としても、その、軽々しく口約束をするわけには……」

「こ、このガキャ、まだ……」

現状にそぐわないほど、のほほんとしたボアン先輩の声に逆上したのか、男の眼球が左右別々の方向を見る形で、でんぐり返る。

「こ、殺す」激昂《げっこう》すればするほど、男の繰り出すパンチは大振りになり、外れる回数が増えていった。「ぶち殺しちゃる」

「その前に、その理由のほどを、ぜひお聞かせ願いたく――」

「じゃかましいわい」

そのうち、いつの間にか、日が暮れてきてしまった。もういったい何時間、この泥沼状態が続いているのだろう。

男は疲労の余り、髪は乱れ放題に乱れ、ネクタイはひん曲がっている。まるで頭から大量の油でもかぶったみたいに、顔面が汗みどろになっていた。

「じゃ、じゃかましいわい」

そう喚《わめ》いても、息はぜえぜえ、膝はがくがくだから、当初の頃のような迫力は望むべくもない。はっきり言うと、ちっとも怖くない。むしろ、哀れを催すくらいだ。

「黙っとれ、おのれは」

男は今や、下手糞《へたくそ》なダンサーがディスコでステップを踏んでいるみたいな屁《へ》っぴり腰で、ボアン先輩を殴ろうとするたびに、ぶん回した自分の腕に全身が持っていかれそうになるという、ていたらくである。あっちによろよろ、こっちにふらふらで、眼も虚《うつ》ろ。

一方ボアン先輩だが、もちろんこちらもボロボロのよれよれだが、男に比べると、まだ元気溌剌《はつらつ》と言ってもいいぐらい、当初からさしたる変化がない。鼻血を出して目蓋《まぶた》が腫《は》れ上がってはいるものの、相変わらず口は元気だし、何にも増して精神的に全然、めげていない。

時々、にたーっ、と笑う余裕すらある。この先輩の笑いがまた、何というのか、ホラー映画で墓場から甦《よみがえ》ってくるゾンビさながらで、男に対してほとんど恐怖に近いプレッシャーをかけているようだ。

考えてみれば、ボアン先輩、あれだけ殴られているのに、まだ一度も膝をつかずに立ったままである。何というタフネスぶりだろうか。僕は改めて、ボアン先輩の超人的強靱《きょうじん》さ――というより、鈍感さ、と言った方が正確だと思うのだが――に驚嘆してしまった。

これではいったい、どちらが殴られているのか判らない。

「や、山田さあん……」「だ、大丈夫っスかあ？」その強敵ぶりを僕以上に痛感しているのか、エージが泣きそうな声を出した。

「あ、あほ。何を言うとるんじゃ、おのれは。大丈夫に決まっとるやないけ。こんな奴、片手でひとひねり……こら。エージ。何しとるんじゃ。おまえは。来るな、ちうんじゃ、こら。手ェ出したら、あかんど」

「で、でもお……」

「こいつは、俺が……」

男は大きく腕を振りかぶったが、もはや限界であった。軸足の膝がいきなり、がくん、と大きく崩れたかと思うや、ずるりんぱっ、と泥に足をとられたみたいに、ぶざまに、いっそ見事なくらいに転んでしまったのである。

「や、山田さん」

信じられないものを見た、とでも言いたげに、悲鳴混じりにエージが駈《か》け寄ったが、男はもうそれを制止する気力も残っていないらしい。ぐったりと倒れたまま、ぐぷん、と妙に泡立った声で呻いているだけ。ただでさえ精も根も尽き果てていたのが、一旦転んでしまったことで緊張の糸もぷっつり切れたのか、自分で起き上がることすらできない。

こうして、まるで冗談みたいな話なのだが、ボアン先輩は自らはただの一発も殴り返すこともなく、男に勝ってしまったのである。いや、勝ったという表現は適当ではないかもしれないのだが、しかし男の方が長々とのび、先輩はよろけながらもまだ立っているという構図を見る限り、誰もが同じ印象を抱かざるを得ないだろう。

「ち、ちくしょう……」助け起こされながら、山田と呼ばれた男は、まるで譫言《うわごと》みたいに呻いている。「エージ、お、おまえ、やれ」

「え……え、え？」あたかも男の命令の意味が理解できない、とでも言いたげに、エージは山田某とボアン先輩を見比べた。「あ、あの、俺がっスか？　あいつを？」

今やエージの眼にも、ボアン先輩はゾンビ以上に不気味な存在なのであろう。兄貴分に対して、こんなにも露骨に嫌そうな顔を晒《さら》すのは、彼にとって初めての経験かもしれない。

「決まってるだろうが。このまま、野放しにできるか、宮下の腐れ外道を」

「で、でもお……その、俺、ちょっと今、実は、風邪気味でして。へへ」

「ん？　そういやおまえ、さっきから声が変だと思ってたが――アホ。何が風邪じゃ。はよう、やらんかい」

と関西弁を復活させかけた山田某を、それまでずっと黙って見ていた女が、唐突に遮った。

「――ちょっと、ちょっと」

火をつけたばかりのタバコを揉《も》み消すと、ミニスカートの腰に手をあてて、ふたりの男に近寄ってくる。

「違うわよ」と、呆《あき》れたような顔で、ボアン先輩を顎《あご》でしゃくった。「彼は」

「なぬ？」

「だから、ひと違いだって。彼も、そこの坊やも宮下じゃないわよ」

「お、おい、ルミ、何を……何を言ってるんだ、おまえ」

驚愕《きょうがく》が何よりのカンフル剤になったのか、腰が砕けきってしまっていた筈《はず》の山田某、エージを突き飛ばさんばかりの勢いで、しゃきん、と立ち上がった。

「だって、違うもの」

「何を言ってるんだ、今さら。それじゃ、おまえ今までだな、この一部始終をいったい、何のつもりで見てたんだ？」

「知らないわよ、そんなこと」

ルミと呼ばれた女は、不貞腐れた、それでいて今にもくすくすと蠱惑的《こわくてき》に笑い出すのではないかとも思われるような悪戯《いたずら》っぽい顔で、山田某、エージ、ボアン先輩、そして僕の四人の顔を、順番に見比べる。

ウエーヴのかかった短い髪を掻《か》き上げると、ほんとうに笑い声を挙げた。ただし僕が想像していたような蠱惑的なそれではなく、ぶふっ、と爆笑するのを寸前でようやくこらえている、といった笑い方であった。

「だからさ、よっぽどムシの居所でも悪いのかなと。そういや以前に、何とか興産の手形を持ってとんずらこいた若い衆がいたとか怒ってたし。てっきり、そいつらでも見つけたからシメてんのかな、ぐらいに思ってたのよ」

「俺たちが飛び込んで、こいつらを連れてきたのが『安槻ハイツ』だったんだから、俺がどういうつもりだったかぐらい、頭を使わなくても、すぐ判った筈だろうが」

「なんで？　宮下は、とっくにあそこから引っ越してる。あたしは、ちゃあんと、そう言っておいた筈よ」

「そ、そりゃ、そうだが……」

後から聞いた話も付け加えて判断したところ、どうやら、山田某たちが『安槻ハイツ』の前をベンツで通りかかったのは結局、単なる偶然だったらしい。建物の前を通り過ぎようとした時たまたま彼らは、三〇五の郵便受けを物色しているボアン先輩と僕に気がつく。てっきり、宮下さんが友人と一緒に郵便物を取りに前の住居に舞い戻ってきているものと勘違いした彼らは、慌ててベンツを停め、僕らを捕まえに飛んできた——そういう経緯だったようである。

「——あの」

口を挟んでもいいものかどうか迷っているみたいに、遠慮がちにボアン先輩、山田某とルミを見比べた。

「宮下に、何か用があるんですか？」

「あんた」エージから銀縁メガネを受け取って掛けると、山田某は櫛《くし》を取り出して、乱れた髪を直し始めた。「奴《やつ》とは？　どういう関係だ」

「友だちです」

「奴のマンションで、何をしてた」

「実家の御両親が、息子の連絡先が不明だと心配されているので、調べていたんです」

「なるほど。友だちのあんたらにも、親にも引っ越したことは知らせていないわけか、宮下の野郎は。ま、そりゃそうだよな」メガネを一旦外してハンカチで顔面を拭《ぬぐ》いながら山田某は、何だか自棄糞《やけくそ》みたいに大声で笑った。「その理由はもう判っただろ？　俺たちに見つかったら、今みたいなめに遭《あ》わされるからよ。そりゃあ、おっかなくて誰にも言えまい」

「宮下が、何かしたんですか？」

「さて」上着を羽織る手を止めて、山田某は少し迷っているようだった。だが結局、肩を竦《すく》めて、こうはぐらかした。「それはまあ、本人に訊《き》きなよ。あいつにとっても不名誉な話なんだろうが、俺たちにとっても、あんまり威張れた内容じゃないんでね」

「あいつもしかして、借金でもして逃げ回っているんじゃないか、とも思っていたんですが」

「借金？」何が可笑《おか》しかったのか、男は今度は随分と余裕のある、無邪気と言っていいぐらいの、子供のような笑い方をする。「それは、ないね。俺たちから金を持ち出して、とんずらこけるような奴あ、いねえよ」

「ふん」ルミが聞こえよがしに、鼻で嗤《わら》う。「そうでしたかしら？」

「とにかく——」完全に自分を取り戻したのか、山田某は鷹揚《おうよう》にルミを無視した。「すまなかったな、兄さん」

眼で合図されたエージが、慌てて僕を助け起こしてくれる。なさけない話だが僕は、ずーっと倒れたまま、呻《うめ》いていたのだ。

「いやいやいや。誤解だと判っていただけて、ホッとしました」

「これは、少なくて悪いんだが、治療費にしてくれ」

そっと見てみると、山田某は分厚い財布から何十枚かの一万円札を、無造作にボアン先輩の手に押し込んでいた。もちろん治療費としては、僕とふたり分にしても、少ないどころか多すぎるくらいだからこれは、ことを大袈裟《おおげさ》にしないでくれ、という意味の示談費なのであろう。

「それから——おい。ルミ」

「何さ」

「おまえの名刺、お渡ししておけ」

「え？　なんで、あたしの？」

「いいから、早く出せ」

たまたま近くにいたため、彼女から名刺を受け取ったのは、僕の方だった。見ると『クラブ〝シルキイ〟阿呼ルミ』とある。

「アコヤさん……ですか？」

「おっどろいた」ルミさんは眼を剝《む》いて、ひゅっと短く口笛を吹いた。「あたしの名前、振り仮名無しで読めたの、あんたが初めて」

「こいつがやっている店なんだ。暇があったら、寄ってやってください」微妙なタイミングを測っていたみたいに、山田某の言葉遣いが丁寧《ていねい》なものに変わってきた。「あ。もちろん、こいつにはよく言っておきますんで。御心配なく。思い切り遊んでいってください」

支払いは無用だ、という意味らしい。これも示談費の一部ということか。山田某は続けて、自分の名刺を取り出して裏に何か一筆書くと、ボアン先輩に手渡した。

「もしこいつがいない時でも、帰り際に店の者にこれを見せていただければ、結構ですんで。ひとつ、よろしく」

今日の一件はこれで、ひとつよろしく、綺麗《きれい》に水に流して忘れてくれよな、という意味だったのだろう。


「——で、もらったのが、この名刺」

ボアン先輩は、山田一郎氏の名刺を裏返して見せた。こう言っては何だが、あの乱暴狼藉《ろうぜき》を働いた人物からは想像もできないような達筆で、サインをしてある。

「それは、いいんだけどさ」タカチは、呆《あき》れたというより、どこか気抜けしたような溜《た》め息をついた。多分、僕と同様、ボアン先輩の、鈍感とか豪胆とか呼ぶには余りにも並外れた、その神経と体力に、改めて感じ入っているのであろう。「ちゃんと、病院には行ったんでしょうね？　ふたりとも」

「ああ。一応、な。でも」長い説明で喉《のど》が渇いたのか、ボアン先輩、缶ビールを、ぷしゅっと開けた。「見た眼ほど大した怪我《けが》ではない、という話で——」

「ちょっと。ボンちゃん」

「ん？」

「ん、じゃないわよ。ん、じゃ。それはいったい何のつもり。あんたまさか、今夜、飲むつもりなんじゃないでしょうね？」

「大丈夫だ。会議には差し支えない程度に抑えておくからさ」

「そうじゃなくて。怪我してるのに、飲むひとがありますか、っての」

「え？　駄目なのか？　マジで？」

「ええ、まあ」泣きそうな顔で救いを求めてくるボアン先輩に、ガンタも苦笑気味である。

「やめておいた方が無難っスよ。先輩。怪我をしている時は、やっぱり。お風呂もよくない。血の巡りが良くなり過ぎるというか、血圧を上げちゃうと、まずいから」

「あらら。俺、何だか初めて腹が立ってきたぞ、あの山田一郎氏に対して」

　ということは、ボアン先輩、今までは全然腹を立てていなかった、という意味であろうか。だとしたら、あれだけズタボロにされておきながら、いや、大したものだと言わねばならない。恨み骨髄《こつずい》に達しているのに小心故《ゆえ》に何も言えずに陰に籠《こ》もった僕なんかと比べると、人徳者と呼んでもいいくらいだ。

　ビールを飲めないことが判って初めて怒りが湧《わ》いてくる、というのも御愛嬌《ごあいきょう》か。もちろん先輩としては、冗談のつもりはまったくなく、本気なのであろう。

　僕だって、そうである。ビールが飲めない——何だ、そんなこと、とは言わないで欲しい。ボアン先輩や僕のような人種にとっては、まさしく人生を狂わされたにも等しい。

　僕たちにそんな酷《むご》い仕打ちをする権利が、あなたたちにはあると言うのですか——とまあ、安物のテレビドラマの棒読み科白《せりふ》みたく、そう悲憤慷慨《こうがい》してやりたいわけである。山田一郎氏と、その舎弟のエージに向かって。

僕の青春を返せ——というのは、まあ冗談にしても、かなりそれに近い心境なのである。

「しかし、まあ、もう治療費も受け取っちまっているわけだし、今さら怒ってみても、もう手遅れなわけだが」

「そんなことより——」

山田一郎氏と阿呼ルミさんの名刺を交互に見比べながら、タカチは眉間《みけん》に皺《しわ》を刻んだ。普段無表情な彼女が、そういう顔をすると、何だか場違いなくらいに色っぽい、などと、こんな時だというのに僕はそんな馬鹿なことを考えてしまった。傷が痛む余り思考が散漫になっているせい——だと思いたい。

「宮下さん、この山田一郎ってひとに、いったい何をしたのかしら?」

「うん。それが問題なんだよな。借金でないとすると、何なんだろう。やっぱり、本人に訊くしかないのかな」

「でも、もう宮下さんには、会えないかもしれないわよ。九月になっても」

「ど」何をいきなり唐突な、と驚いたのだろう、ガンタが眼を剝いて口籠もった。「どういうことっスか、それ?」

「つまり宮下さん、このまま大学を辞めちゃうかもしれない、ってこと。だって、山田一郎たちが彼を確実に捕まえようと思うのなら、夏休みが終わるのを待って大学周辺に網を張るのが、一番確実なわけでしょ？　宮下さんだって、そんなことは容易に予測がつく。だとしたらもう観念して、きっちりおとしまえをつけない限り、宮下さんは大学には当分、出てこられないという理屈になるじゃない」

「それとも、山田氏たちの方で諦《あきら》めるか、だな。ま、あの様子じゃ、そう簡単に宮下のことを許すような気まぐれは起こすまいが」

「だから、もういっそこのまま、大学を辞めちゃう、なんて事態もあり得るんじゃないかと思うのよ」

「うーむ」ボアン先輩、腕組みをして天井を仰いだ。「実際、新しい引っ越し先も、もう大学周辺じゃなくて、もっとずっと遠いところなのかもしれない——わけだしな」

「何か……大変なことになってきたな」

　ガンタの沈鬱《ちんうつ》な独り言が引き金になったみたいに、しばらく誰も言葉を発しなかった。それぞれの立場から、宮下さんという存在が抜けたキャンパス・ライフとはどういうものなのか、その欠落による心理的ダメージ、もしくは寂寞《せきばく》とはどの程度のものなのかとか、あれこれ想像しているのかもしれない。

「——ま、とにかく。宮下のことは、また後日、考えよう」そう宣言したボアン先輩、眼の前で開いたままになっている缶ビールを手に取って、大きく呷《あお》ってしまった。今夜は飲んではいけない、という戒めを、沈黙の間に、すっかり忘れてしまっているらしい。「そろそろ、今夜の本題に入るか。各自の調査報告」

「あたしが最初にしても、いい？」

「ああ。頼む」

　タカチは、レポート用紙の束を取り出した。その手元を覗《のぞ》き込んでみると、ワープロ文字が、びっしりと印刷されている。

「それは？」

「コイケさん労作の、報告書」

　言い忘れていたが、コイケさん、あれで結構、凝《こ》り性なのである。コンパの幹事を任された時など、そんな必要なぞないのに、わざわざお知らせをワープロで、しかも凝りに凝ったレイアウトで作成して嬉々《きき》として配布し、みんなの失笑を買ったりしている。

「ほう。こりゃ凄《すご》い量だな。期待できそうだ」

「それが、そうでもないのよね」

「え？」

「だって結論は、ひと言で済むんだもん。すなわち——何の成果も無し」

「無し？　無しってことは、ないだろ。無しってことは」

「無いものは無いのよ。要するに、ハコちゃんのお母さんである浜口秀子の周辺で最近、栈橋公園変死体遺棄事件は特に話題にはなっていないし、彼女の知り合いで行方《ゆくえ》不明になっている女性もいない。以上、終わり」

「その結論だけのために、この分厚い報告書はないだろ、いくら何でも」

「それはね、コイケさん、いろいろ面白いことを聞き込んできて、書いてはくれてるのよ。でも、どう見たって今回の事件と無関係なことばっかり」

「無関係かどうかは、検討してみなくちゃ判らないだろうが」

「そうかしら？　じゃあ検討してみる？　例えばこれなんか、どう。浜口秀子さんの元教え子に、古山春江《こやまはるえ》、という名前のＯＬが、いるらしいんだけど――」

「何歳だ、今？」

「ええと。二十五、と書いてあるわね」

「じゃあ、それが問題の被害者かもしれないじゃないか」

「残念でした。古山春江嬢は、ちゃんと存命しております。何せ、コイケさん、彼女本人に会いにいってるんだから」

「おやおや」他のひとはともかく、ボアン先輩がこういう発言をすると、自分のことは棚に上げているとしか思えない。「意外にマメな奴だな、あいつも」

「この古山春江には、婚約者がいる。名前は乗杉達也《のりすぎたつや》、二十八歳。現在、某大手書店の営業マンを勤めている。このひとの――」

「うん。そいつの？」

「財布が、なくなったんですってさ」

「なぬ？」

「乗杉氏は、フィアンセである古山春江に連れられて、この七月三十日、彼女の恩師である浜口夫妻の家に遊びにいったんですって。そしたら、行く時は確かに持参していた筈《はず》の財布が、自宅に戻ってみると消えていた――簡単に言えば、そういう事件」

「何だ、そりゃ？　要するに、浜口夫妻のどちらかが財布を盗んだんだ、と言いたいのか、その乗杉クンは？」

「それとも、一緒に招待されていた、もうひと組の夫婦にか、でしょうね」

「ていうと、他にも招待されていた者たちがいたのか」

「ええ。ホスト役の浜口夫妻を含めて、全員で六人。もし乗杉氏の主張が正しいのだとしたら、その場に居合わせた者たちのうち、彼自身を除いた五人の中の誰かが彼の財布をこっそりと盗んだのだとしか思えない状況である――と」

「それで？」

「それでって、それだけよ」

「それが今回の事件と、いったい、どういう関係があるというのだ？」

「だから言ったでしょ？　無関係だって。でも、コイケさんは興味を抱いたみたい。というのも乗杉氏自身、他の五人が自分の財布を盗んだなどということは、決して心情的にではなく、合理的に判断して、あり得ないと考えている。でも、そう考えてしまうと今度は前後関係の辻褄《つじつま》が合わなくなってくるという、いかにも不可解な、面白い事件である――と」

「そりゃ、コイケが何に興味を抱こうが自由だけどさ」分厚いレポート用紙の束を手に取り、ボアン先輩、溜め息をついた。「やれやれ。どこからこういう、無為な情熱が湧《わ》いてくるのかね、あいつも」

無為な情熱、という点では、そういうボアン先輩だって人後に落ちない方だ、と思っているのは僕だけではない筈である。

「というわけで、あたしの方の報告はお終《しま》い。さて。ボンちゃんの番ですよ」

「うーむ。俺の方も実は、あんまり成果があったとは言い難いのだ。まあ、例の身元不明の被害者かもしれないなー、という候補が、いないこともないのだが」

「とにかく、言ってみてよ」

「ええと、だな——」

呆《あき》れたことに、ボアン先輩もちゃんと、自分の調査結果をレポート用紙にまとめてきているではないか。さすがにワープロではなく手書きなものの、ほらみろ。コイケさんのこと、まめだとか無為な情熱だとか、言えた義理ですか。

「ハコちゃんのお父さんである浜口啓司氏の知り合いに、風戸景子《かざとけいこ》という女性がいる」

「カザト？　え。あれ」ボアン先輩の手から缶ビールをひったくって自分で呷りながら、タカチは首を傾《かし》げた。「どこかで聞いたことが、あるような名前……」

「伯母《おば》さんのコネで俺が話を聞きにいったのは、現在丘陽女子学園で国語教諭をしている、我孫子鈴江《あびこすずえ》さんというひとだ」

「あら、女性？」

「うん。年齢は三十過ぎくらいなんだが、これがなかなか——」

「美人？」

「というか」そう認めると男性としての自分の好みが誤解されそうで嫌なのだが、しかしくだんの女性は所謂《いわゆる》ビューティコンテスト・タイプの美女ではないものの充分魅力的なひとである事実は伝えておかなければ今度は己れの人間としての審美眼が疑われそうだしなあ、とか、どっちつかずの心の狭間で悩んでいるみたいな、何とも微妙な言い回しをするボアン先輩である。「丈夫そうなひとだよ。うん」

「ということは」そんな先輩の複雑な心持ちを、ちゃんと理解しているのか、タカチはいかにも好ましげな微笑を浮かべる。「少なくとも、ボンちゃんの好みではないわけ？」

「そんなことはないぞ」もちろん、こう断言するボアン先輩には何の気負いも照れもない。

「話も面白いし、またお会いしたいひとであることに間違いはない」

また会うどころか、ボアン先輩は将来、この我孫子鈴江さんと職場の同僚、しかも同じ国語の先生同士という間柄になる運命なのだが、それはまた別のお話。

「前にも言った通り、この我孫子さんはもともと海聖学園に勤めてた。つまり、ハコちゃんのお父さんと同僚だったんだが、この四月から急に、丘陽女子学園に移ってきた。知っていると思うが、海聖も丘陽も私立の、しかも両方とも中高一貫教育の学校だ。互いにライバル、と言っては語弊があるかもしれないが、毎年有名大学合格者の数を競っていることは確かだからな。しかも私立は、公立と違って相互間の異動などというものは、原則的にない。我孫子さんの転勤は、そういうわけでみんなにも想像がつくと思うが、なかなか珍しい出来事と言える」

「何か、特別な事情でもあったの？」

「あったのだ。しかも、この我孫子さんの転勤の事情に実は、ハコちゃんのお父さんと、問題の風戸景子が、なかなか重要な役割を持って絡んでくるんだが——」

「あ」タカチは低くそう呟《つぶや》いて、コイケさんのレポートを手に取った。「そうか。どこかで聞いたことがあると思ったら」

「何だ？」

「風戸って、ここに出てくるのよ。コイケさんのレポートに。ほら。風戸明弘《あきひろ》、景子夫妻」

「ほう？」

タカチがテーブルの上に差し出した箇所を、ガンタや僕も覗《のぞ》き込んだ。だが僕に限って言えば、肝心のワープロ文字は全然頭に入ってこず、タカチのピアニストみたいに細く長い指に整然と並んでいる爪《つめ》の形が綺麗だ、などと、うすらぼんやりと考えているありさまであった。いかん。傷の後遺症は、かなり重症らしい。

「さっき言った、乗杉クンの財布盗難事件の際に浜口家に招待されていた、もうひと組の夫婦っていうのが——」ボアン先輩、ガンタと順番に顔を見合わせていたタカチ、僕の顔を見て、ちょっと眉《まゆ》をひそめた。よっぽど惚《ほう》けた顔を晒《さら》していたらしい。「——その風戸夫妻、なんだ」

「なるほど。しかし、それは全然不自然なことじゃない。俺が聞いたところによると、浜口夫妻と風戸夫妻は、何でも、もう三十年以上の付き合いなんだそうだ」

「三十年？」

「中学校の時から、大学の時まで、ずーっと同じ学校の、同級生同士なんだってさ」

「四人全員が？」

「そう。みんな同い歳《どし》の、四十四歳」

「随分、親しいんだ」

「親しい、なんてもんじゃない。家族ぐるみの付き合いというよりも、互いに家族そのものだったらしい。それが、この二年ほどは、離ればなれになっていた」

「どうして？」

「風戸夫妻が、夫の明弘の転勤で、その間、東京に住んでいたらしい。何年かしたら昇進が約束されていたというから、ま、栄転だったんだろう。ところが明弘氏自身は、東京の水が合わなかったのか、それとも、もともとサラリーマン生活に嫌気がさしていたのか突如、会社を辞めて、安槻に戻ってくる。それが、この一月のことだ。突然のことに奥さんの景子さんは驚いたらしいけど、決して反対はしなかったという」

「戻ってきて、どうしたの。転職？」

「いや。まだ無職のままらしい」

「というと」

「どうやら完全に脱サラをして、何か自分で商売を始める気でいるらしいな。だが資金が思うように集まらず、なかなか大変らしい」

「じゃあ今、どうやって生活しているの。失業保険？」

「そこに、ハコちゃんのお父さんが、絡んでくるんだ。風戸景子は、それまではずっと専業主婦だったけど、実は中学校の国語教員免許を持っているんだ。ハコちゃんのお父さんは、景子さんを、何とか海聖学園で働けるようにするために、随分奔走《ほんそう》したらしい」

「へえ」

「だが、ここに問題があった。海聖は、他の教科はともかく、国語だけは教員数が足りていた。いや、むしろ多いくらいだったんだな。正式採用どころか、非常勤講師にも欠員はない、という状況だったらしい。そこで、ハコちゃんのお父さんは非常手段、というか、ほとんど超法規的手段をとった」

「ちょっと待って。まさかそこで、さっきの、ボンちゃん好みの我孫子先生が、関わってくるんじゃないでしょうね？」

「まさに関わってくるんだ」ボンちゃん好み、と決めつけられてしまったことに抗議しようかどうしようかという逡巡《しゅんじゅん》を一瞬覗《のぞ》かせるボアン先輩であったが、すぐに、どうでもいいことだと自分でも思ったのか先を続ける。「結論から言うと、ハコちゃんのお父さんはどうやら、景子さんを海聖に就職させるために、代わりに我孫子さんを追い出して無理矢理欠員をつくった、と——そういうことらしい」

　思わずガンタとタカチ、そして僕は、互いに顔を見合わせてしまった。惚けていた僕も、ようやく眼が醒《さ》めたような心地になる。それぐらいのインパクトはあった。本人に直接会ったことはないものの、ハコちゃんという、自分たちがよく知っている女の子のお父さんが、そんな今時のテレビドラマに登場するステロタイプの悪役ですら気恥ずかしくて実行を躊躇《ためら》うような、何の創意工夫もない、そのまんまの陰謀策略に手を染めているなんて。何だか陳腐過ぎて、現実の出来事とは思えないくらい。

「もちろん、人事に関わる決定権をハコちゃんのお父さんが握っているわけではない。だけど少なくとも、我孫子さんを海聖から追い出すために、あれこれ根回しして工作したことは、どうやら確かなようだ。我孫子さんは結構、女性闘士というのか、組合活動なんかもバリバリやるし、目上のひとにも遠慮のないもののいいをしたりするため、もともと校長とか教頭とかの連中に疎《うと》まれていたんだな」

「だから、追い出しやすかった、ってわけ」

「まあな。はっきり言えば、そういうことだ。具体的にどういう経過があったのかは本人も詳細を語りたがらないので不明だが、とにかくこの三月で我孫子さんは海聖を退職して、丘陽女子に移ることとなった。そして言うまでもなく、ハコちゃんのお父さんは、我孫子さんの後任に、風戸景子を推薦《すいせん》した、というわけだ」

「何か、その……尋常じゃないっスね」ガンタは唖然《あぜん》とする余り、うまく自分の気持ちを表現する言葉に思い当たらないようだ。「いくら三十年来の親友のためとはいえ、そこまでやりますかね、普通？」

「でも、もともとそういう素地があったのかもしれないわ。つまり、ハコちゃんのお父さんは、その我孫子さんという先生と、もともと折り合いが悪かった。そこへ、地元へ舞い戻ってきた昔の友人が、夫に代わって家計を支えるために職を探している苦境を知る。渡りに船だ、と思ったんでしょ。毎日顔を突き合わせなくちゃいけない職場だもの。反りの合わない相手より、気心の知れた友人の方がいい、と――」

「いや、それが実は違うんだな」なかなか穿《うが》ったタカチの意見を、ボアン先輩、あっさりと一蹴《いっしゅう》する。「彼らはもともと非常に仲が良かったし、教科は互いに違うものの、仕事のいろんな面で我孫子さんのことを有能だと誰よりも認めていたのは他ならぬ、ハコちゃんのお父さんだった。にもかかわらず、風戸景子がそのポストを必要としている境遇を知るなり、掌《てのひら》を返したかの如く、我孫子さんを疎んじている幹部連中の側に回って、追い出し工作に自ら加わった、と――」

「裏切られたわけっスか」仲間外れにされる、とかその類いの行為には過敏なガンタ、まるで自分自身が誰かに裏切られたみたいな、捨てられた子犬のような、何とも悲しい顔つきになる。「その我孫子先生ってひと、ハコちゃんのお父さんに、裏切られたわけっスか」

「ありていに言や、そういうことだ」

「でもそれは、その我孫子先生本人が主張していることでしょ？」タカチは冷静に、至極もっともな指摘をする。「被害妄想《もうそう》、といっては言い過ぎかもしれないけれど、勘繰り過ぎているとか、そういう可能性はないの？」

「この件に関しては、我孫子さん本人だけではなく、現役の海聖の教職員にも何人か話を聞いた。ただし彼らはみんな、我孫子さんに紹介してもらったひとたちばかりだ。つまり彼女と親しかったひとたちだから、立場としては当然、我孫子さん寄りと言わざるを得ない。ハコちゃんのお父さんや風戸景子側の主張を公平に聞いてきているわけではないから、そういった裏工作が行われていたのが、客観的事実であるとは断言できない。それは認める。しかしまあ、俺個人の感触としては、火の無いところに煙は立たず、程度の信憑性《しんぴょうせい》はあるというふうに判断したわけだ」

「もし先輩の、その判断が正しいとしたら、ですよ」ガンタは不愉快そうに、そして悲しげに顔をしかめたままだ。「ハコちゃんのお父さんの行為って、親友のため、というよりも何か、自分の女のために心を砕いている、みたいな感じ、しないスか？」

「実際、そういう噂《うわさ》もあるらしい。この四月から風戸景子は晴れて、ハコちゃんのお父さんと同じ職場になったわけだが、ふたりは学校では妙に、互いによそよそしいんだとさ。つまり、三十年来の親友というわりには、何だか態度がぎこちないのは、あれは肉体関係がある、その後ろめたさの故《ゆえ》ではないか、という理屈」

「ハコちゃんのお母さんは、その件に関して、何も口を挟まなかったのかしら」

「挟まなかったどころか、これも噂だけど、風戸景子を海聖に入れるについては、ハコちゃんのお父さんよりも、むしろお母さんの方が積極的だった、って話なんだ。つまり、奥さんの秀子さんの方が旦那《だんな》をけしかけて、無理矢理そうさせたフシもある、と」

「その場合は純粋に、親友のため、なんでしょうね。でも、もしハコちゃんのお父さんと風戸景子に肉体関係があるのだとしたら、せっかく頑張ったお母さんも、いい面の皮だよね。知らぬが仏、を地でいってる」

「さて。前置きばかり長くなってしまったが、ここでようやく〝主役〟が登場する」

「問題の、栈橋公園の変死体かもしれない、というひと？」

「うん。我孫子さんには実は、双子の妹がいる。好江《よしえ》という名前だが、この好江さん、もういい歳だというのに、定職にも就かず、さりとて結婚もせず、ぶらぶらしているらしい」

「所謂《いわゆる》、家事手伝いってやつ」

「いや。その家事すら手伝っていない。だいたい家に寄りつかないんだそうだ。惚《ほ》れっぽい性格らしくて、すぐに家を飛び出して男と同棲《どうせい》したりする。まあ、言わば住所不定の根無し草、という感じのひとらしい」

「じゃあ、その好江さんというひとの現在の所在は、はっきりしていないわけ？」

「そうなんだ。家族も連絡先が判らないから、いつも向こうから何か言ってくるのを待っているしかない状態である、と。ま、大概は金の無心らしいんだが」

「有望じゃないスか」ガンタは、勢い込んだ拍子に、それまでボアン先輩の手前遠慮していたらしい缶ビールを、ぷしゅっと開けた。「いや、有望なんて言うと、まるでそのひとが死んでいることを望んでいるみたいで、聞こえが悪いスけど。とにかくきっと、そのひとですよ。あの、死んでた女性は」

「ハコちゃんの家に忍び込んでいた動機も、何となく想像がつくわ」タカチも、これは有力候補だと踏んだらしい。景気づけみたいに、自分の分の缶ビールを、ぷしゅ、ぷしゅ開ける。「お姉さんの我孫子鈴江さんが海聖学園を追い出された経緯《いきさつ》をどこかで知って、頭にきたんでしょ。張本人であるハコちゃんのお父さんに抗議をしてやろうと、彼が不在であることも知らずに、浜口家に乗り込んだ、と」

「まあ、待ちなさい」ガンタとタカチが缶ビールを次々に開けるのを、ボアン先輩、何とも恨めしそうな眼で見る。「そんなに性急に、結論に飛びついてはいかん」

「だけど、可能性、高いじゃない」

「問題があるのだ、ひとつ」

「問題？」

「それも、かなり深刻な」

「何よ」

「ま、これを見てみ」

そう言ってボアン先輩が取り出したのは、一枚のカラー写真だ。見憶《みおぼ》えのある海聖学園の制服を着た女の子たちと一緒に、芝生の上にお弁当を拡げている女性が写っている。

度が強そうなメガネを掛け、癖《くせ》のない髪を無造作に後ろで束ねている。一緒にピースサインを出している女子生徒たちと比べると、驚くほど肌が白く、そして驚くほどの二重顎《ふたえあご》だった。

「あの……まさか、これが？」

「そう。我孫子鈴江さんだ」

「体重が」小柄な僕を、ちろん、と横眼で見やるタカチであった。「タックの二倍くらい、ありそうね」

なるほど。我孫子さんのことを、丈夫そうな女性、とボアン先輩が形容した意味がようやく判った——そう納得していたのは、もちろん僕だけではない筈である。

「双子って言いましたよね？　てことは、問題の妹の好江さんも、同じ顔なんスか？」これは駄目だと思ったのか、ガンタは一転、不景気な顔になった。缶ビールを開けたのを、後悔しているみたいにも見える。「だとしたら……こりゃあ、全然違いますよ。悪いけど」

「そうなんだよな。候補としての他の条件は、そこそこ満たしているんだが、これじゃあな。〝彼女〟に全然似ていないし、第一ガンタが独りで運べた筈もない。俺とタックが手伝わなきゃ到底無理だったろう」

「でも、ちょっと待ってよ。違うと判断するのは早すぎるわ。あたしは問題の〝彼女〟の死体をこの眼で見ていないから何とも言えないけど、でもさ、双子だから体型もそっくり、とは限らないでしょ？　肥っているのはお姉さんの方だけで、妹は痩《や》せているのかもしれ

「そうですねえ……先輩、妹さん本人の方の写真は、ないんスか？」

「最近の写真は全然ないそうだ。何せ、実家に寄りつかないんだからさ。一番新しいのが高校生の時のなんだから、話にならない」

「でも、面影は残っているかも——」

「じゃ、見てみるか？」

ボアン先輩が取り出したもう一枚の写真を見てみたが、彼の言う通り、役に立ちそうにはない代物だった。鈴江、好江姉妹が並んでソファに座っている構図で、ふたりともこの段階では随分痩せている。だがショートカットの顔は、いかにも幼く、しかもふたり揃《そろ》って度の強そうなメガネを掛けているため、ここから三十半ばに成長した、それもメガネを外している顔を想像してみろ、と言われても、それはちょっと無理というものである。

「でもさ、現在の好江さんが痩せているか肥っているか、お姉さんの鈴江さんすら、知らないっていうの？」

「好江さんてさ、凄《すご》く両極端な性格で、ある日急に思い立って、過激なダイエットをしたりするらしいんだ。想像がつくと思うけど、それは新しい男に惚《ほ》れた時、ってわけ。そしてフラれると、自棄《やけ》喰《ぐ》いして、お姉さんそっくりの体型に戻るんだと。その繰り返しなものだから、現在妹が痩せているか肥っているかと問われても、まるで冗談みたいな話だが、実際に会ってみるまでは、実の姉である我孫子さんにも全然、見当がつかないそうなんだ」

「でも一応、可能性としては残しておくべきだと思うわ。たまたま七月十五日の段階で、好江さんはスレンダーだったのかもしれない。メガネだって、コンタクトを使えば済むことだし」

「そうだな。現時点では最有力候補として、この我孫子好江を挙げておくことにしよう。さて。七月十五日に浜口家で殺されていたのが彼女だと仮定するとだ、あと問題なのは、好江を殺したのは誰か？　その動機とは何か？　そして、好江の髪が切られた上、別人の髪の毛がパンストに詰められていた理由とは何なのか？　といった疑問点だが――」

「これは仮の話だから、と改めて断るまでもないと思うけれど」ガンタを気遣っているのか、タカチはビールを呷《あお》りながら、間をとる。「ハコちゃんが、犯人だと思う。少なくとも一番、可能性はある」

「動機は？」

「動機なんてないのよ。あの夜、帰宅したハコちゃんは、姉のことでお父さんに文句を言いに上がり込んできた我孫子好江とは、おそらく初対面だった筈。興奮している好江を宥《なだ》めようとしているうちに、うっかり突き飛ばすかどうかして、彼女を殺してしまったんでしょうね。だから、過失致死よ。ハコちゃんが被害者のことを、一度も見たことがないひとだ、と言った点については、だから嘘《うそ》はないと思う」

「じゃあ、好江の髪のことについては、どうなるんスか？　ハコちゃんはどうして、彼女の髪を切らなければならなかったんです？」

「はっきりしたことは、判らないわ」ガンタが髪の件で反論をしてくることは当然予測していたのだろう、タカチは慌てず騒がず、あっさりとそう認めた。「でも、わざわざ手間をかけてあんなことをした以上は、何か理由があったのは確かね。多分そうしないと、自分が犯人であると特定されかねないとか、とにかくそういった危険性があったんだと思う」

「そういった危険性って、いったいどういう危険性スか？　被害者の髪を切らなかったら、いったい何がどんなふうに、彼女にとって不利になっていたと？」

「だから、具体的なことは何も判らないんだってば。ただ、あれだけ手間をかけている以上、伊達《だて》や酔狂でやったのではない、と断言できる」

「犯人がハコちゃんなのかどうかは別として、確かに髪の一件は大きな謎《なぞ》だ」ガンタが興奮して自分を見失ってしまう前に、ボアン先輩はそう執り成した。「仮に誰が犯人であったとしても、何故そんなことをわざわざしなければいけないのか、不可解極まる。例えば仮に、被害者の頭髪に何かの拍子で犯人の体液なり血液なりが付着してしまったとする。これは重大な証拠になるから、犯人としては何としても、現場から持ち去らなければいけない。この理屈は理解できる。しかしこの場合、犯人は被害者の髪を持ち去るだけではなく、さらに今のところ誰なのか判らない別人の髪を切って、輪ゴムで留めて房にしたものを被害者のパンストの中に詰めたりもしている。何といってもこの点が一番不可解だ。おまけに、それを現場に残していっている」

「最初は、そちらの方も持ち去るつもりでそうしたのだけれど、犯人には何か突発的な事情ができて結局、持ち去ることができなかった、のかもしれない」

「その場合は、ハコちゃんは犯人ではない、という結論になりますよね」ガンタが、この理屈を見逃す筈はなかった。「もしハコちゃんが、髪を処分しようと思えば、先輩んちにいた俺に電話をかけてくるまでの間に、いくらでも処分する余裕があった筈です。それを、俺たちが来るまでそのまま放置していたということは、これはもう、ハコちゃんは犯人ではない、という何よりの状況証拠じゃないスか」

「仮説の出発点となる前提が、どれもこれも曖昧《あいまい》だから、今の時点では何とも言えないが……ひょっとして、ハコちゃんのお父さんやお母さんのアリバイ、調べないでいいのかな？」

「どういうこと、それ？」

「だから、親戚《しんせき》のお通夜にいっていたという話だが、それはほんとうのことなのか、裏づけをとっておく必要があるんじゃないか、という意味さ。だってもし仮に、被害者が我孫子好江で、かつ姉の職場追放絡みの過失致死だったのだとすれば、犯人として怪しいのは浜口啓司か、その妻の秀子のどちらか、ということも充分考えられるわけじゃないか」

「つまり、お父さんかお母さんの、どちらかが犯人である可能性もある、というわけね？」

「可能性が低いことは認めるが、しかし現場が浜口家である以上、これは避けては通れぬ仮説であると——おい、タック」いきなりボアン先輩、僕の方を振り向いた。「おまえ、全然自分の意見を言わないけど、どんなふうに考えているんだ。それにだな、さっきからちょこちょこと、何をやっておるのだ？　それは」

「あ……ちょっと」

僕が手にしているのは、コイケさんのレポートだった。三人の議論を聞きながら、例の乗杉達也の財布盗難事件の経緯を読んでいたのである。そう正直に答えると、

「真面目にやれ」と叱《しか》られてしまった。

「でも、ちょっと面白いですよ、これ」

「いくら面白くたって関係ないんだろ？　今、検討している事件とは」

「まあ、関係なさそうですね。でも、せっかくコイケさん、労作のレポートだし、全然眼を通さないのも申し訳ないかな、と思って」

「まあ、いいや」ボアン先輩、気分を変えたかったのか、あっさりとそう譲る。「こっちの議論も行き詰まりそうだし、ちょっくら、そちらの方も検討してみるか。それに酒が飲めないと、夜が長いしな」

ボアン先輩の気まぐれで僕たちは、がらりと趣向を変えて、乗杉達也の財布の一件を検討することになった。せっかくのコイケさんの苦労も、ほとんど暇潰《ひまつぶ》しのノリだ。もし普段通りに僕たちが酒盛りをしていたとしたら、まったく無視される運命にあったわけで、

何とも気の毒と言う他はない。本人が聞いたら怒るだろう。

だが結果的に僕たちは、このレポートによって何とも意外な事実を知るはめになる。いや、結論から先に言ってしまえば、これは栈橋公園死体遺棄事件とは、少なくとも直接的な関連は何もなかった。

では、まったくの無関係かと言うと、必ずしもそうではなかったのである。

論理の恋人

コイケさんのレポートに基づいて、事件を再現してみると、以下のようになる。

乗杉達也は二十八歳。大学卒業後、親戚《しんせき》のコネを頼って地元の某大手書店に就職した。以来、ずっと営業畑を歩んでいる。

彼には、二十五歳になる婚約者がいる。名前は古山春江。短大卒業後、某法律事務所に事務員として勤めている、ごく普通のOLである。

今年の秋、ふたりは華燭《かしょく》の典を挙げる予定となっていた。その報告を兼ねて、七月三十日、揃《そろ》って浜口家に食事に招待されたのである。

達也の婚約者の春江は、浜口夫人、秀子の元教え子である。だが、ふたりの浜口夫妻との関わりは、実はそれだけではなかった。そもそも、春江のことを達也に紹介してくれたのは、浜口啓司だったのである。

「乗杉クンは、今、付き合っている彼女とか、いるのかね？」

年が明けたばかりの一月。ある日、浜口啓司が達也にそう訊《き》いたのは、海聖学園の職員室での出来事だった。

達也が勤めている書店は、海聖学園に教科書や公式テキスト等を一括して卸《おろ》しているため、彼は営業として普段から、毎日と言っていいくらい、頻繁に学校に出入りをしていた。テキスト以外にも、教職員たちの個人的な雑誌及び書籍購入の注文をとるためである。当然、達也は浜口啓司とは、以前から顔見知りであった。言葉を交わしたこともある。だが大概は、テキスト購入に絡《から》む雑用ばかりで、個人的な雑談を交わしたことは、それまでほとんど皆無であった。

従って、そういう質問をされた時、達也は少なからず意外な気がしたそうである。〝彼女〟などという単語が浜口啓司の口から出たことにも、戸惑ったらしい。

浜口啓司が今年四十四歳であることを、達也は他の教員から聞いて知っていた。だが啓司は、薄くこそなってはいないものの頭髪はすっかり銀色に変わっており、実際の年齢よりもずっと老けて見える。その上、彼が超の付く堅物で、二十歳になるひとり娘に厳しい門限まで課している、という噂《うわさ》も耳にしている。

実際に啓司に接してみて、達也はその堅物ぶりを実感していた。彼は、いかにも生真面目で、ルーズな事務処理を何よりも嫌う、謹厳実直を絵に描いたような教師である。言葉遣いは優しいのだが、たとえ出入りの業者に対しても、仕事上のミスはどんなに些細《ささい》なものであっても許さない、という首尾一貫した態度が窺《うかが》える。だから達也は、教科書購入手続きなども、他の教師の時は気楽に処理できるのに、啓司の前に出るとつい緊張してしまう。

石頭で融通が利かず、面白味もない。そんな人物像を抱いていたものだから余計に、

〝彼女〟などという単語は、啓司には似つかわしくない——達也には、そう思えたのである。

「いやいや。いないですよ。彼女なんて」

「それは、ほんとうかい？」

軽く受け流そうとしても啓司は普段のように真面目な、見ようによっては今にもお説教を始めそうな厳しい顔で重ねて訊いてくるので、達也も、これはどうも単なる軽口ではないようだ、と気がついたという。

「いないんですよ、ほんとに」

「それは不思議だ。きみのような男前に、決まった相手がいないなんて」

「いや、その」他の者なら単なるお愛想だと聞き流せる〝男前〟という言葉も、にこりともしない啓司の口から発せられると、妙に動揺してしまったという。「忙しいですからね、仕事が。たとえ彼女がいたとしても、ちゃんと定期的にデートができるかどうか、怪しいし」

「すると、見合いとかは？」

「そりゃ、ひと並みにやりましたよ、何回か。でも、こちらが気に入った時は、あちらが断ってきたり、こっちが断ろうとしたらあちらのプライドを傷つけて拗《す》ねられたりで、まあ、うまくいかなかったですよ」

「ねえ。きみさえよければ、紹介したい女の子がいるんだけど、どうかな」

「は？」

「だから、どう。会ってみる気はない？」

「いや、それは……」

「名前は古山春江。今、二十五歳の、なかなかいいお嬢さんだ」

具体的な名前が出てきたので、これは真面目な話なのかと達也は驚いた。いや、そもそも啓司と話しているのだから、冗談などではあり得ないことも判っているつもりだったのだが、それでも驚いてしまったという。

「実はね、ウチの家内の昔の教え子でね」

「奥さんの？」

啓司の妻の秀子に、達也は会ったことはなかったが、彼女が公立小学校の教員をしているらしいとは聞いている。

「といっても、今の学校じゃない。異動する前の小学校で受け持っていたんだが。今でも、年賀状とかのやりとりがあってね、僕たちを慕ってくれているんだ」

「は……はあ」

「彼女もそろそろ適齢期が過ぎようとしている。僕も家内も心配しているんだ。どうかな。会ってみないかね」

「はあ、それでは、お言葉に甘えて、よろしくお願いします」

達也がそう応じた理由は、相手が啓司だったから、という事実が大きい。他の相手だったら、いかにも女に不自由して焦っているみたいな印象を抱かれて馬鹿にされやしないかと二の足を踏んでしまうところだが、啓司なら、少なくともそんな下世話な誤解をされる心配はないと判断したのである。

こうして達也は、古山春江と会うことになる。そして実際に彼女を見て、たちまち、その虜《とりこ》となってしまう。

春江は童顔の、どちらかと言えば、ぽっちゃりした顔だちで、小柄ながら、むっちりとした肉置《ししお》きの女性だった。これまで達也は、こういうタイプの女性に余り魅力を感じたことはない。普通こういう、いかにも田舎娘然とした女性は、健康的お色気などと好意的に評されるのはまだいい方で、どうしても雰囲気が泥臭くなってしまう。達也は本来的に、もっと都会的に洗練された感じが好みだった。

いや、その筈《はず》だった。ところが、自分の好みに反して、達也は春江に夢中になってしまったのである。最初に会ったその日から、これはもう離れられないと直感するほど。

春江は、達也がこれまで余り経験したことのない種類の色気を発散しているという。確かに彼女は、雰囲気的に泥臭いことは、泥臭い。しかしその泥臭さは同時に、強烈な女のフェロモンでもあった。まるで老練な熟女のように発酵しきったものが、男の脳髄に染み込み、自律神経にからみついてくる。

その熟した色気と春江の幼い顔だちは、互いにいかにもミスマッチなようでいて、さらに彼女の魅力を増大させる。男好きがするとは、なるほどこういうことかと、達也は生まれて初めて理解できたような気がしたそうである。

幸い春江の方でも達也のことが気に入ったようで、ふたりはスピード婚約し、結納も交わした。あとは十月に予定している結婚式と披露宴を待つばかりである。

さて、問題の七月三十日。啓司に招かれて、達也は春江とともに、浜口家を訪れることになる。馴《な》れ初めを考慮すれば浜口夫妻に仲人《なこうど》を頼んでもおかしくないふたりではあったが、そこはそれ、諸般の事情により、達也の職場の上司が仲人を務める線に落ち着いている。

その代わりというわけでもないが、出会いのきっかけをつくってくれた浜口夫妻に感謝の気持ちを込めて、報告を兼ねて一緒に食事をすることにしたのである。そうなると、やはり外へ出るのが筋だ——達也は、ごく常識的にそう考えていたという。感謝の気持ちを込めると言いながら、浜口夫人に食事の用意をさせて気を遣わせては何にもならない。ところが何故か、浜口夫妻は自宅での歓待に拘泥《こうでい》するのである。不思議に思った達也だったが、あるいは浜口夫妻のことだから単に、外食が性に合わないのかもしれないと納得し、素直に招待を受けることにした。

夫人は婚約者の元恩師、夫は自分とこれから仕事上の付き合いが続くという夫婦の家を訪れるのだから、余りくだけた恰好《かっこう》はまずい。そう判断して達也はネクタイを締め、サマージャケットを羽織った。このジャケットが実は、後になって重要な役割を果たすことになる。

この段階で、達也の財布は確かに、ジャケットの内ポケットに入っていた。今夜さしあたって必要な、帰りのタクシー代がちゃんとあるかどうか確認したのだから、これは絶対に間違いない、ということである。

そしてこのジャケットの内ポケットの上には、達也の名前が漢字で縫い込まれていた。これも、ぜひ憶《おぼ》えておいて欲しい点である。

浜口邸に達也と春江が到着したのは、三十日の午後七時。この時既に、浜口家のひとり娘、すなわちハコちゃんはとっくに旅立っていて不在であり、従って彼らを出迎えるのは、浜口啓司・秀子夫妻のふたりだけの筈だった。少なくとも達也はそう思い込んでいた。

ところが浜口邸には、もうひと組の夫婦が招待されていた。それが風戸明弘・景子夫妻である。もちろん達也は、海聖学園にこの四月から赴任したばかりの景子とも顔見知りであり、風戸夫妻が浜口夫妻と長年親しく付き合っていることもちゃんと知っていたので、さして不審を覚えることもなかったという。

従って、その場で達也が初対面なのは、浜口秀子と風戸明弘のふたりだった。

風戸明弘は、髪こそ黒々としているものの、額が脳天まで後退している。背が高い、痩《や》せぎすな男である。残った髪を耳の後ろで長く肩に垂らしているのが、どこか無頼派を気取る芸術家っぽかったそうだ。

イメージと全然違っていたのが、浜口秀子であったという。あの啓司の妻であり、しかも夫以上に堅物だという噂をあちこちから聞いていたものだから、てっきり、ぎすぎすと脂の抜けきったような、無愛想な感じの中年女性を想像していたのだが、まったく逆で、思わず和服を着せて髪を結い上げさせてみたくなるような、豊艶《ほうえん》な和風美人であったとい
う。

そういう意味では秀子は、風戸景子と基本的な顔だちはまったく違うのだが、どことな
く互いに似た雰囲気を醸成している——達也は、そんな印象を抱く。景子も普段から、接
する相手に対して常に、自分が女であることを意識させないではおかないタイプの女性だ
からである。春江がミディアムレアのステーキだとしたら、このふたりはウエルダン、と
いうよりも逆に、血もしたたるレアステーキなのかもしれない。達也の頭には、そんな比《ひ》
喩《ゆ》が浮かんだそうである。

豪勢な食事をゆっくりとたいらげる頃には、時刻はもう午後九時を回っていた。だが、
浜口夫妻も風戸夫妻も、じっくり飲む構えを見せており、一向におひらきになる様子がな
いので、達也はウイスキイのロックをちびちびやりながら、何とか暇《いとま》を告げるタイミング
を測っていた。疲れてもいるし、それに翌日は朝一番で仕事がある。余り長居はしたくな
い、というのが正直なところだったからである。

そのうち、酔いが回ってきたのか、達也は知らぬうちに眠り込んでしまった。しかし後
から考えてみると、どうも食事か、もしくはその後のロックに何か一服盛られたような気
がする——それが達也の主張である。もちろん、裏づけとなる証拠は何もないし、今さら
それを証明する手だてもあろう筈がない。ただ、達也がそう疑ったのも無理はないと思わ

れる状況が、この後さらに展開されてゆくのである。

達也が眼を醒《さ》ましたのは、十時半頃である。気がついてみると、他の五人がじっと自分のことを見つめている。ばつが悪くなって、不覚にも眠り込んでしまったことを詫《わ》び、辞去しようとする。ところが春江がそれを止める。

「実はね、これからみんなで、カラオケに行こうという話になっているんだけど」

「え……え？」

もちろん達也は面喰《めんく》らってしまった。風戸夫妻のことは判らないが、浜口夫妻がそんな提案を受け入れる筈がないと思っていたからである。だいたい、自宅での歓待にこだわるくらいだから、浜口夫妻は外食とかを好まぬ筈であり、ましてやカラオケなぞに行きたがる筈はない、と……しかしよく聞いてみると、驚いたことに、カラオケへ行こうと言い出したのは他ならぬ、その浜口夫妻だと言うではないか。

狐《きつね》につままれたような気持ちのまま達也は、みんなに引きずられるようにして、とにかくカラオケ・スナックへと向かった。正直疲れていたし、何だか頭も痛かったが、残りの五人がすっかりその気になって盛り上がっているのに、自分だけ一抜けて座を白けさせるのは忍びなかったし、何よりも、常日頃から接待の多い営業マンの習性で、つい、付き合いの良さが発揮されてしまったのである。

さて、達也の主張によれば、ここからがもっとも重要な場面である。

先ず、問題のカラオケ・スナックへ向かうべく浜口家を発つ直前、達也はトイレを使っている。その際、ズボンのポケットに入れていた自分のハンカチで手を拭《ふ》いたという。もちろん浜口家のトイレには、ちゃんと綺麗《きれい》なタオルが掛かっていたが、何故か無意識に自分のハンカチを使ってしまったらしい。

そして達也は、このハンカチを、ズボンのポケットには戻さず、ジャケットのポケットの方に入れるのである。これも、さしたる理由があっての行動ではない。ただ、無意識にそうしてしまったのだという。

ただ、どんなに無意識の行動であっても、この時、自分は確かにズボンのポケットからハンカチを取り出し、そしてジャケットのポケットに戻した。もうこのハンカチもだいぶ汚れてるなと思ってしばし眺めたから、絶対に間違いないそうである。達也はそう主張している。

達也を含めた三組の男女六人は、浜口家のそれと風戸家の車、二台に分乗して、カラオケ・スナックへと到着する。春江が職場の飲み会でよく使う、馴染《なじ》みの店だそうだ。店へ入ると、啓司、明弘の男性陣は上着を脱いだ。そして店の女の子に手渡し、入口の横にあるクロゼットに仕舞ってもらう。春江に促されて、達也も同じようにした。

以上が、事件の概略である。もう既に御想像がついてる通り、この後、午前零時過ぎまで各自の持ち歌を歌いまくった六人は、スナックの支払いは顔馴染みの春江にツケてもらう。そして浜口夫妻、風戸夫妻と別れて春江と一緒にタクシーで帰宅した達也が、支払いの際にジャケットの内ポケットを探ってみると、財布が消えていた、というわけである。

さらに付け加えておかなければいけないのは、そのジャケットは、出かける際に着ていた達也自身のものではなくなっていた、という事実だ。内ポケットの上に縫い込んであった筈の達也の名前が、まるで煙のように跡形もなく消えていたからである。

「あら……じゃあ、あのカラオケ・スナックで、誰か他のお客さんのと取り違えたのね」

春江はそう言った。そして達也も、その時は、それしかあり得ないと納得していた。クロゼットに掛けてもらっていたジャケットを、他の誰かが間違えて着ていってしまい、それと一緒に財布も持っていかれてしまったのだ、と。

しかし、春江と別れ、家族にタクシー代を払ってもらい、自分の部屋に落ち着いてから、それは絶対にあり得ない、と達也は確信した。何故ならば、ジャケットの横のポケットから、あの汚れた自分のハンカチが出てきたからである。

「――なるほど。つまり、こういうことだな」火の点《つ》いていないタバコでテーブルを、とんとんと叩《たた》きながら、ボアン先輩、大きく頷《うなず》いた。「カラオケ・スナックへ向かう直前にジャケットのポケットへ入れたハンカチが、そのまんま、ジャケットのポケットから出てきたということは、少なくとも達也が浜口家を発つ時に着ていたジャケットと、帰宅した時に着ていた時のジャケットとは、まったく同じものの筈である、と」

「換言すれば、問題のジャケットがすり替えられたのが、カラオケ・スナックでの出来事である筈はない、と――」

行儀悪く胡坐《あぐら》をかいて、膝《ひざ》の上に頬杖《ほおづえ》をついていたタカチは、間をとりながら片膝を立てて、抱きかかえるようにしてその上に顎《あご》をのせる。いつものハイカットジーンズに、いつも彼女がしている珍しくもないポーズだ。しかし今夜は何だか、見てはいけないものを見てしまったような気分になって、僕は、そっと彼女から眼を逸《そ》らす。傷の痛みのせいか、何だか熱があるようだ。頭が、ぼーっとする。

「――そういう理屈、ね」

「でも、そうなると」一旦飲み始めると、なかなか切り上げられない質《たち》なのか、ボアン先輩や僕への遠慮も忘れて、ガンタはビールをぐびぐび飲みまくっている。「問題のジャケットがすり替えられたのは、浜口家での出来事だった、ということになりますよ」

「他にあり得ないでしょうね。もちろん、達也が主張している経緯が全面的に正しい、としての話だけど」

「達也が眠り込んでいた、午後九時から十時半までの間が、特に怪しいな。睡眠薬か何かを食事に盛られたんじゃないか、というのは、ちょっと考え過ぎという気もするが。それはともかく、ジャケットをすり替えて財布を奪った犯人は、浜口夫妻、風戸夫妻、そして古山春江の五人のうちの誰かだ、という理屈になる」

「あるいは全員がグルか、よね」

「そんなこと、あり得ないでしょ」

「だって話を聞いている限りでは、何だかいかにも、そういう感じ、しない？」

「だって、五人が寄ってたかって、そいつの財布を狙《ねら》ったとして、ですよ、それでいったいどれほどの大金を儲《もう》けたって言うんスか？」

「ガンタの指摘は、至極もっともなんだ」行きがかり上、コイケさんのレポート用紙を持っている僕が、司会進行役みたいな恰好《かっこう》になる。「達也によると、財布に入っていた現金は一万円札が一枚と、あとは小銭だけだったとか」

「銀行のカードとかは？」

「入っていたけど、翌日すぐに連絡をして使用を差し止めたから、そちらの方は被害はまったくのゼロだそうで」

「なるほど。たったそれだけの現金のために、五人がグルんなってわざわざそんな手の込んだ細工をするとは、ちょっと考えられんよな」

「達也自身も、そのことは認めているんです。どう考えてみても、五人のうち誰か、もしくは全員が共謀して自分の財布を盗んだのだとしか思えない状況である、と。でも、どうしてそんな真似をする必要があるのか、理解に苦しむ。理屈に合わない、と」

「そうだよな。わりに合わんわな、どう考えてみても。五人とも、それほど金に困っているようには見えないし、仮に困っていたのだとしても、もっと気の利いた手口をとるだろ。どうせ、犯罪に手を染めるのなら、さ」

「もしかして、達也がもっと大金を持ち合わせているとでも勘違いしていたのか？　でもそれならそれで、彼が眠り込んでいる間に、財布の中味を確認する暇は充分にあった筈です。その上で、思い留《とど》まることだってできた。なのに彼らは結局、ジャケットをすり替えることによって、達也の財布を奪っている――何だかもう、これは五人の共犯であるという前提に立って喋《しゃべ》っているような気もするけど」

「ふと、思ったんだけどさ」タカチは今度は、両膝を立てて、その上に顎をのせる。「財布を狙ったんだ、と考えるから、判らなくなるんじゃないかしら」

「どういうことだ?」

「だからさ、五人の目的が財布ではなくて、別のものだった、と仮定してみて」

「だから何なんだよ、その別のものって」

「他に、ないじゃない。ジャケットよ、すり替えられた」

「なんで、そんなものを欲しがるんだ、連中にしろ誰にしろ。それとも、それって何か、特別なジャケットなのか?」

「いいえ。紳士服店で、半額セールで買ったものだそうです」

「じゃあ、何の価値もないじゃないか。第一、内側に達也の名前が縫《ぬ》い込んであるんだろ? そんなものを盗んで、いったい何の得がある。いや、ただ盗むんじゃなくて、その場合すり替えているわけだから、同じジャケットの代金分だけ損をしているとも言えるぞ。損得勘定から言えば、差し引きゼロ。何だそりゃ。ますますわけが判らなくなった。どうしてそんな、ややこしいばかりで無駄なことをする必要がある」

「達也はジャケットに、財布以外に何か、入れてなかったの?」

「その可能性も本人は、考えてみたみたいだね。でも、何にも入れてなかった筈だと言っている。少なくとも、思わず盗みたくなるような貴重品の類いは、絶対に入っていなかったと断言できる、ってさ」

喋りながら僕は、ともすればタカチを盗み見ている自分に気がつく。仮説を崩しては立て、立てては崩す作業に夢中になっているのだろう、今夜の彼女は、あちこちに飛び交う思考に合わせて、膝を崩したり横に流したりと、いつになく落ち着かない。そして、それらにつられて僕の方もつい彼女の方に、正確に言うと、彼女の脚に眼がいってしまう。やっぱり、今夜の僕は変だ。普段は、触れたら怪我をしそうな怖い印象しかないのに、今は何故か、タカチを見ていると、もやもやと、あらぬ妄想《もうそう》が湧《わ》いてくる。

「……俺《おれ》、何か変なことを考えたんだけど」

そう喋りだしたものの、この段階では未《いま》だ僕の頭の中で具体的な仮説が纏《まと》まっていたわけでは、決してない。ただ、黙っていると、その分だけ自分の欲望を歪《ゆが》んだ形で自覚してしまいそうで、それを打ち消すためにも、とにかく何でも喋ってやれ、という感じだった。

「何だか、その……すごく、不自然だと思いませんか？」

「そう思っているのは、別におまえだけじゃないよ。みんな思ってるって。すごーく胡散《うさん》臭《くさ》い話だって、な」

「いや、俺が言っているのは、ちょっと些細《ささい》な疑問かもしれないんだけど、次の二点なんです。ひとつ。彼ら六人は、カラオケ・スナックへ向かうために、それぞれ浜口家と風戸家の車に分乗していますよね。より詳しく言うと、運転していたのは浜口家側が啓司で、風戸側が奥さんの景子──と、レポートにはあります。ついでに言っておくと、浜口啓司は運転免許を持っているが、妻の秀子は持っていない。風戸夫妻の場合はその逆で、免許を所有しているのは妻の景子の方。夫の明弘は持っていない」

「そんなことまで聞き込んでるのか、コイケは。しかし訊く方も訊く方だが、憶《おぼ》えていて答える達也も達也って感じ」ボアン先輩、ビールが飲みたくてうずうずしているのか、ガンタが干してカラになった缶を、いやに丁寧《ていねい》に、ゆっくりと手の中で潰《つぶ》している。「それで？　それが、どうかしたのか」

「これって、すごく変でしょ？」

「って。どこが？」

「だって。この前に、六人はかなり飲んでいると思われるんですよ。達也が飲んでいたのがウイスキイのロックだから、他の者たちだって水割りとか、そういうものを飲んでいたと考えるのが妥当でしょ？」

「飲酒運転をしたわけだな。でも、それのどこがそんなに変なんだ。もちろん決して褒《ほ》められた行為ではないが、誰だってたまには、その程度の出来心は──」

「起こしませんよ。だって、よく考えてみてください。運転していた浜口啓司も、そして風戸景子も、ともに教員なんですよ。しかも県下では、有数の進学校の」

僕の言葉の重要性が浸透するまで、しばらくかかった──いや、ボアン先輩やガンタ、タカチたちの頭に、という意味ではない。僕自身の頭に、である。

「もし検問にひっかかって飲酒運転がばれたら、大問題になる。懲戒《ちようかい》免職処分は、まず確実。彼らにその現実が判っていなかった筈はない。ベテランの啓司だって新任の景子だって、それは同じです。特に景子の方は、夫の明弘に代わって独りで家計を支えている身なんだから、余計に切実だった筈なのに」

「しかし、そういう常識的判断がつかないほど、彼らが酔っぱらっていたかもしれないわけじゃないか？」

「そうかもしれない。だけど俺は、そうではなかったという説をとります。何故なら、彼ら五人はこの夜、グルになって達也を嵌《は》めようという魂胆があったという前提で、この仮説を進めているからです。そんな時に、弁識能力を失うほど泥酔するとは思えない。ちゃんとセーヴして、ほどほどに飲んでいた筈です」

「まあ……」それは確かにそうだと納得できるものの、しかし一方では、そんな疑問点にこだわっていったいどうなるのかと測りかねているのか、ボアン先輩、途方に暮れたような顔になる。「そうかもしれんが、しかし——」

「詳しい検証をする前に、疑問点のふたつめを挙げておきます。それは、彼らがカラオケ・スナックの支払いをツケにしたこと」

「それのどこが、そんなに不自然なんだよ？　誰だって馴染《なじ》みの店では、それくらいのこと、するだろうが？　ちっとも不可解なことなんか、ありゃしないぞ」

「ちょっと待ってください。馴染みの店、と言いましたね？」

「そうだよ」

「誰の馴染みの店だったか、憶えてます？」

「え。だ、誰って……それは」

「春江よ」僕がいったいどういう指摘をしようとしているのか見当がついたのか、タカチは珍しく正座をして、身を乗り出してきた。「春江の馴染みの店だった……そう。そこからして、不自然だったんだ、そもそも」

「なんで？」タカチに置いていかれるのは嫌なのか、これは俺も早く理解して追いつかなくちゃ、とでも焦っているみたいに、ボアン先輩も思い切り身を乗り出す。「なんでだ？」

「だって。そもそもカラオケに行きたいと急に言い出したのは、浜口夫妻だったわけでしょ？　それなのにどうして、彼ら自身の馴染みの店に行かなかったわけ？」

「浜口夫妻は滅多に、カラオケなんかに行ったことがなかったかもしれないじゃないか。聞いていると何か、外出嫌いのフシもありそうだし。だから行きつけの店がなかった。そこで春江が、じゃあ私が知っているお店がありますから、そこへ行きましょう、と……」

「それならそれで、支払いは浜口夫妻がもつ。これが自然な流れよね。そうでしょ？　第一この夜は、達也と春江の結婚の前祝いのために、みんな集まっていたわけでしょ？　それなのに、堅物の浜口夫妻ともあろうものが、その主役にツケをさせてそれで平気、というのは、いくら何でも不自然過ぎなくて？」

「うーむ……」考え込む時の癖《くせ》で、こめかみを揉《も》もうとした先輩、うっかり傷に触れてしまったらしく、顔をしかめて手を引っ込めた。「そういえば、そうだな。それじゃいったい、どういうことになるのだ？」

「どういうことになるの？　タック？」

じっとタカチに見つめられて、僕は怯《ひる》んでしまった。信じ難いことだが、その瞳《ひとみ》には期待の星が輝いている。こんな眼で彼女に見つめられたのは初めてだ。

おまけに、正座したタカチは、何と表現したものだろうか、凄《すご》く可愛《かわい》く見える。正確に言うと、爪先《つまさき》を立てた踵《かかと》に、少し浮かせた臀部《でんぶ》を乗せて、身を乗り出しているという姿勢なのだが、それが何の具体的根拠もなく、いじらしげに見えてしまうのだ。

普段の鋭利な刃物みたいな印象とは余りにも対照的なために、そのギャップが可愛らしさを余計に増幅させるということもあるのだろうが、やはり一番の原因は、僕に熱があるということだ。何だか視界が、ぼやけている。タカチの輪郭にソフトフォーカスがかかっているため、その姿が美化されているのかもしれない。

「導かれる結論は、ひとつ」何だか僕は、順序だてて思考するのが面倒臭くなってきた。何も考えずに、熱にうなされるまま、反射神経的にと言おうか、ほとんど惰性で、喋り続ける。「要するにみんな、お金を持っていなかった」

「え？」期待していたような鮮烈な答えではなかったせいだろう、たちまちタカチの瞳から、輝く星々が消えてしまった。「何ですって？」

「飲酒運転の危険も省みずに、自分たちの車でカラオケ・スナックへ向かった。それは、タクシー代がなかったから。そして、カラオケの支払いもとりあえず、ツケにせざるを得なかった。それもこれもみんな、現金の持ち合わせがなかったから——それしか考えられないじゃないか」

「おいおいおい。タック。それって余計に不自然なんじゃないのか。却《かえ》って。だってそうだろ。金もないのに何故無理して、その夜にカラオケに行く必要がある？　しかも、飲酒運転の危険まで冒して？」

「もちろん、どうしてもそうする必要があったからです。彼らにとって」

「判らん。全然判らんぞ」

「もうちょっと、整理してくれないか。判りやすいように」さっぱり要点が摑《つか》めなくて戸惑っているらしく、ガンタも音を上げる。「最初から順番に、さ」

「浜口夫妻、風戸夫妻、そして春江の五人は、現金を持っていなかった。もちろん、彼らだって最初から全然持っていなかったわけではない。ある事情があって、彼らが持っていたお金は急に、失くなってしまったのです」

「急に、失くなった？」

「その時、達也の財布も一緒に失くなった——そう考えれば、すべての辻褄《つじつま》は合います」

「タック。おまえな、その」ボアン先輩、ひょっとして僕に熱でもあるのではないかと心配しているみたいに、眉《まゆ》をひそめた。「もしかして、超自然現象とか、そういう、この場に相応《ふさわ》しくない話をしとるんじゃあるまいな？　え？」

「いいえ。極めて散文的なことです。三組の男女が家にいた。そして彼ら全員の手持ちの現金、そして邸内にある現金のすべてが、ある第三者によって巻き上げられてしまった——そう考えればいいんです」

「強盗……か？」案内を僕に任せて、ふと気がついてみれば、何だこりゃ、いつの間にか変な場所に連れてこられてしまったぞ、とでも言いたげにボアン先輩は、眼を瞬いて戸惑っている。「おまえが言おうとしているのは、ひょっとして、強盗のことか？」

「ええ。確かなことは言えませんが、おそらく単独犯ではない。そして拳銃《けんじゅう》が何か、凶器も持っていたのでしょう。それで六人を脅した。この時、乗杉達也は眠り込んでいたので、厳密に言えば脅した相手は残りの五人です。もちろん、強盗は眠っている相手でも容赦しない。達也のジャケットの内ポケットを探り、財布ごと彼の手持ちの現金を奪っていった」

「タック、おまえ、自分が何を言ってるのか、判ってないんじゃないの？」ガンタは、自分で理解するのは諦《あきら》めて、僕のことはボアン先輩とタカチに任せようとでも思っているみたいに、腑《ふ》抜《ぬ》けた顔で頭を掻《か》いた。「ちょっと、飲み過ぎたんじゃ……いや、今日は飲んでないもんな」

「ガンタが言いたいことは、判るよ。もしほんとうに、そんな強盗事件が浜口家で起こっているのならば、どうして五人はそのことを達也に教えなかったのか？　そして何よりもどうして、警察に届けようともしなかったのか？　そう言いたいんだろ？」

「そうだよ。まさにその通りだ。その点をどう説明する？」

「こう説明しよう。それはね、五人には警察に届けられない、ある事情があったからだ、と。そしてそれは、もちろん達也にも打ち明けられない事情だった。少なくともその時点では、まだ打ち明けるには早過ぎた」

「というと、いずれは打ち明けるつもりが、あるってことか？」

「と、思いますよ」何だか妄想《もうそう》と現実の区別がつかなくなってゆくような気がする……そう自分の頭の中を心配しながら、僕はボアン先輩に頷《うなず》いて見せた。「多分」

「何なの、その事情というのは？」

「三十日の集まりは、単なる結婚の前祝いでも、お食事会でもなかった」なるべくタカチからは眼を逸《そ》らそうとしているのに、彼女が発言すると、やはりそちらを向いてしまう。そして彼女という〝触媒〟を見ることで、さらに妄想が細胞分裂のように増殖してゆくのだ。「——と、いうことだろうな」

「単なるお食事会でなかったとしたら、何だったわけ？」

「言い方が古めかしいけれど、多分、秘密パーティの類いだったんだと思う」

「秘密パーティ？」

奇《く》しくも三人の声が、ユニゾンで、語尾をジェット戦闘機みたいに撥《は》ね上げた。

「もし強盗事件があったことを警察に通報し、その強盗が捕まったとする。捕まった方がいいじゃないかと我々なら思ってしまうけど、実は五人が恐れていたのは、まさにそのことだった。強盗の口から、自分たちがその夜、何をしていたのかが警察に伝わり、やがてそれが噂《うわさ》として世間に洩《も》れてしまう——それだけは何としても、避けなければいけなかった」

「いったい、何をやってたって言うのよ？　ばれたらまずいことって言うと、マリファナの回し呑《の》みでもしてたの？」

「その前に、高瀬さん……」

「何？」

「約束してくれる？」

「え？　何を？」

「俺が変なことを言っても、怒らないでいてくれる、って。つまり、この仮説は結構、自分で言うのも何だけれど、突拍子もないものなんだ。だけど一応、それなりの根拠はちゃんとある。そこの辺りをちゃんと理解してだね、早まってビンタとか、くれることのないよう、あらかじめお願いしておきたい、と」

「何よ、タック、それ？　まるであたしが、すぐ手を上げる女みたいじゃない。あんた、そういう眼であたしのこと、見てたわけ？」

「今日は、殴られることに敏感になっているみたい。それに、やっぱり、女性の前で口にするのは憚《はばか》られるというのか……」

「怪我人に手を上げるほど、あたし、凶暴な人間じゃないわよ。まったく。見損なってくれちゃって」ほんの一瞬、傷ついたかのような、あるいは拗《す》ねているかのような、彼女には一番似つかわしくない表情が覗《のぞ》いたような気もしたのだが、多分錯覚だったのだろう。見るとタカチは、いつもの挑発的な微笑を浮かべている。「タックが何を言おうが平常心を保つと約束するから、安心して、さっさと言いなさい」

やっぱり怒らせてしまったらしい。ま、仕方がない。

「じゃあ言うけど。強盗が浜口家に侵入した時、つまり、達也が眠らされていた時、残りの五人は多分、裸でいたんだと思う」

「ハダカ？」

また、三人の声がユニゾンになる。何だか、ミュージカルの舞台で、バックコーラス隊が科白《せりふ》を唱和しているみたい。

「つまり、彼らが催していた秘密パーティというのは……」

いざ口にしようとすると、やはり気後れしてしまう。だいたいだな、熱にうなされるまあらぬ妄想を垂れ流しにした挙げ句、人格を疑われることになったらどうする、後で悔やんだってもう遅いんだぞ、という理性も、ほんの少しだけ顔を覗かせる。だが、ここまできて今さら止めるわけにもいかない。

「つまり……スワッピングというか、乱交パーティというか、要するに、その類いのものだったと考えられる」

「ま、まさか、タック、あんた、さ」怒るかと思いきや、タカチは身を折って、わはわはと笑い出した。「本気で言ってんの、それ？　まさか、ちゃんと根拠があるんだ、なんて言うんじゃないでしょうね」

「それが、あるんだ。彼らの弱みというのは、強盗がひと眼見て、何をしているのか疑いを差し挟む余地なく理解できるものであり、かつ、法に抵触しない程度の行為と考えられる。彼らが例えば麻薬などを使用していて、それを強盗に目撃された場合は、まったく別種の問題が発生する。例えば、強盗による脅迫とかだ。彼らにとっては、まさに深刻な事態であり、達也なんかにかかずらっている場合ではない、という展開になるわけだからね」

「だけど、脅迫の材料になる、という意味では、スワッピングだって同じじゃない。法には触れないかもしれないけど、世間体は悪い。ひとによっては、マリファナなんかよりも、もっと秘密にしておきたい恥部かもしれない」

「それは強盗の側が、自分が侵入した家の主の社会的地位を認識していたか否かに、よる。おそらくこの強盗の場合、羽振りの良さそうな家を選んで無作為に侵入していただけであり、事前の調査などはしていなかったと考えられる。少なくとも浜口夫妻たちは、そういう感触を得た。つまり、金さえ盗《と》れば他人の性生活とか、そういうレベルの事柄には干渉しないタイプの奴《やつ》だ、と判断したんだ」

「苦しいわよ、その言い訳」

「他にも傍証はある。わざわざ達也を招いておきながら、彼を眠らせている点だ。例えば、麻薬などを使用する秘密パーティだったのだとしたら、仲間に入れるつもりがあればそんな真似はしないだろうし、入れるつもりがないのなら、最初から招かないだろう。招いたのに眠らせた、ということは、たとえ達也の意識はなくても、彼の肉体には用があった、という理屈になる。こう考えてゆくと、彼らが催していたのは、乱交パーティの類いであった可能性が一番高い。少なくとも、僕はそう思う」

「タック、あなたの脳味噌《のうみそ》って、煮えてるんじゃないの？」

「かもしれない。とにかく、その煮えた脳味噌で想像をさらに拡げると、浜口夫妻と風戸夫妻は、おそらく学生時代からの、古いスワッピング仲間なんだと思う。ただ、浜口夫妻にハコちゃんが生まれてからは、あるいは、しばらく御無沙汰《ごぶさた》だったんじゃないだろうか。しかし、最近、その趣味に再び火を点けるきっかけとなる、ある出来事があった」

「ほええ」タカチは笑いながら目尻《めじり》の涙を拭《ぬぐ》うふりまでしている。全然、真面目に聞いていない。ま、無理もないけどさ。「何、ある出来事って。何が彼らを回春させたの」

「東京に住んでいた風戸夫妻が、安槻に帰ってきた、ということだよ。再びお互いに近くに住むようになって、昔の血が騒ぎ始めた。しかし、浜口夫妻には、ハコちゃんという娘がいる。娘に秘密で、スワッピング・パーティなんて、そう簡単には開けない」

「それは浜口家でやるなら、の話だろ」タカチが爆笑している横で、ボアン先輩は意外や、真面目くさった顔をしている。これは、なかなか珍しい構図と言わねばならない。「風戸家でやりゃ、いいじゃん、別に」

「そうもいかないのです。だって、浜口夫妻はハコちゃんに、午後六時という門限を課しているんですよ。その門限を厳守させるためには、自分たちだって夫婦のどちらかが、六時ジャストとはいかなくても、なるべく早く帰宅していなければいけない事情に変わりはない。こうして、せっかく情熱が再燃したものの、ハコちゃんという障害に阻まれて、ふた組の夫婦の秘密の趣味は頓挫《とんざ》する筈だった。本来ならば、ね。ところが、そのハコちゃんから、実は願ってもない申し出があったのです」

「お、おい。おいおい……」

「夏休みに、フロリダの、レイチェルの家にホームステイさせて欲しい。浜口夫妻は、娘のこの願いを、当初は断固却下していた。その風向きが変わってきたのは、いつ頃からだったとハコちゃんが言っていたか、憶えていますか？　そう。年が明けてからです。つまり風戸夫妻が安槻に戻ってきた時期と、ぴったり一致する」

もう誰も何も言おうとはしなかった。タカチも笑うのをやめて、口をあんぐり開けている。感心しているのではない。もちろん、呆《あき》れ果てているのであった。

「そうなんです。あれほど頑迷固陋《ころう》だった浜口夫妻が何故突然、ハコちゃんの海外旅行を許可する気になったのか？　それは、娘が両親の束縛からしばし解放されて自由を満喫することを許可したわけでは、決してない。逆だったのです。ほんとうはその両親の方こそが、娘から解放されて自由を満喫したかった。娘が不在の家で、思う存分、禁断の悦楽に浸りたかったのです」

ガンタの口が、声を出さずに、キンダンノエツラク、と動くのが見えた。何か、いかがわしい空想に耽《ふけ》っているのかもしれない。

「表面上は娘に折れる形で渋々と、その実、内心では嬉々《きき》として浜口夫妻は、ハコちゃんのフロリダ行きを許可した。娘がいない間、存分に、風戸夫妻とのプレイを堪能できると期待しながら、そして彼らはこの間に、かねてからの懸案だった、新しいプレイ仲間の開拓も同時に進めておこうとした」

「新しい」やはり頭の中では悶々《もんもん》と煽情的《せんじょうてき》な空想が拡がっているのか、ボアン先輩、こちらが吹き出しそうなくらい、真面目くさった顔で腕組みをした。「プレイ仲間、だと？　つまり、スワッピングのか？　それは――」

「もちろん、春江と達也のことですよ。春江は既に、彼らのプレイ仲間になっている。おそらく、勧誘したのは元担任の秀子でしょう。だけど、本格的なスワッピングには至っていなかった。ハコちゃんがいたからということと、春江とペアを組むべき男性が見つかっていなかった、ということが理由です。だから、きたるべき将来に備える形で、ハコちゃんの門限の監視は秀子に任せておく間に、啓司が、どこかのホテルで春江と密会し、とりあえず彼女の方の〝開発〟だけでも、進めていた」

ボアン先輩とガンタはともかく、タカチまで真剣な表情で聞き始めたものだから、何だか可笑《おか》しくなってしまう。もちろん三人とも、僕の仮説そのものに説得されているわけではなく、スキャンダラスで刺戟的《しげきてき》な内容に、つい、ワイドショーでも観《み》ている気分になって身体を乗り出しているだけなのだろうけれど。

「ハコちゃんの旅程が決まったので、いよいよ本格的に春江のペア探しが始まる。これは啓司の仕事だった。そして啓司は達也に眼をつけて、春江に引き合わせたのです。達也が啓司に、春江を紹介されたのはいつだったか？　これも今年の一月だった。すべては、ハコちゃんの渡米の決定に合わせて、動き始めていたのです」

「ということは、あれか」ボアン先輩にしては珍しく、こんな破廉恥《はれんち》なこと、この俺が公衆の面前で口にして、はたしていいものだろうかと、迷っているような顔。「問題の三十日の夜、風戸夫妻を加えた六人で、その、つまり、コトに及ぼうとしていたってわけ？」

「でしょうね。達也はてっきり外食するものと思い込んでいたのに、浜口夫妻があくまでも自宅での歓待を望んだのも、そのためです」

「なるほど。考えてみりゃあ、そんなに自宅での食事にこだわった浜口夫妻が、急に外へカラオケに行きたがるなんて、少し不自然だよな。そこにも作為があったわけか」

「しかし、まだ何も知らされていない達也を、いきなりプレイに加えることはできない。そこで、睡眠薬で彼を眠らせたのです。眠っている達也の身体を女性陣が弄《もてあそ》んで、それによって一種の〝入会儀式〟に替えるつもりだったのか、それとも行為の途中で達也が眼を醒《さ》ますように見計らって、既成事実を見せつけることで無理矢理仲間に引きずり込むつもりだったのか、具体的な手筈は判らないけれど」

「何か……俺、勃《た》ってきちまった」

もじもじと女の子みたいに膝を閉じるボアン先輩と、タカチの眼が合った。さっきから笑い癖がついてしまっているらしいタカチ、思わず畳にひっくり返ると、うわーっはっはっはっはっ、と腹はかかえるわ、四肢《しし》をじたばたさせるわ、の大騒ぎ。

「タックのせいだぞ」転げ回って爆笑しているタカチを見やるボアン先輩、何だか憮然《ぶぜん》とするべきか、それとも滅多に見られないタカチの〝乱れよう〟を喜ぶべきか、迷っているような複雑な表情である。「おまえの描写が、あんまり生々しいもんだからさ。俺も、つい」

「ね」見るとガンタも、もじもじと膝を閉じて腰を浮かせている。「俺、今晩、眠れないかもしれないスよ」

「ところが肝心のそのプレイの最中に、強盗が侵入してしまったのです」放っておくと、どんどん脱線するので、勝手に話を元に戻す。「彼ら五人は為《な》す術《すべ》もなく、現金をすべて奪われた。もちろん、眠り込んでいる達也の財布も同様です。強盗は、盗るものだけ盗ったら、あとは誰に危害も加えずに退散してくれた。しかし五人にとっては、困った状況になってしまったのです。言うまでもなく、それは達也のジャケットから財布が消えている、という事実。それを、眼が醒めた彼に、どういうふうに説明すればいいのかと、途方に暮れてしまった」

「でも、正直に言えばいいじゃないか？　だって彼らはどうせ、達也のこともいずれ、プレイ仲間に加えるつもりだったんだろ？　だったら、これは逆に、いい機会だとも言えるわけで」

「いずれはそうするつもりでも、そういった、言わば不本意な形で告げるのは、やはりいろいろ問題があったんでしょうね。だって、ことはデリケートな問題ですからね、仲間に入れる相手は誰でもいいというわけではない。達也は多分、女性陣の好みなども考慮して、厳選されたんだと思われるから、へたに勧誘して失敗したくないんだと思う。一度逃げられたら、もう二度と説得はできない。それどころか達也の口から自分たちの秘密が外に洩れてしまう危険もあるわけですから、秘密を打ち明ける機会は、慎重にも慎重を期したかったのでしょう」

「なるほど。それで、達也が着ているジャケットそのものをすり替えておいて、無理矢理カラオケに誘い、上着はスナックで取り違えられ財布も一緒に持ち去られた、という状況を捏造《ねつぞう》しようとしたわけだな。とりあえず、強盗事件そのものを隠蔽《いんぺい》するために」

「その通りです。しかし、彼らの目論見は、ハンカチをズボンからジャケットのポケットに移すという達也の気まぐれによって、あっさりと崩れてしまった」

「ちょっと待って」笑うのをやめると、タカチは先刻のそれとはまた違う意味で、真剣な表情になった。「すり替えたって簡単に言うけど、そのネーム無しの新しいジャケットを、彼らはいったいどこから調達してきたの？　すり替えが、少なくともしばらくの間は達也に気づかれてはまずいわけだから、そっくり同じものとまではいかなくても、かなりよく似た偽物でなくてはいけない。そんな都合のいいジャケットを、彼らはいったいどこで手に入れたのかしら。時間的には、もうお店はどこも閉まっているし。第一、仮に店が開いていても、彼らは強盗にあり金を全部持っていかれているわけだから、買おうと思っても買いようがない。そうでしょ？　じゃあ、いったいどうやって手に入れたっていうの？」

「他に考えられない。新しいジャケットは、浜口啓司か、もしくは風戸明弘が、たまたま以前から所有していたものだったんだ」

「偶然に？」タカチはまるで、楽しみにとっておいた最後の一個のケーキを、横から奪われたみたいな、悲痛かつ憤激的な大声を挙げた。「そんな御都合主義的な」

「いや、そうでもないぞ」エロティックな妄想から解放されつつあるのか、ボアン先輩、だいぶ落ち着いた口調に戻っている。「もともと彼らが、達也と同じジャケットを偶然にも持っていたからこそ、そういう偽装を思いついたんだ。つまり、もし彼らが同じジャケットを持っていなかったとしたら多分、強盗事件を隠蔽するために、まったく別の方法を考えていただろう。あるいは、何も思いつかなかった場合はもう諦めて、達也にほんとうのことを話したか、だ」

「ちょいと、ボンちゃん」タカチは、笑うのを途中でやめたみたいな、妙に中途半端な呆《あき》れ方をした。「あんたまさか、タックのこの仮説を真に受けてるんじゃないでしょうね？　ハば、馬鹿馬鹿しい。本気？　よりによって、あのハコちゃんのお父さんとお母さんが、ハコちゃんが不在なのをいいことに、別の夫婦を加えて夜毎、くんずほぐれつの大肉弾戦を繰り広げている、なんて、あんた本気で――」

「だから、そういう生々しい言い方はよせ、ってば。あーあ。もう。せっかく、おさまってたのによう」

「それが実は、ハコちゃんの渡米を許可した、ほんとうの理由だった、なんて」

「驚天動地、とはこのことだな」

「笑止千万、よ」

「支離滅裂、厚顔無恥。いや、これはタックが、という意味だが」

「でも、何かこう、いかにもありそうな話ではあるな」何か思うところでもあるのか、ガンタは神妙に独り言《ご》ちる。「世間的には凄《すご》く真面目で通っているひとほど、その反動で、ひとの眼の届かないところでは、インモラルというか、冒瀆的《ぼうとくてき》な趣味に耽《ふけ》る傾向があるのかも」

「こら。ガンタまで、何だ。とにかくね。タックの仮説は一から百まで想像だし、第一、膨らませ過ぎよ。浜口夫妻と風戸夫妻、そして春江の五人に、何か後ろ暗い秘密があった、というところまでは、何とか納得できないこともないけれど。でも、ねえ……」

「それじゃタカチは、その後ろ暗い秘密って、いったい何だったと思うんだ？」

「そんなこと今、あたしに訊いたって無駄よ。何せ、タックの妄想がべったりと、スタンプで押したみたいに頭に染み込んじゃって。他のことなんか、何にも考えられない」

「わ。エッチ。わ。すけべ」

「おまえが言うな、おまえが」怪我をしているボアン先輩をどつくわけにもいかず、タカチはアッパーカットで彼の顎を殴り上げるポーズだけ、びしっと決める。「この、全身海綿体男」

「ま、とにかく、全部俺の想像というか、妄想であることは認めます」喋るだけ喋ってしまうと、いつの間にかタカチを普段の眼で見られるようになっている自分に気づいたので、僕は素直にそう引き下がった。「ちょっと、悪ノリし過ぎだったかな」

乗杉達也の財布の一件は、僕の悪ノリし過ぎの仮説——決して駄洒落《だじゃれ》のつもりではないので、念のため——以外は、これといった推論が出ないまま、検証が途切れてしまった。もともと、栈橋公園死体遺棄事件とは直接関係のない一件だったこともあり、この夜は、ボアン先輩の再びの気まぐれにより、僕たち四人は、まったく別の話題に移ったのであった。

この物語において、財布の一件は事実上、これで終わりである。これ以上、何も発展しない。だが、もしこれが栈橋公園死体遺棄事件と、間接的にしろ関連があるのだとすれば、ある意味で、この後が重要だという見方もできる。そこで、後日談に少し触れておくことにする。

乗杉達也は結局、十月に春江と結婚することになる。コイケさんという、まったくの赤の他人の聞き込みに対して、ぺらぺらと詳細を説明したことからも判るように、達也はかなりこの財布の一件を気に病んでいたようだ。浜口夫妻や、そして婚約者の春江に対する疑惑が拭《ぬぐ》いきれず、一時は破談も真剣に考えていたらしいが、結局、春江の身体が忘れられなかったのだろう。

深刻な〝つまずき〟を乗り越えて、乗杉達也・春江のふたりは、結婚式の前後から、浜口・風戸両夫妻と秘密の趣味を共有し始める。浜口・風戸側も一時は、もうこんな罪深い趣味はやめてしまおうかとも真剣に考えたらしいが、結局、友愛を越えた肉の繋《つな》がりに、安寧を求めるしか為す術がなかった、ということなのであろう。

結局、僕の妄想が、かなり真実に近かったことが判明するまでには、もうしばらく、時間がかかることになる。

携帯の恋人

僕たちが〃シルキイ〃を訪れたのは、それから九日後、八月十七日のことだった。僕たちというのは、ボアン先輩、ガンタ、タカチ、ウサコ、そして僕の五人である。連れ立ってぞろぞろと、阿呼《あこや》ルミの名刺に印刷されていた住所に赴いてみると、繁華街に小さな雑居ビルがあった。その二階のテナントに〃シルキイ〃は入っている。

重そうな店のドアを開けっ放しにして、髪の長い女の子がモップを持って掃除をしていた。現在午後六時。この季節、まだ世間は昼間である。当然、こういった店も未《いま》だ営業していないに決まっている。だが僕たちは、それを承知で来たのだ。お客になるつもりは、少なくとも今夜のところはないからである。

「あの」ぞろぞろと団体さんでやってくる僕たちに気づいて、女の子はモップを宙で止めた。「まだなんですけど、お店」

「ママ、いる?」

普段ならたっぷりと、どうでもいいような無駄口を叩《たた》いておいてから本題に入る筈《はず》のボアン先輩が、何の前置きもなく質問したことからも判るように、今回、僕たちには遊んでいる暇はないのであった。いきおい、雰囲気も重苦しいものにならざるを得ない。

「え?」揉め事めいた空気を嗅ぎ取りでもしたのか、女の子の態度が急に、ぞんざいになった。お客じゃないらしい、と察知したのだろう。「何、あんた？」

「阿呼ルミさんに用があるんだけど」これまた普段なら、水戸黄門の葵《あおい》の印籠《いんろう》みたいに最後まで取っておく筈の山田一郎氏の名刺を、ボアン先輩はもったいぶらずに、さっさと女の子の鼻面に突きつけた。「彼女、もう来てる？」

「あ……え、えーと」名刺の裏の山田一郎のサインを見るなり、再び女の子の態度が豹変《ひょうへん》する。急に両極端に変わったものだから、自分でもどちらに落ち着くべきか混乱してしまったらしい。随分と長いこと、口籠《くちご》もっていた。「え、えと。あの。あのお、何でしたっけ？」

「阿呼ルミさん。もう来てる？」

「いえ。まだ。いつもなら、もう来てもいい頃なんだけど」

「今日、お休みとかじゃ、ないんだね？　ちゃんと、お店には出てくるんだね？」

「うん。休む日は必ず、今頃までに連絡があるから。多分、大丈夫」

「じゃ、待たせてもらっていい？」

「あ、じゃ、どうぞ。中へ」

「いや。外で待ってるから」

「そんなことさせたら、あたしが叱《しか》られちゃうから。どうぞ。入ってください」

僕たち五人は、ぞろぞろとお店の中へ入った。こういったお店の開店前の雰囲気というのは、独特の哀愁が漂っているように思う。厚化粧の美女の素顔とでも言えばいいのか、舞台のかきわりの裏の枠組みと釘《くぎ》を、アップで見せつけられているような気分になる。

女の子は急いで、開いていたブラインドを降ろすと、店内の照明を灯《とも》した。キャビネットにずらりと並んでいるブランデーのボトルがライトアップされて、まるで見たこともない魔法の薬が陳列されているかのよう。厚化粧完了——などと形容したら、辛辣《しんらつ》過ぎるだろうか。

照明を灯した途端、女の子は、まだメーキャップもしていない、着替えもしていない身でありながら、既に客をもてなすプロフェッショナルの顔に変わっていた。これには、さすがの僕も皮肉な感慨は一切湧《わ》かず、素直に感心してしまう。大したものだ。

〝シルキイ〟は、思っていたよりも小さな店だった。奥に団体用の円形ソファのテーブルがある以外は、カウンターのストゥールしかない。

ボアン先輩が代表して、出入口に近いストゥールに座って待つ間、残りの僕たち四人は、テーブルで待機することにした。

「気を遣わないで」おしぼりを手渡そうとする女の子に、ボアン先輩、手を振って断る。

「お客じゃないんだから」

「あ、そ。じゃ、置いておくだけ、ね？」と、なかなか如才《じょさい》ない。

テーブルに回ってきた彼女が、僕たち四人分のおしぼりを置き終わった時、ちょうど待ちびとが現れた。

「あら、まあ」ボアン先輩を認めるなり、阿呼ルミさんは、まるで宝塚歌劇に出演しているみたいな大袈裟《おおげさ》な仕種《しぐさ》で、歓迎の意を表明した。「よく来てくれたわねえ。まあまあ。ゆっくりしていって頂戴《ちょうだい》ね」

「いや、あの……」

「そうだ、傷はもういいの？」

相手に喋《しゃべ》らせる隙《すき》を与えず、ルミさん、ボアン先輩の頬《ほお》を馴《な》れなれしく撫《な》でる。商売用のお愛想というよりも、何だか彼女、ほんとうに先輩が来てくれたことを喜んでいるみたいである。もちろん彼女だってプロフェッショナルなのだから、僕たちみたいな素人《しろうと》にそう思わせてしまうのが、技なのだろうけれど。

「あ、もう平気です」

これは辞令ではなく、ほんとうのことである。まったくボアン先輩の回復力たるや、凄《すさ》まじい。僕がようやく痛みが引いてきた頃だというのに、その僕よりも何十倍もぶん殴られた筈の彼が、もうとっくにぴんぴんしているのだ。腫《は》れも傷痕《きずあと》も跡形もなく、これはもう回復力というよりも、復元力と言った方がいいかもしれない。人間か、こいつ、という感じ。

「そうお？　よかったわ。ああ嬉《うれ》しい。どうぞ、ゆっくりしていって頂戴ね。今日は何か、いいことがあると思ってたのよ。買ったばかりの服、着てきた甲斐《かい》があったわ」

そう言って、まるで蝶《ちょう》がはばたくみたいなポーズをとる。仕種ばかりでなく衣装《いしょう》も、ルミさん、宝塚歌劇団並みだ。網膜に残像が焼き付けられそうな原色に加えて、スパンコールがふんだんに使われている。派手、というよりも何か、無秩序、という感じ。

「何してんの、キーちゃん。早く、お飲みものとか、お出しして」

「あ、ちょっと。阿呼さん」女の子を急《せ》かせるためにカウンターの向こう側に行きそうになったルミさんを、ボアン先輩、慌てて止めた。「すんません。実は今日、俺《おれ》たち、客で来てるわけじゃないんです」

「あら、そうお？」お店に入ってきた時からとっくに気がついてはいたと思うのだが、ルミさん、〝俺たち〟という言葉に反応して今ようやく眼にとまったわという感じで、テーブルの僕たち四人の方を向いた。「お友だち？」

「ええ、まあ」

「あら。この前の彼もいるじゃない」

「ええ。あの。それで、ですね——」

さすがのお喋りの先輩も、なかなか主導権を握らせてもらえない。先輩のはただ騒がしいだけだが、あちらは話術の専門家だ。その差が如実に出ているといったところか。

「あちらのお嬢さんたちの、どちらかが」タカチとウサコに、離れたところから愛想笑いを投げかける。「彼女？」

「俺はそう思ってるんだけど、向こうの方は、そうでもないみたいで」

「あはは。きみらしいわ。ねえ、キーちゃん、このひとをねえ、あたしの次の彼氏にしよ

う と思ってるんだ」

「またまた」キーちゃんと呼ばれた女の子、僕たちのテーブルにグラスやらアイスペールやらを、ずらりと並べる。「また、ママの悪い癖が出た。一郎さんに叱《しか》られちゃいますよ」

「いいもーん。だってこのひと、ぶん殴り合いでイッちゃんのこと、負かしちゃったんだから。全然平気」

「へえ」どうやら本気で驚いたらしい。キーちゃんの業務用の微笑が崩れて、意外に幼い素顔が覗《のぞ》いた。「へーえ」

「あの、実はですね」この機会を逃したら、いつまで経っても本題に入れないと危惧《きぐ》したのか、先輩、無理矢理割って入った。「また性懲《しょうこ》りもなく一郎さんに、ぶん殴られそうな用事で、実は来たんですけど」

「え？　というと？」

「宮下のことなんです。あいつがどこにいるか、知りませんか？」

「あら。じゃあ、まだ見つからないの？」

「実は大変なことになっているんです。宮下の実家から連絡がありまして、あいつのお母さんが、自転車に乗っていて、トラックに撥《は》ねられてしまったんです」

ルミさんの口が、声を出さずに、まあ、と動いた。さすがに、これは一大事かもしれないと予感したのか、はしゃぐのを止めて声をひそめる。

「それで？　容体は？」

「実は……意識不明の重体なんだそうです」

「まあ」今度は、口に出してそう呟《つぶや》いた。ゆっくりと、ボアン先輩の隣りのストゥールに腰を降ろす。「まあ……何てこと」

「この非常事態に長男に連絡がとれないものだから、家族の方はパニックになっています。大学の連中に、かたっぱしから訊《き》いてみたんだけど、誰もあいつの居場所を知らない。俺も大概、後輩たちのことはよく知っているつもりだったけど、今回ばかりはお手上げなんです。阿呼さん。あいつがいそうな場所、知りませんか？」

「それはねえ、この前も言ったと思うけどさ、シンちゃんを探しているのは、あたしたちも同じなのよ」

シンちゃん、というのが宮下さんのことだと思い当たるまで、しばらくかかってしまった。そういえば彼は、宮下伸一《しんいち》という名前である。

「いえ、正確に言えば、探していた、と過去形で言うべきね。あたしはね、もういいんだ。どうでも。彼が見つからなくても。もう、吹っ切れてるんだけど。弟の方が、ねえ……」

「弟、さん？　というと――」

「ああ。言ってなかったっけ？　この前、あんたたちに迷惑をかけた、山田一郎。あいつね、あたしの弟なの。義理じゃなくて、実の」

「え、でも――」

「うん。ちょっと事情があってさ。小さい時から別々の家で育てられてたんだ。だから、苗字が違うのよ。そのせいで、実の姉という実感が抱けないのかしら、あいつ、このあたしに向かって、おまえ、おまえ、なんて、まるで古女房みたいな呼び方をやめないのよね。あたしがいくら文句を言ってもさ」

「あたしはもういいんだ、って言ったけど、ということは、阿呼さんも、宮下のことを探していたわけですか？」

ルミさん、まるでスイッチが切れたみたいに表情が消えた。派手な衣装だけが燦然《さんぜん》と輝いて、首から上が空洞のように陥没する。そのアンバランスさ故《ゆえ》か、その後の短い沈黙は逆に、何だかとても自然な感じがした。スパンコールの衣装を纏《まと》った〝虚無〟が、言葉を発しないのは、むしろあたりまえだ、という。

やがて、ルミさんの双眸《そうぼう》に表情が灯って、スパンコールの衣装を纏った物体が〝人間〟に戻ると、沈黙が不自然なものに変わる。自分でもその空白が気づまりになったかのように、彼女は、うっそりとストゥールから立ち上がった。

「だめ……ねえ。吹っ切れてる、なんて偉そうなことを言っておきながら、やっぱり、そうでもないんだわ、あたし」

「ママ」キーちゃん、ルミさんの独白に何だか訳知り顔で頷《うなず》きながら、カウンターの上に、まだ封を切っていないブランデーのボトルを、そっと置いた。「いいですよ。お店の方、あたしがやりますから」

「キーちゃん、時々、気が回り過ぎ」

「すみません」

「ほんとに、いいの？」

「聞いてくれる相手がいる時に、がーっとやっておいた方がいいんじゃないかしら」

「キーちゃん」

「はい」

「キーちゃんの時も、ちゃんとお休み、あげるわね。へろへろになるまで、やって頂戴」

「はあい。期待してまーす」

ボトルを手に取ると、ルミさん、ボアン先輩の肩を叩いて顎《あご》をしゃくる仕種をしておいてから、僕たちがいるテーブルの方へとやってきた。ボアン先輩、慌ててストゥールから降りて追いかけてくる。

「こーんばんは」

円形ソファの一番端に座っていたガンタが、慌てて横にずれてつくった隙間《すきま》に、ルミさん、悠然と腰を降ろした。僕たちひとりひとりに、一ミリの誤差もない同じ笑顔で、会釈をする。

「みんな、学生さん？」

「ええ」円形ソファの反対側の端っこに座った先輩、ルミさんと向かい合いながら頷いた。

「みんな、宮下の友人で」

「今日はお客で来たんじゃない、という事情はよく判ったんだけど、よかったらみなさん、適当にやってくれないかしら？　何て言うのかなー、こう、雰囲気づくりのつもりで。あたし、素面《しらふ》でこういうことを喋るの、慣れていないからさ。特にシンちゃんのお友だちに会うのは、これが初めてだし」

「判りました。おい、タック」ボアン先輩、一番奥に座っている僕に、まるで手招きするみたいに手を振って見せる。「とにかく、飲め」

「もう、傷はいいの？」

「ええ、お蔭《かげ》さまで」お蔭さまで、というのも変だという気がしたけれど、他に適当な言葉に思い当たらない。「何とか、飲めるようになるまでは復活しました」

「ほんとに、ごめんなさいねえ。ウチの馬鹿弟がさ。まったく。連絡があったのは、いつ？」

ルミさんが接続詞無しで話題を変えたものだから、それが、宮下さんの実家からの連絡はいつあったのか、という意味の質問であると悟るまで、ボアン先輩、数秒ほどもかかってしまったようである。「今日の午後です」

正確に言うと、午後二時ぐらいのことだ。誰に連絡があったかというと、ここに集まっている全員の下宿に、時間差で順番に電話がかかってきたのである。もちろん、この面子《メンツ》以外の学生たちにも、手当たり次第という表現が悪いかもしれないが、実家の方たちは電話をかけまくっている筈である。何しろ、部屋に電話を引いておらず、電話連絡をもらう時にはアパートの大家さんに取り次いでもらうようにしている僕のところにまで、かかってきたくらいなのだ。

宮下さんのお母さんが事故に遭ったのは、正午少し前のことらしい。自転車で買物に出かけていた彼女が横断歩道を渡っている時、信号無視のトラックが突っ込んできたという。居眠り運転をしていたのだ。まったくブレーキをかけずにフルスピードでやってきたトラックに撥ね飛ばされた彼女は、すぐに病院に運び込まれたものの、全身打撲に加えて意識が戻らず、はっきり言って極めて危険な状態らしい。

今夜が峠——医者からそう告げられた家族は、長男の宮下さんを呼び戻そうとする。だが、宮下さんは親にも内緒で引っ越しをしていて、この前から連絡先が判らない。大学の知り合いにかたっぱしから電話をかけてみるのだが、誰も彼の居場所を知らないのだ。

「大学の方には問い合わせてみなかったの？　家族の方は」

「もちろん、真っ先に、問い合わせてみたそうです。でも宮下は、前に住んでいた『安槻ハイツ』の住所と電話番号しか事務には届けていないんだそうで、大学側でも、どうすることもできないのだとか」

「親不孝者……と、あたしが言っちゃあ、いけないのよね。シンちゃんが誰にも内緒で引っ越しをしたのは、そもそも、あたしたち——あたしのせい、だったんだから」ぐっと何か込み上げてきたものを嚥下《えんか》するかのような緊張した面持ちになると、ルミさん、グラスの底にたゆたっていたブランデーを、一気に呷《あお》った。「……ただでさえ嫌われてんのに、この上、あたしのせいでお母さんの死に眼にも会えなかったなんてことになったら、もう一生、許してもらえないわね」

「阿呼さん」

「絶対に――ま、自業自得だけど、さ」

「あの……宮下と、いったい何があったんです。それだけでも、聞かせてもらえませんか。他人のプライヴァシイをいたずらにつっ突く趣味は、俺にはないけれど、今は少しでも、あいつの居場所に繋《つな》がりそうな情報が欲しいんです。お願いできませんか」

「簡単に……」どくんどくん、と自分のグラスに半分ほどもブランデーを注《つ》ぐルミさん。「ほんとに、簡単に、でいい？　あんまり詳しくは言いたくないの」

「ええ。それで充分です」ボアン先輩もブランデーを注いでもらったものの、さすがに手をつける気にはならないようだ。「宮下と、付き合ってたんですか？　ひょっとして」

「一番簡単に言えば、ね。そういうこと」ぐびりぐびりと、まるで麦茶を飲んでいるみたいな勢いである。見ていて、はらはらする。「最初に会ったのは、去年の秋だったかな。彼のバイト先の上司が、ここの常連さんだったのよね。そのひとに連れてこられたシンちゃんと、あたしが意気投合したのがきっかけ」

「どれくらい、付き合ってたんです？」

「この六月――いや、五月くらいまでかな。とにかく、連休明けた頃には、もう、ぐちゃぐちゃになってた。もう誰の眼から見ても、修復不可能って感じに」

「それは、あの、こんなこと訊くのは失礼だと承知で訊くんですが、いったいどうして」

「これも簡単に言ってしまえば、あたしが悪いのよ。どういうふうに言えばいいのかなあ。こんなふうに言うと、自惚《うぬぼ》れているみたいに思われるだろうけど、彼もあたしのこと、ほんとに好きだったと思うんだよね。それは、確かなんだと思うんだ。思いたいだけ、なのかもしれないけど。とにかく愛し合ってた。でも駄目になった。男と女が駄目になる時って、いつも同じ理由よ。それが何だか、判る？」

ふと、ルミさんの眼が、今夜初めて、何か澱《おり》でも淀《よど》んでいるみたいに、底光りした。初対面の筈のウサコとタカチを、ゆっくりと交互に、まるで前世からの遺恨でもあるみたいに、妙に恨めしげな眼で見る。

「男と女が駄目になるのって、喧嘩《けんか》したからだとか、どちらかが心変わりしたからだとか、みんなそんなふうに思ってるんじゃない？　違うのよね。そうじゃないの。そんなことで、駄目になったりしない。そういうのってむしろ、絆《きずな》を深めたりするのに役立つくらい。そうじゃなくて……あ、駄目ね、あたし、説教臭いオヤジみたい」

乾いた笑いを挙げると、自分が険《けわ》しい眼をしていたことをごまかすみたいに、勢いよくブランデーを呷《あお》った。ルミさんの白い喉《のど》に、琥珀色《こはくいろ》のしずくが、まるで蛇のように、のたくる。

「男と女が駄目になる時。それは、どちらかが自信をなくす時よ。どういう自信か。自分が無条件に愛されている、という自信。この自信さえ揺るがなければ、少々の行き違いがあっても大丈夫なものなのよ。でもね。そんなことって、ほんとはあり得ないんだ。だってみんな、誰かを好きになったとして、自分が無条件に愛されている、という自信をいつまでも保つこと、できる？　できないわよ。普通。自分では駄目なんじゃないか、このひとに相応《ふさわ》しくないんじゃないか——そう疑っちゃうのよ。一度疑っちゃったら、もう駄目。だから大抵の愛は、結局駄目になる。あたしもそうだった。シンちゃんと寝た、その日に自信がなくなっちゃったのよ。何せ、こちとら彼よりも十以上、歳《とし》くってんだもの。彼に好意を持つ、あたしよりずっと若い女の子が現れたらもう終わり。そう思ったのよ。あとは、お定まりのパターン。自分が愛されていることに自信が持てないひとは、モノで相手の心を繋《つな》ぎ留めておこうとする。服を買ってあげたりとかさ。いろいろ。あたしもやった。そうなると、もう駄目。相手の心はどんどん離れてゆく。だって、相手だって馬鹿じゃない。モノで自分を繋ぎ留めておこうとしているな、ということはすぐ判る。そしてそれは、とーっても鬱陶《うっとう》しいことなのよ。何故って、モノで繋ぐってことは、自分の奴隷になれと強要しているってことだもんね。もちろん、こちらはそんなつもりはない。愛が欲しいだけよ。だけど、向こうにしてみれば、そんなのは愛じゃない。悪循環。悪循環よ。向こうがよそよそしくなればなるほど、こちらはモノを注ぎ込むしかなくなるんだもの。そして、絵に描いたような破局がやってくる。だからね、屁理屈《へりくつ》だと思うかもしれないけど、シンちゃんがたまらずにあたしから離れていったのは、ほんとうにあたしのことを愛してくれていたからだと思うの。そう思いたい。だってさ、モノで繋ごうとする相手を、利用しようと思えばいくらでも利用できるのに、それをしなかったってことは、それだけ誠実だったってことで……屁理屈かな、やっぱり。あたし、自分が愛されていなかった、と思うのが怖いんだわ、やっぱり。ま……とにかく、そういうことだったのよ。あたしが鬱陶しい真似をし始めたばっかりに、シンちゃん、逃げ出しちゃった。それだけのこと。だけど、弟の一郎は、そうは思わなかった。シンちゃんが、あたしに貢《みつ》がせるだけ貢がして、用がなくなったら捨てた酷《ひど》い男、というふうにしか見えなかったんでしょ。宮下を半殺しにするとか、いきりたっちゃって。あたしがいくら違うと言っても聞く耳もたないの。それでこの間、こちらのおふたりさんが、シンちゃんに間違えられて酷いめに遭ったんだけどね。ま、酷いめに遭ったのはむしろ弟の方かしら。あんな怖い思いをしたのは初めてだろうから。いい薬だわ、たまには」

胃に穴が開いてしまうんじゃないかと心配になるほどの勢いでブランデーを干しながら、ルミさんは、何かの絵本を朗読して僕たちに聞かせているみたいに虚空《こくう》に眼を据えている。

言葉が途切れた。次のページがうまくめくれなくて、もどかしい思いをしているみたいにルミさんは顔を歪《ゆが》める。なるべく自分を傷つけない表現を探しているのか、それとも記憶をまさぐっているのかと思い、僕たちは待った。だが、いくら待っても、ルミさんの口からは、次の言葉が紡《つむ》ぎ出されてこない。

「あの……」痺《しび》れを切らして、ボアン先輩は身を乗り出した。「それで？」

「それでって」昼寝をしていたのをいきなり起こされたみたいに、ルミさんは眼を見張る。

「それだけ」

「それだけ……ですか？」

「それだけよ。ごめんね。ほんとうに、これだけなんだ。あたしが知ってるのは。シンちゃんの居場所、あたしも探したんだよ。彼が引っ越したことが判ってから。ショックだった。そんなに、あたしのこと、嫌いになったのかな、って。でも、冷静に考えてみれば、あたしを避けてた、というより、一郎たちから逃げ回ってたのよね」

「それで結局、宮下の引っ越し先は、突き止められなかったわけですか。山田氏も？」

「うん。多分。まだ全然、見当もついていないと思うわ。もし見つけてたら、あのやかましい弟のことだもの、黙っている筈がないでしょ？　鬼の首でも取ったみたいに、あたしんとこへ報告しにくるわよ。でも、今のところ、そういう気配は全然無し」

「阿呼さん」

ふいに、そう口を開いたのは、タカチだった。ボアン先輩と同じように自分の前のグラスに注がれたブランデーには手をつけず、瞬きもせずに、ルミさんを凝視している。

「なあに？」

「こんなことを言うのは、失礼かもしれないけれど――」

「無礼講よ。無礼講。何？」

「ひょっとして、何か隠してません？」

「あたしが？」先刻、若い女性一般に対する敵愾心《てきがいしん》からか、含みのある眼でタカチやウサコを睨《にら》んでいたのとは打って変わって、ルミさん、楽しげな笑みを浮かべた。何だか、誰かがそう指摘するのを実は心待ちにしていたのではないか、と勘繰りたくなるほどに。

「何かを隠す？　どうして、そう思うのかしら？」

「具体的根拠はありません。単なる勘です」

「綺麗《きれい》ね。あなた。背も高くて、モデルみたい。ううん。謙遜《けんそん》しなくていいわ。ほんとのことだもの。それに若いし。若い。そうよね。ほんとに。結局は、それなのよね。若いって、まるで……ああ、駄目だわ。あたし。酔っぱらいのオヤジが、からんでるみたい。あなたさあ、あたしみたいな経験、したことある？」

「阿呼さんみたいな経験、というと」接続詞無しで話題を変えて質問してくるルミさんにも、タカチの声は一向に淀《よど》まない。「自分が無条件に愛されているという自信が持てなくて、壊さなくても済んだ関係を自ら壊してしまう、という経験のことですか。ありますよ」

「あなたが？」

「ただし、相手は男性ではなくて、十六歳の女の子でしたけど」

「そういう趣味なんだ、あなた」

「同列には論じられませんか？　阿呼さん。単刀直入に言いますけど、あたし、あなたが宮下さんの居場所を知っているような気がするんです」ルミさんのお株を奪って、接続詞無しで話題を転換させるタカチであった。「いえ、もしかしたら、直接は知らないかもしれない。だけど、その気になって調べようと思えば調べられる、ヒントのようなものは持っている。それなのに調べようとしないのは、弟さんの手から宮下さんを守ろうという気持ちが働いているんじゃないか、と。さっきも言ったように、何の具体的根拠もありません。だけど、あたしには何だか、そんなふうに思えて仕方がない」

「あんたたちさ……」

タカチをはぐらかしているのか、それとも酔っていて思考がめまぐるしく散乱してしまうのか、ルミさんは唐突に、ぐるりと僕らを見回した。だが、その口から出てきた言葉は、その態度よりももっと唐突な内容であった。

「——浜口美緒って娘、知ってる?」どうしてここでハコちゃんの名前が出てくるのか、と戸惑っている僕たちの反応を認めて、何故かルミさんは溜飲《りゅういん》を下げたような顔になった。

「彼女に訊いてみなさいよ。シンちゃんのこと。きっと知ってるからさ」

米国フロリダ州、セント・ピータースバーグと日本との時差は、約十四時間。阿呼《あこや》さんに礼を述べて〝シルキイ〟を辞去し、ボアン先輩の家にみんなで押しかけ、ウサコが代表してレイチェルの家に国際電話をしたのが、午後九時。セント・ピータースバーグは、八月十六日の午前七時の筈である。

ウサコは随分、長いこと電話をしていた。英語と、時々日本語をまじえながら。多分、話している相手はレイチェルだと思われる。それはいいのだが、何故か一向に、ハコちゃん本人と代わる気配がない。その謎《なぞ》は、電話をかけ始めてから、約三十分後に解けた。

「……いないって、ハコちゃん」受話器を叩《たた》きつけるように戻したウサコは、彼女にしては珍しく大きな瞳《ひとみ》を怒らせている。「いないんだって、レイチェルんちには」

「どういうことだ?」ボアン先輩、報告そのものよりもむしろ、ウサコが憤慨していることの方に戸惑っているようである。「どこかへ、出かけてるのか?」

「どうもこうも、最初っから、フロリダに来ていないのよ、ハコちゃんは」

「じゃ、じゃあ……」ガンタも、ウサコが怒っているのを見るのは初めてらしい。自分が質問してもいいものかどうか、臆していようだ。「どこにいるの? ハコちゃんは、今?」

「知らないって、レイチェルは。とにかく、ニューヨークかカナダか、とにかくどこか北の方を、ハコちゃん、旅している途中なんだってさ。しかも……」あーもう、とか何とか、呆《あき》れたような合いの手を自分で入れる。「しかも、宮下さんと一緒に、ですって」

もちろん、僕たちが真っ先に心配したのは、ガンタのことだった。ハコちゃんが、宮下さんと一緒に北米を旅している……その言葉の意味は、誰がどんなふうに聞こうが、取り違えようがない。僕たちには秘密にしたまま、ふたりは実は、そういう関係だったのだ。

ガンタは、眼も口も、特大の饅頭《まんじゅう》が押し込められそうなほど開けて、茫然《ぼうぜん》自失状態である。無理もない。超箱入り娘の筈のハコちゃんに、そんな深い関係の彼氏がいるなんて、ガンタだけではなくて、僕たちの誰にも想像がつかなかったことなのだ。

ガンタにしてみれば、これから自分には充分チャンスがあると信じていたのだろう。何しろ、ハコちゃんのために彼は、犯罪にまで手を染めてしまったのだ。

もちろん、そういう形で恩を着せて相手を束縛しようというやり方は、余り褒《ほ》められたことではない。ガンタだって、その恩を楯《たて》に自分が彼女に対して優位に立とうとか、そういうあさましい了見は抱いてはいないと思う。いないと思いたい。だが、たとえそうでも、これでは俺の立場はどうなるんだ、とガンタにしてみれば裏切られた思いであろう。僕が彼だったら、人目も憚《はばか》らず泣き叫んでいる筈である。

「ど、どういうことなんだ？」ガンタは、ちょっと涙眼になってはいるものの、とりあえず事情を把握することを優先したようである。「いったい何が、どうなってんの？」

ウサコがレイチェル・ウォレスから聞き出した内容をまとめると、以下のようになる。

レイチェルが、ハコちゃんから、ある〝計画〟の協力を要請されたのは、彼女がまだ安槻大に短期留学中だった、去年の十月頃だったという。その計画とは、こうだ。

ハコちゃんは翌年（つまり今年）の夏、ある男性と、どうしても海外旅行がしたい。しかし正攻法で、海外へ行きたいと言ってみたところで、あの厳格な両親が許可してくれる可能性は、まったくのゼロだ。そこで翌年（つまり今年）の四月にフロリダへ帰郷する予定のレイチェルの家に、ホームステイをさせてもらう、という形に偽装したいから、何とか協力してくれないか——ハコちゃんは秘密裡《ひみつり》に、そう頼み込んだ。

かねてから、浜口夫妻の余りにも独善的な娘の管理に対して批判的な考えを持っていたレイチェルは、むしろ積極的に協力を受諾したそうだ。もう二十歳なんだから、ボーイフレンドと旅行ぐらいあたりまえよ、とか言って。

そして今年の一月、両親から渡米許可も下り、いよいよハコちゃんは本格的な準備にとりかかった。何しろ、セント・ピータースバーグに滞在している間は、実家に毎日エアメイルで手紙を書かなければいけない、という条件を課せられてしまっているのだ。

フロリダの消印付きの封書を、毎日毎日、安槻の自宅に送付するため、ハコちゃんは前もって、日本の自宅で、約一ヵ月分の手紙を全部したためた。リアリティを出すために、レイチェルからフロリダ全般の印象、セント・ピータースバーグの街の景色など、細かいディテールを教示されたことは言うまでもない。もちろん、自宅の両親宛てばかりでなく、親友のウサコに出す分も、前もって全部書いた。そして、四月に帰国するレイチェルに、それらを託したのである。レイチェルは、それぞれの手紙の末尾に記された日付に合わせて、毎日毎日、きちんきちんと日本に向けてフロリダから、預かったそれらの手紙を浜口家に送り続けていた、というわけである。

封書に同封する写真も、もちろん捏造《ねつぞう》した。入学すると偽っている英語学校の写真などは、レイチェルに直接撮ってもらい、封書を送る際に中に入れてもらう。では、僕たちが見せてもらった例の、大学名のロゴ入りTシャツを着ているハコちゃんという構図の写真は、どうやって撮ったのかというと、これも手口は単純。四月に帰国したレイチェルに、大学グッズを買ってきてもらって日本に送ってもらい、ハコちゃんは自宅で、それを着た自分の姿を撮る。それを、フロリダのレイチェルに送っておいて、後で手紙に同封して送り返してもらう、という手順である。つまり、あのTシャツの写真は、太平洋を一往復していた、というわけだ。

「よくもまあ」ボアン先輩、驚きを通り越して、感心してしまったようだ。「そこまで手の込んだ準備をしたものだな」

「それで？　ハコちゃんは夏の間じゅうずっと、宮下さんと一緒に北米にいるの？」

「ううん。二十五日になったら、レイチェルんちに来ることになってるんだって。ほら。日本へ帰ってきた時に、フロリダのおみやげとか写真とかを、御両親やあたしたちに、どかーんと披露しないといけないでしょ？　だから、最後の数日間だけ、ほんとうにセント・ピータースバーグに滞在して、辻褄合《つじつま》わせの証拠品をどっさりこしらえるという手筈よ」

「ちょっと待て。それでだな、肝心のことなんだが、ハコちゃんと宮下のふたりが今、北米のどのへんにいるのかは判らないのか？　連絡先とか、聞いてないのか、レイチェルは？」

「駄目。全然、聞いてないって。ふたりで、その時の気分で、行き当たりばったりの旅行をする、って言ってたって。でも、二十五日にセント・ピータースバーグに来るのは、確か」

「二十五日って、待てるかよ、それまで」

「だから、もしふたりから連絡があったら、すぐに宮下さんに実家に連絡を入れるように伝えてくれ、ってレイチェルに言っておいたわ。宮下さんのお母さんの事故のことも説明してある」

「やれやれ」

これ以上、自分たちに打てる手だては無い、と判断したのか、ボアン先輩、溜《た》め息をついて今度は自分が受話器を取った。宮下さんの実家へかける。どうやら彼はアメリカを旅している最中のようだ、と先輩が告げると、受話器に直接耳を当てていない僕たちにさえ、びんびんと伝わってくるような、激しい怒気と戸惑いが、電話の向こう側に渦巻いた。

「……あいつも、ひと言、いってから行きゃあいいのに」疲弊しきった様子で、ボアン先輩、受話器を置いた。山田一郎氏に殴る蹴《け》るの暴行を受けていた時の方が、もっと元気だったような気がする。「俺たちに言えないのならせめて、家族のひとには事情を打ち明けておかないから、こんなことになる」

「自分がこっそり、女の子と旅行している間に、お母さんが死んだりしたら、さぞかし後味悪いでしょうね」ぼつり、とガンタがそう呟《つぶや》いた。肉眼で計測できるほど、精気が抜けきっている。「そのことが原因で結局、ふたりの間も気まずくなっちゃって、ハコちゃんとも別れてしまうんじゃないかと……」

はっ、と我に返ったように、ガンタは顔を上げた。頰《ほお》が赤らんでいる。一般的な正論を述べているようでいて、その実、自分の願望を吐露しているだけだ、という事実に気がついたのだろう。自己嫌悪が膿《うみ》のように滲《にじ》み出ていた。

「すんません……俺、今、思い切り、醜かったっスね」

「俺に謝ったって仕方がない。第一だな、ガンタは誰にも謝る必要なんてない。むしろ、謝らなきゃいけないのは、ハコちゃんだ」

「ねー、ねー、ねー」ウサコが焦《じ》れたように、身をよじった。「そのガンタと、ハコちゃんの間にいったい何があったのよ？　何か、この前からわけありげだけどさ。詮索《せんさく》しちゃいけないと思って黙ってたけど、あたし、もう我慢できないよ。誰か説明して」

「あ……そうか。この前から、彼女だけ、仲間外れでした」ガンタは心底、申し訳なさそうにウサコに頭を下げた。「こうなったらもう、言っちゃってもいいや。いいっスよね？」

自分の秘密なのに、まるでボアン先輩の許可が必要な口ぶりである。

「でも、俺の口から言うのも何だから、誰か代わりに……」

というわけで、タカチが例の栈橋公園死体遺棄事件は、実はガンタの仕業だという秘密を、ウサコに説明することになった。事情が判るにつれ、ウサコは我が事のように憤慨する。

「もー、ハコちゃんたら。ひどい。ひどい。ひどい。ちょっと、やり過ぎよ。あたしにまで黙って宮下さんとお忍び旅行してたことも、たいがい頭にきたけどさ。しらじらしく、偽物の手紙と写真まで送ってきて。その上、ガンタを、そんなふうに顎《あご》でこき使うなんて。最低。もう。あたし、絶交しちゃうかもしれない」

「ハコちゃんがあの時、どうしてあんなに警察の事情聴取を嫌がったのか、今にして思えば、よく理解できますね」ウサコが憤慨を引き受けてくれた分だけ、ガンタは冷静になったようだ。「俺たちはてっきり、そんなにフロリダ行きが楽しみなのかとばかり思ってたけど、実は宮下さんと落ち合うのを待ち焦がれてたんだ」

「何しろ、死んでやるー、だもんな。遅れて出発したら、その分、宮下と過ごす時間が短縮されてしまう。ハコちゃんにしてみれば、苦心の末に勝ち取った、宝石のような一ヵ月間だ。一日たりとも、無駄にはできなかったんだろう」

「しかし、ふたりとも凝《こ》り性よね」怒り疲れたのか、ウサコは肩を竦《すく》めると、だらしなくジーンズの脚を前に投げ出した。「まんまと、あたしたちを騙《だま》くらかしてくれちゃってさ。ほら。憶えてない？　先月の十五日。ハコちゃんの壮行会やった時さ、宮下さんが夏休みはずっと実家で過ごすなんて言って、ハコちゃんは、え、嘘《うそ》、信じられない、なんてしらじらしい応酬して、ふたりが険悪な雰囲気になったじゃない？」

「え、そんなことが、あったのか？」

そういえばボアン先輩は、あの時ちょうど座を外してトイレへ行ってたんだっけ。宮下さんが実家へ帰るつもりでいるという話は後で誰かから聞いたものの、その際の一触即発状態の詳細についてはまったく知らされていなかった、ということらしい。

「あれも今にして思えば、ふたりのお芝居だったのね。ふたりはこの夏、離ればなれで別々に過ごすんだと、さりげなくアピールしてたんだわ、あたしたちに対して」

「しかし……」ガンタが再び、悲しそうな眼になる。「そこまで、秘密にしなくちゃ、いけなかったんスかね。御両親にはともかく、俺たちに対してさえも」

「そりゃあ、山田一郎氏の件があったからさ。見つかって半殺しにされるのは嫌だから、慎重にも慎重を期した結果、いささか神経質の域にまで達していた、と——」

「……ね、みんな」勝手知ったるボアン先輩の家のこと、タカチはキッチンに立つと冷蔵庫から缶ビールを取り出してきた。みんなに、一本ずつ配る。「あたし今、ふと、変なことを考えついてしまった」

「何だよ？　変なことって」

「言う方も聞く方も、素面《しらふ》じゃ、ちょっと耐えられないかもしれないようなこと」ぷしゅん、と音と泡を立てて自分で開けた缶ビールを、わざわざ僕に手渡してくれる。「想像よ。というか、妄想《もうそう》の類い。この前のタックみたいな。あれが伝染《うつ》っちゃったみたい」

「妄想？　どんな？」

「今、ふと思ったの——ハコちゃんと宮下さん、もしかしたら当分、日本には帰ってこないつもりなんじゃないか、って」

「っていうと、夏休みが終わっても——という意味か？」

「そう。例えば一年間ぐらい。ずっと、アメリカにいるつもりなんじゃないかな」

「だけど、それじゃあ……」

「もちろん、大学は休学するのよ。休学届けなんか、向こうから郵送すればいいんだから。別に、これ自体は、それほど突拍子もない仮説でもないでしょ？」

「それよりもまだ、突拍子もない仮説を開陳しよう、ということか？」

「まあね。あたしが心配しているのは、こういうケースなの。つまり、宮下さんは確かに、例えば一年間ぐらい過ごしたら日本へ帰ってくるつもりでいるんだけど、ハコちゃんの方は全然違うつもりでいるんじゃないか、っていう」

「そりゃあ、九月には帰ってこなきゃな。親がうるさいもんな」

「ううん。逆よ」

「逆？　何だ、逆って」

「ハコちゃん、もしかして、宮下さんとかけおちしたつもりでいるんじゃないかな」

「か……」

かけおちい？　と言葉に詰まったボアン先輩の代わりに叫んだのは、ウサコとガンタだった。ふたりとも口から、まるで蟹《かに》みたいにビールの泡を吹いている。

「宮下さんが、例えば一年間なら一年間、アメリカに潜伏しようという理由は、改めて言わなくても判るでしょ？　山田一郎氏から逃げるため。阿呼ルミさんを捨てたことで受ける報復を何とか回避するため、ほとぼりが冷めるまで待つつもりである、と。まあ、これは誰にでも簡単に想像がつくことよね」

「ハコちゃんの方は、どうだと言うんだ？　ただ宮下と、ひと夏のアバンチュールを楽しみにいっただけではないと言うのか？」

「ハコちゃんはね、宮下さんと一緒にアメリカにかけおちしたつもりでいる。何故なら、宮下さんがそういうふうに言いくるめて、ハコちゃんを連れ出したからよ。もちろん確証はないけど、あたし、そんな気がする」

「どうも、よく判らん。ふたりの思惑に、互いにそんな隔たりがあったら、困るだろうが。誰よりも困るのは、他ならぬ宮下だ。何故そんな、自分が後で困ってしまうような嘘《うそ》を、わざわざつかなきゃいけない？」

「宮下さんは、アメリカに逃亡するにあたり、どうしてもハコちゃんを同行させる必要があった。だけど、これは一時的な逃避行だというふうに正直に言ってしまうと、彼女がついてきてくれないかもしれない。だから、これはかけおちだというふうに言ってハコちゃんを喜ばせて、うまく説得した」

「だから、それが判らん。だって一時的な逃避行よりも、かけおちの方が大変だなんて道理は、ちょっと考えれば判るだろ？　なんで、かけおちだと説得した方が成功するんだ？」

「ボンちゃんだって、男だから判るでしょ？　ある女性と一夜限りの関係を持とうとしている場合を想定してみなさいな。くどいている時、きみとは今夜限りだから、そのつもりで寝てね、なんて正直に言う？　言わないでしょ？　多分、結婚とか、そういう長期的展望を餌《えさ》として、ちらつかせるでしょ？」

「え……えと」実際に自分が女性をくどいた時の体験でも反芻《はんすう》しているのか、ボアン先輩、妙に締まりのない顔になった。「それはだなあ、うーんと。ど、どうだったっけ……」

「確かに、まだ学生の身分でアメリカにかけおちなんて、非現実的もいいところだわ」無視してタカチは続ける。「計画性ゼロと言っていい。そんな道理は、小学生にだって判る。だけど、ハコちゃんの立場に立って考えてみてよ。確かに大変なのは判るけど、宮下さんを信じてついていけば何とかなると、そう思ってしまったかもしれないじゃない？」

「そんな、おまえ」

「男に頼っていればいい、裏返して言えば、現実の厳しさは男が防波堤になってくれるべきだと考える超保守的な女性は、残念ながら、まだまだ沢山いるのよ。ハコちゃんは多分、このタイプだと思う。しかも彼女が、非人間的なほど厳しい御両親のもとで管理されていた、という現実を忘れないで。ハコちゃんは、逃げたがっていた。これはまず、間違いないと思うの。息苦しい両親のもとから、何とか逃げ出して自由になりたいとあがいていた。宮下さんは彼女のそんな願望に、つけこんだんだわ」

「あの……ちょ、ちょっといいスか？」教室で女性教師に発言を求めている中学生みたいに、ガンタはおずおずと挙手をした。「ちょっと気になったんだけど、高瀬さんは、つまりこういうふうに言ってるわけですよね。宮下さんは山田氏から逃亡するついでにハコちゃんも同行させることにしたんだ、と。でも、それって、ちょっと理屈に合わないんじゃないスか。いや、充分あり得る設定かもしれないんだけど、この場合、時期的におかしいんじゃないかと思って」

「というと？」

「いいスか？　ハコちゃんがレイチェルに自分の〝計画〟を打ち明けて協力を求めたのが、去年の十月ですよね？　そして両親から渡米許可を取り付けたのが、今年の一月。でも一方、宮下さんは例の阿呼ルミさんとは、この五月だか六月だかまで関係が続いていたわけでしょ？」

「だから？」

「いや……だから、計算が合わないいんじゃないスか？　もし高瀬さんの言う通りなんだとしたら、宮下さんは去年の十月、すなわち、ルミさんと出会った直後からもう既に、今回の逃避行の計画を練っていた、という理屈になってしまう」

「それでいいのよ。その通りなの」

「え……え、だ、だって……」

「去年の秋、ルミさんと知り合った宮下さんは、関係を持ってすぐに、これはヤバい女に手を出した、と悟った。手形詐欺をやっているような、かたぎじゃない弟がバックについている。関わり合っていたら、ろくなことはない、と。でも、もうルミさんとは深い仲になってしまった。下手に別れたら、あの弟が黙っていない、ということも簡単に想像がついたでしょう。だからすぐに、休学覚悟で、ほとぼりが冷めるまでの逃避行プランを練り始めたのよ。ハコちゃんを同行させる、という前提で」

「ということは、最初っから、ふた股《また》かけてたってことスか？　宮下さんは。ルミさんとハコちゃんのふたりを同時に……」

「ふた股かけた、なんて綺麗事《きれいごと》じゃないような気がする」

「綺麗事？　ふた股かけるのが？」

「ま、ガンタ、飲んでよ。もっと強いお酒がいいかな？　あたし今、ひどいことを言おうとしているんだ。この前タックがさ、例の妄想云々《うんぬん》を披露した時に、あたしに向かって、何を言っても怒らないでくれる？　なんてわざわざ断ってたけど、あの気持ちが今、よく判るわ」

「大丈夫ですよ、高瀬さん、俺」ちょっと戸惑いを浮かべたものの、ガンタは勢いよく、缶ビールを一気に干した。「何でも、言ってください。何でも」

「宮下さんが、どうして潜伏先にアメリカを選んだのかは判らない。あるいは、県外に逃げたくらいじゃ、あの山田氏をまくことはできない、と思ったのかもしれない。経済犯罪に手を染めている手合いって、だいたいインテリが多いし、ああいう仕事をしてたら機動力もあるだろうから、日本の中だったらどこにいても追い詰められそうな気が、少なくとも宮下さん本人は、したんでしょうね。だから思い切って、アメリカに逃げることにした。問題はここからよ。宮下さんが何故、ハコちゃんを同行させたのかというと、その理由は、実は行き先がアメリカになってしまったから、だったと思うの」

「行き先が……アメリカになったから？　どういうことっスか。それ？　ひょっとして、宮下さんは英会話ができないから通訳が必要だったとか、そんなことっスか？　でも、ハコちゃんだって、英文科とはいえ、そんなにぺらぺらでもないように聞いてるけど……レイチェルみたいに、日本語が通じる相手ばかりでもないでしょうしね、向こうでは」

「英語が通じないから、というのはその通りだと思う。つまり、会話ができないからアメリカへ行ったら女に不自由しそうだな、と宮下さんは思ったんじゃないかな」

思わず僕は、自分が何か悪いことをしでかしたのを指摘されたみたいに、内心どきりとしてしまった。やはり男の末席に名を連ねる者としての、条件反射的後ろめたさ故《ゆえ》であろうか。

「そりゃあ向こうでだって、女を買うぐらいは、できるでしょ。いくら会話ができなくてもね。でも、日本人ってポルノ解禁国では浮き足だっているから足元を見られるって言うし、それにアルバイトをするにしても、生活費は切り詰めなければいけないから、女を買うなんて贅沢《ぜいたく》はそうそうできない。それならば、ひとり日本から持っていけばいい——要するに、そういう発想をしたんじゃないかと思う」

「す」展開されるタカチの妄想に、息を切らしてようやくついていっているのか、ウサコは自分がどういうふうに反応するべきかすら決めかねているみたいに、とりあえずビールをがびがびと飲み下す。「凄《すご》い発想」

「眼をつけられたのが、ハコちゃんだった。彼女はとにかく、砂を嚙《か》むように息苦しいばかりの家庭から逃げ出したがっていたから、かけおちという、ちょっぴり冒険のスパイスが効いた甘い誘惑に、ころっと騙される——宮下さんはそう踏んだし、事実その通りになった」

「だけど、さ。タカチ」つい僕はそう口を挟んでしまった。後から思い当たったのだが、彼女のことを、タカチ、という愛称で直接呼んだのは、これが最初であった。「もし仮にそうなのだとしたら、レイチェルに頼んだエアメイル工作は、どうなるの？　もしハコちゃん自身が、これはかけおちなんだと思い込んでいたのであれば、ああいった偽装は最初から必要ないと、割り切ったんじゃないかとも思えるんだけど」

「たとえハコちゃん本人が割り切っていたとしても、宮下さんが、そうさせたに決まってるじゃない。彼には、永久に日本から離れるつもりもなければ、ハコちゃんと一生添い遂げるつもりもないんだから。後で用済みになったハコちゃんを放り出す際に、もしその必要があるならばいつでも、開き直れるようにしておいたのよ——あれは最初からちょっとした旅行のつもりだったんだ、と。それが、つい、だらだらと長引いてしまっただけだったんだ、と。その伏線として可能なカモフラージュは全部させておかないと、後で言い訳が利かないじゃない。ハコちゃんに対しても、世間に対しても。単にそれだけの話よ」

「おいおい。タカチ。もうそのへんで勘弁してくれ」山田一郎氏に殴られようが蹴《け》られようが、にたーっと笑っていたボアン先輩が、泣きそうな顔になった。「そこまで言わなくてもいいだろ、宮下の人間性を卑下するようなことを。俺、なんだか気が滅入ってきた」

「ごめん。でも、これはあたしの妄想だ、って断っておいたでしょ？」

「まあな。確かに、こりゃあ、素面じゃ聞けない話だよ。俺、スコッチにしようかな。タックは、それからガンタもどうだ？」

「いただきます」

「あたしも欲しいぞ」

「ま、この前のタックの仮説が一から百まで想像だったように、あたしのこれも、もちろん一から百まで想像よ。だから、現実とは違っているかもしれない」

「全然違っていることを祈りたいよ、ほんとに。俺としては」

だが残念ながら、タカチの仮説は実は妄想どころか、かなり真実に近かったことが判明するのである。その事実を僕たちが知るためには、まだ少し時間がかかる。

「これって、宮下さんがどうのこうのより」言葉の内容とは裏腹に、タカチは取り繕《つくろ》うような口調では全然なかった。「あたしの個人的な問題ね、きっと」

「というと」

「要するに、あたし、そういう眼で見てるのよ、男のことを。男って所詮《しょせん》、そういうものだ、と。女性のことを排泄用《はいせつよう》の便器くらいにしか考えていない。それどころかむしろ、女性に精神性を求めない態度こそが、男らしさの証明、みたいな勘違いすらしている、と」

「口はばったいこた、言いたくないけどさ。タカチ。男をそんなふうにしか見られないということは、とりもなおさず、女性を物体化する男と同じくらい、おまえは男性のことを物体化しているってことなんだぞ」

「うん。判ってる」先輩から受け取ったショットグラスにスコッチを注いで、くい、と呷《あお》る。「素直でしょ？　今夜のあたし」

「ああ。気味が悪いくらい、な」

「結局さ、あたしがレズだって噂《うわさ》が立つのも、そういうところからきてると思うんだ」

「あれ。じゃ、違うんスか？」

「さあ、どうだろう」思わず叫んでしまってから慌てて口を押さえるガンタを、タカチはにやにやと見やる。「自分ではノーマルな趣味の、つもりなんですけどね。でも、女の子も好きになっちゃうんだ、時々」

「それは、あれか？」少し逡巡《しゅんじゅん》したものの、ボアン先輩、この機会に思い切って訊いておくことにしたようだ。「ルミさんに言ってた、十六歳の女の子との悲恋云々……」

「正確に言えば、現在十八歳かな。当時、あたしが十八だったから」

「初めて聞くね、そういう話」ウサコは、余り露骨に好奇心を示してはいけないと自戒でもしているのか、柄にもなく、しんみりしている。「タカチって、女子校だったの？」

「ううん。普通の共学よ。どうして？　あ——そうか。なるほど。でもね、そういうのって別に、女子校の専売特許でもないし。それにあたし、もし女子校だったら却《かえ》って、そういう経験はしなかったと思うんだ。周囲に生身の男がいるから嫌な面が眼に入ってくるわけだけど、女の園にいたら逆に男を理想化してしまって、女の子のことなんかどうでもよくなってたかもしれない。ま、そういう環境論って、どこまでいっても机上の空論っぽいけど」

「空論ぽいのは、環境論だからじゃない。話を一般化するからだ」タカチの口調は淡々としているのに、聞いているボアン先輩の方が、何やら切なげになった。「ここで問題なのは相手の性別じゃなくて、その娘をタカチが好きになってしまったってことだろ」

「そうだね。本来は個別の問題なのに、つい一般化して問題を考えてしまうことが、すべての悲劇の原因かもね。自分が無条件に愛されているのだと自信が持てない——女の子を好きになる時の最大の障害。まさにそれこそが。だって、いくらあたしのこと愛してくれていても、結局はこの娘も男の方がいいに決まってるんだわ、なんて相手の心情を無視して、つい安易に一般化して考えがちになってしまうもの。そうなったら、もう駄目。あとは嫉妬《しっと》の坂を、雪ダルマのように転がってゆくだけ」

珍しくタカチがこんな個人的な話をする気になったのは、阿呼ルミさんの打ち明け話に感情移入してしまったこと、そして何よりも、宮下さんのお母さんの話題を避けたい気持ちが強かったことなどが理由として挙げられると思う。それは彼女ばかりでなく、他のみんなも同じ気持ちだったろう。結局この夜、僕たち五人は、だらだらと、スコッチを飲みながら、どうでもいい雑談を明け方まで続けた。

宮下さんのお母さんが亡くなられたのは、その明け方の四時頃だったという。

そのことを僕たちは翌日の夜、ふたたび集まったボアン先輩の家で聞かされることになる。

怨念《おんねん》の恋人

鼻をつままれて息苦しくなって眼が醒《さ》めた時、ああ、この起こし方はタカチだな、と僕はまだ霞《かすみ》がかかっている頭でぼんやりと察した。実際、首だけ起こして見てみると、布団の横にはタカチがいた。両膝《りょうひざ》をついて腰を浮かせる姿勢で、僕の顔を覗《のぞ》き込んでいる。

「いつまで寝てんの。もう十時過ぎてるよ」

「え……」

本格的に醒めた眼で、よくよく周囲を見回してみると、ここは僕のアパートの部屋である。横にタカチがいるものだからてっきり、またいつものように、ボアン先輩の家でみんなで酒盛りして夜明かしした挙げ句に雑魚寝《ざこね》でもしたものとばかり思い込んでいたのだが、どうやら違っていたらしい。

「えと……あの、タカチ」咄嗟《とっさ》に、昨夜からの確かな記憶が戻ってこなくて、混乱してしまった。今日が何日の何曜日なのかも憶《おも》い出せない。「きみ、どこから、入ってきたの、ここに？」

「入口のドアからに決まってるでしょ」立ち上がると、タカチはカーテンを勢いよく開けた。「言っておきますけど、入る前に何回もノックをしたんだからね。でも、ウンともスンとも言わないから、勝手に上がらせてもらったの」

「だって」窓から洪水のように雪崩《なだ》れ込んできた日光に、身体が溶けそうである。「鍵《かぎ》は、どうしたの？」

「掛かってなかったわよ、そんな、文明開化的に洒落《しやれ》たものなんか」

「じゃ、また掛け忘れたのかな」

見てみると、服を着たままだった。酒臭い汗がぬるぬると全身にまとわりついている。タカチが開けた窓から、驚くほど涼しい風が入ってきて、生き返ったような気分になる。酔っぱらって帰宅して、そのまま何もせずに眠り込んでしまった、ということらしい。

「ま、いつものことだが」

「そのうち、野垂れ死ぬわよ」

「俺《おれ》もそう思う」

「朝刊、見た？」

「え？　いや。見られるわけ、ないだろ？　何しろ今、タカチに起こされるまで、夢の中だったんだから」

「新聞、どこ？　ドアの前には、見当たらなかったけど」

「とってないよ、そんな文明開化的に洒落たものなんか」

「テレビもない、ラジオもない」両腕をプロペラのように水平に伸ばして、六畳一間の、入れ換えられたばかりの空気を攪拌《かくはん》してみせる。「初めて来てみたけど、噂《うわさ》にたがわぬ、仙人ぶりだこと。こんなんで、いったい世の中の情報に、どうやって接してるの？」

「先輩んちへ行った時は、テレビくらい見るよ。あと新聞とか、週刊誌とかさ」

「やれやれ。こんなことなら、あたしの新聞、持ってくればよかった。噂には聞いてたけど、まさか、新聞すらとっていないとはね。恐れ入りました——支度して」

「え？」

「新聞があるところへ行きましょ。ついでに、食事もできるとこ」

「何か、気になるニュースでも出てたの？」

「二日酔いも、ぶっ飛ぶわよ」

普段、情性欠如かと思うくらい無感動なタカチがそこまで言うからには、超メガトン級の報道なのであろう。僕は慌てて布団から這《は》い出ると、急いで着替えたり顔を洗ったりしてから、彼女と一緒にアパートを後にした。

「——家賃」古い木造モルタルのその建物を、タカチは小首を傾《かし》げて振り返った。「いくらぐらいなの？」

「風呂もない、台所もトイレも共同なんだから、だいたい想像はつくだろ？　その想像した金額から、さらに0をひとつ消せば、だいたい近似値が出る」

「〝アイ・エル〟の時給、結構いいらしいって聞いたけど」

「まあ、比較的ね」

「それをもう少し、文明開化的な暮らしに還元しようとか、そういう発想はないの？　全然」

「それは、あるよ。だけど、物事には優先順位というものがあるんだから」

「そのトップが、ビールってわけ？」

「そのトップが、ビールってわけ」

「今に、肝硬変で死ぬわよ」

「俺もそう思う」

「扇風機くらい、買いなさいね。肝硬変の前に、熱射病で死ぬわよ」

「俺もそう思う」

「だいたい、この熱帯夜の毎日、窓もカーテンも全部閉め切って寝ている、というのが信じられない」

「俺もそう思う」

てっきり、ボアン先輩たちも途中で誘っていくものとばかり思っていたら、タカチは誰の下宿にも寄らずに、さっさと〝アイ・エル〟に入っていった。

相変わらずマスターは不在で、その奥さんと、僕とは別の時間帯に勤務しているバイトの女の子が笑顔で迎えてくれた。お客はだいたい半分くらいの入りで、ほとんどが安槻大の学生たちだ。店内のテレビが放映している再放送の時代劇には眼もくれず、みんながみんな漫画雑誌や週刊誌を、傍《はた》で見ていると可笑《おか》しいくらい熱心に、読み耽《ふけ》っている。

「——とにかく、先ず」僕の意向は全然無視して日替わり定食を二人前注文すると、タカチはマガジンラックから取り出してきた地元新聞を、テーブルの上に拡げた。「これを見て」

先ず僕が見たのは、タカチが指さしている記事ではなかった。八月十九日という日付である。ようやく、あ、そうか。今日は十九日だったんだ、と記憶を多少整理できた。

『——雑木林で身元不明の男性の変死体発見』

問題の記事は、そんなふうに始まっている。

『十八日、午後五時頃、安槻市××町、国道沿いの雑木林で、男性のものと見られる死体を、車で旅行中に通りかかったひとが発見し、警察に通報した。

死体は、かなり腐敗が進んでおり、既に白骨化が始まっていることなどから、死後約一ヵ月から三ヵ月ほど経過しているものと見られている。頭部に傷が認められるものの、はっきりとした死因は不明で、警察は事故、事件の両面から捜査する方針。

死体の性別は男性で、推定年齢は二十代から四十代。身元を示すものは何も身につけてはいなかったという……』

「——この記事の、いったいどこが」あらかた全部読み終えたものと勘違いして、僕は鼻を掻《か》き掻き顔を上げた。「二日酔いを、ぶっ飛ばしてくれるの？」

「ちゃんと最後まで読みなさい、タック——ここよ、ここ」

『なお……』と、タカチの指の先から、そう続いていた。『死体の傍らには、女性用のパンティストッキングが落ちており、中には人間のものと思われる長い毛髪が詰められていたことから、県警と安槻署の合同捜査本部では、先月の十六日に栈橋市民ふれあい公園で発見された女性の変死体との関連をも、調査する方針——』

え、と僕は思わず、店内に響き渡るような珍妙な声で呻《うめ》いてしまった。身体に沈殿していたアルコールが、一気に蒸発したような気分である。これはまさしく、二日酔いの頭をかかえて唸《うな》っている場合ではない。

「こ……これ」

「眼が醒《さ》めた？」

「こ、これ、先輩たちは知ってるのか？　もうみんなには、知らせたの？」

「判らない。新聞を見てたら多分、知ってると思うんだけど。今、みんないないから訊《き》いて回るわけにもいかない」

「いない？　どうして？」

「まだ寝ぼけてんの？　タック。ボンちゃんたちは、宮下さんちじゃないの」

言われてみてようやく、昨夜までの記憶が完全に整理される。今日、十九日には宮下さんのお母さんの告別式が実家で執り行われるのだ。確か、正午からだった筈《はず》である。

当初は全員で告別式に出席しようかと、この僕ですら一張羅の黒のスーツを用意しかけていたのだが、友人たちの多くは宮下さんの御両親と直接面識があるわけではない。宮下さん本人が不在の折に、そんな連中がぞろぞろ大挙して押しかけるのも如何《いかが》なものかという意見が出たため、結局、実家に遊びにいった際にお母さんにお世話になって直接面識のあったコイケさんと、そして最年長者のボアン先輩のふたりが、みんなの香典を預かり、全員を代表して焼香してくることになったのである。宮下さんの実家まで確か、車で二、三時間かかるから、時間的にはもうとっくに、ふたりとも出発している筈だ。

「そうか。しまった……」

「え？　何？」

「ボアン先輩だよ。今朝、出発する前に、ちゃんとした恰好《かっこう》でいくかどうか、チェックしておいてやらなきゃいけないと思ってたのに。すっかり、忘れてた」

「何、古女房みたいなこと言ってんのよ。心配しなくても、ボンちゃん、びしっと黒いスーツで行ったわよ。ワイシャツ、あたしがアイロンかけてあげたし、不精髭《ぶしょうひげ》も剃《そ》らせたわ」

「そうか。それなら、いいんだが。でも」

「何よ」

「何だか、そんなこと言ってるタカチの方が、古女房みたいだな」

「言わないで、それを」見ているこちらが思わず笑ってしまうくらい、なさけない顔で頭をかかえるタカチであった。「あたし、自分で自分が嫌になるのよ、時々。なんで、あんなひとに構ってんだろ、って。ごちゃごちゃ声をかけられても、思い切り無視してやりゃいいのにさ。気がついたら一緒にいるんだ」

「それは——」きみがボアン先輩に苦手意識を抱いているからじゃないだろうか、という例の自説を披露しようかとも思ったのだが、タカチが余計に、めげてしまいそうな気がしたので、止めておいた。

「何？」

「その指輪は？」タカチの薬指に光っている銀色の輪に、ふと眼がとまったついでに、そうごまかすことにした。彼女が指輪なんて嵌《は》めているのに気づいたのはこの日が初めてだったので、好奇心にかられたせいもある。「先輩からの贈り物、ってわけでもなさそうだけど」

「あたりまえでしょ。たとえ冗談でも、そういうこと言うの、やめてくれないかな」

頷《うなず》いたものの、僕は上の空だった。指輪。指輪か……ふと最近、指輪に関係したことで何か重要な体験をしたような気がしたのだ。だが、新聞記事で眼が醒めたとはいえ、まだ頭の隅っこにアルコールが淀《よど》んでいるせいか、記憶がなかなかうまく探れない。

そんな僕の惚《ほう》けた様子をタカチは、自分の指輪に対して並々ならぬ興味を抱いている、というふうに誤解したようだ。おもむろに指輪を外すと、僕の眼の前に置いた。

「……何？」

「あげる」

「何を言い出すの、いきなり」

「タックが、欲しそうな顔してたから」

「あ。違うんだ。ちょっと別のことを考えていたものだから。悪かった。じろじろ、無遠慮に見たりして」

「でも、外すにはちょうどいい機会なんだ。どっちにしろ」

「どういうこと？」

「不思議よね。今まで嵌め続けているってこと、あんまり自覚していなかったんだ。自分でも、未練はないつもりだから、これは単なる惰性と言うべきかしら」

「というと、これはもしかして、例の女の子からの……？」

「考えてみれば、可愛《かわい》らしい遊びをしてたのね、あたしたち。安物の指輪、交換したりしてさ。あたしも幼かったってことなんだろうけど。でも、もうそろそろ断ち切らなきゃね。過去のことは。この前のルミさんの科白《せりふ》じゃないけど」

「断ち切る……」

ちくん、と意識の底に沈んでいる何かが刺戟《しげき》される感覚が今度はかなりはっきりと、あった。だが相変わらず、明確なイメージが浮かんできてくれない。

「どうしたの？」もどかしさの余り自分の額を小突いている僕を見ながら、タカチは外した指輪をバッグの中に仕舞った。「お祈り？」

「何でもない。それより、ガンタや、ウサコはどうしたの？」

「下宿には寄ってみたのよ。でも、ふたりとも出かけてるみたい。どちらも部屋にいなかった。仕方ないから、タックとでも、このニュースを分かち合おうと思って」

「そりゃどうも」つまり、僕のアパートへは一番最後に、しかもついでというかお義理に回ってきたわけだ、と思うと、自分でも呆《あき》れるくらい、がっかりしてしまった。そんな必要ないのに。「御丁寧に」

マスターの奥さんが、注文した日替わり定食をテーブルに置いて立ち去る間際、変な含み笑いをして僕の顔を見る。てっきり、お店を手伝ってくれないか、という意味かと思ってそう訊《き》いたら、うふふと忍び笑いをするだけで、手を横に振りながらカウンターに戻ってしまった。

「何だ？　いったい」

「そりゃあ」味噌汁《みそしる》を顎《あご》からお迎えにいきかけた姿勢のまま、タカチも含み笑いを洩《も》らす。「喜んでるに、決まってるじゃない」

「喜んでる？」

「タックの保護者の気分で、ね」

「何の話だ、いったい？」

「いっつも、ボンちゃんとか、ガンタとか、コイケさんとかさ、むさ苦しい男連中とばかり一緒につるんでるからね、タックは。こんな、みめうるわしい女の子と、ふたりだけでこの店に来たことなんか、ないでしょ？」

「あ……何だ。そういうこと」

「嬉《うれ》しい誤解じゃありませんか。こんなこと、生きてる限り、二度とないよ」

「俺もそう思う」

「ところで」おひやをひと口含んで間を取ると、椅子《いす》の上に畳んで置いた、さっきの新聞を指で弾いて見せる。「タックの考えは？」

「そりゃあ、タカチが考えているのと、同じことを考えているよ。もちろん、警察も同じことを考えているみたいだけど」

「栈橋公園に遺棄された死体との関連ね。今回発見されたこの男性が、彼女を殺した犯人ということも、あり得るかも」

「うん。それは、大いにあり得る」

「だけどそうなると、この男性を殺したのは誰なのか、という問題が出てくるけど」

「この男性が殺されたかどうかは、判らない。頭に傷があった、というだけじゃ、他殺とは限らないよ。事故かもしれない」

「そうね。女性を殺して逃げている途中で、どこかから転落してしまったとか、そういう可能性もあるわけだものね」

「問題は、この男性が持っていた——いや、持っていたのかどうかは判然としないけど、とにかく彼の死体の傍らに落ちていた、パンスト詰めの毛髪だ。これが、彼女のものなのかどうか」

「ね、タック」

「何」

「彼とか彼女とか言ってたら、混乱するわ。はっきりした身元が判明するまで、このふたりに何か名前をつけない？」

「男性Xとか？　女性Yとか？」

「そういう記号って、余計に混乱する。何か、具体的な名前にしようよ。例えばさ、アダムとイヴとか」

「アダムとイヴ？　何だか、こういう事件の被害者には似つかわしくないような気も」

「いいじゃない。別に。どうせ便宜的なものなんだもの」

「ま、そりゃそうだけど」

「じゃ、決まりね。ハコちゃんの家で発見された女性は、イヴ。国道沿いの雑木林で発見された男性の方は、アダム。アダムが持っていた毛髪、これが果たして、断髪されたイヴのものなのかどうかという問題だけど」

「詳しいことは警察が鑑定するだろう。その結果待ちだね。でも、十中八九、イヴのものだという気もする」

「同感。でもね、そうなると、イヴが持っていたパンスト詰めの髪は、誰のものなのかな」

「それは、アダムのじゃないか？」

「え？　男の髪なの？」

「あり得ないことじゃないだろ？　長髪の男性だって、たくさんいるんだから」

「だけど、今日の朝刊を見る限りでは、アダムの頭髪が切られていた、なんてことは、どこにも書かれていないわ。それはもちろん、新聞記事がすべてのデータを提示するとは限らないけど、でも今回のように、ふたつの事件の間には関連があるという前提で調査する以上、もしアダムの頭髪が切られていたとしたら、そういう大事なことは絶対に書きもらさないんじゃないかしら」

「そう言われてみると、そうなのかもしれない。でも仮にアダムのものではないのだとすると、男なのか女なのかは判らないが、髪を切られた第三の人物が、このふたつの事件に関わっていることになる」

「その第三の人物が、犯人なのかもしれないわけね」

「どうかな。だって、犯人がどうして髪を切られる、もしくは自分で切ることになったのかという過程そのものはいろんな想定ができるんだろうけれど、それでは何故《なぜ》その犯人は、そんな重要な証拠となり得る遺留品を現場に残していくような真似をしたのか、という疑問が出てくる」

喋《しゃべ》っている途中で、ふと僕は首を傾げた。自分自身の言葉に何か、ひっかかるものを覚えたのである。だが具体的に、自分の科白のどの箇所が気になったのか、咄嗟《とっさ》には判らない。

「なるほどね。持ち去るのを忘れていた、というのは、ちょっとあり得ないかな？　今度の事件についてはよく判らないけれど、ハコちゃんの家で発見された髪の方は、死体のすぐ横にあったそうだから、犯人がつい見逃した、なんてのはちょっと考えにくい——ね、タック」

「何」

「髪の房。こちらの方も混乱しそうだから、それぞれに便宜的な名前を付けて頂戴《ちょうだい》」

「記号じゃ駄目なんだろ」

「できればね」

「それじゃ、ハコちゃんの家で発見された方の房を、〝ボックス〟」

「ハコちゃんの箱？　安易な」

「それから今回、男性の遺体とともに発見された髪の方を、〝ルート〟」

「国道沿いで発見されたから？　まあ、いいわ。憶えやすいし」

「符牒《ふちょう》が揃《そろ》ったところで、少し整理してみよう。先ず、イヴと一緒に発見された〝ボックス〟、これがイヴ自身の髪でないことは、どうやらはっきりしているらしい。ということは、〝ボックス〟がアダムのそれではない限り、まだ舞台には登場していない第三者のものである、という可能性が強いわけだ」

「あとは〝ルート〟がイヴのものであることが判明するかどうかね。ま、多分、彼女のものだとは思うんだけど。もし彼女のものでない、なんてことになったら、〝ルート〟の主である第四の登場人物が出てこなきゃいけなくなる」

「うん。だから……」

『……では、ここでニュースをお伝えします』という声が耳に入ったので、僕は口をつぐんだ。テレビの方を向くと、いつの間にか再放送の時代劇は終了しており、ローカル局のアナウンサーの顔が映っている。

『昨日、国道沿いの雑木林で発見された男性の変死体について捜査を進めております捜査本部は、さきほど、この男性が、市内の旅館に米倉満男の名前で宿泊していた男性であると、ほぼ断定しました。

調べによりますとこの男性は、先月十一日にこの旅館に独りで現れ、宿泊料金五日分を前払いした上で、滞在していたということです。ところが出発予定日に従業員が部屋に声をかけたところ、荷物を置いたままで、この男性が姿を消していたため、自殺を心配した旅館が警察に届け出ていました。

捜査本部では、従業員が憶えていたこの男性の服装と遺体が身につけていた服とが一致したことや、ポケットからこの旅館の部屋の鍵《かぎ》が出てきたことなどから、遺体は、先月から行方《ゆくえ》不明になっているこの男性のものに間違いないと見て、裏付け捜査を進める方針です。それでは次に、市議会は今年の――』

「ふーん……米倉満男、ねえ。そういう土着的な名前が出てくると、何だか神秘性がなくなっちゃうな。アダムの方が、ずっといい」

ぶっ、と僕は思わず、口いっぱいに頬張《ほおば》っていた米粒を噴き出してしまった。

「あ、もう。汚いなあ。タックったら。冗談よ。冗談に決まってるでしょ。ま、確かに、殺人事件かもしれないのに、神秘性なんて言うのは不謹慎だったと認めるけど、何もね、そんなふうに遺憾《いかん》の意を――」

「ち……違う」

「何よ。どうしたの、いったい」

「わ、判ったんだ」

「判ったって」僕の顔がよっぽど悲壮感に溢《あふ》れていたのだろうか、タカチもつられて、泣き笑いのような表情を浮かべた。「何が？」

「だ、だから、あの頭髪のことだ。イヴの頭髪。何故あれが切られていたのか、その理由が今、ようやく判った」

「あ？」驚くというよりも、タカチは何だか胡散臭《うさんくさ》そうに眉《まゆ》をひそめる。冗談だと思ったのかもしれない。「何を唐突に」

「指輪だ」

「え？」

「指輪だったんだ。どうして今まで、気づかなかったんだろう。こんなあたりまえのことに。一目瞭然《りょうぜん》だったのに……」

「ちょ、ちょっとストップ」剝《は》げかけた壁紙を押さえるみたいな仕種《しぐさ》で、タカチは僕を止めた。かと思うや、猛然と日替わり定食の残りをかき込み始める。「後で聞くわ。とにかく、場所を変えましょ」

「あ……そ、それもそうだな」

だが僕の方は、食欲なぞ一気に失せてしまっていた。頭が割れるほどの二日酔いだというのに、迎え酒が欲しくなってしまう。

「どこがいいかな。ひとがいないところの方が、いいよね」

「俺んとこへでも、来る？」

「冗談でしょ。誰が、あんな蒸し風呂みたいな、臭い部屋に」

「じゃあ、先輩が帰ってくるまで、待つことにしようか」

「それも嫌。だって、どう考えたって、夕方以降でしょ？　ボンちゃんたちが帰ってくるのは。それまで待てないわよ」

「だったら、どうするんだよ」

「仕方ない」おひやで口に詰め込んだものを流し込むと、タカチはさっさと立ち上がった。

「あたしんとこへ行こう」

「え、あ、あの、そりゃいいけど……」

「何よ。その、トイレを我慢してるみたいな、よじれた顔は？　あたしの部屋に、何か不満でもあるの？」

「そんなことないけど。あの、タカチさ、つかぬことを訊《き》くけど、きみの下宿って、その、ビールか何か、置いてある？」

「あんた、本気で言ってんの、それ？」僕を取って喰《く》らわんばかりの形相で眼を剝《む》いた。

「知らないわよ、依存症になっても」

「だって俺、とてもじゃないけど、素面《しらふ》じゃ喋《しゃべ》れそうにないよ」

「それなら、途中で買っていけば？　自分のお金で」

タカチの下宿を訪れるのは、これが初めてである。実は住所すら、今まで知らなかった。彼女に会う時はいつも、ボアン先輩の家か、どこかの居酒屋だったから。

行ってみると、二階建ての、一見普通の住宅に見える白亜の建物である。タカチの部屋は、非常階段を上って外から直接入れる二階の端っこにあった。

「静かに、ついてきて。ここ一応、男子禁制なんだから」

「一応、というのが微妙でいいね」

途中で買い込んできたビールを、そっと胸に抱きしめながら、泥棒にでもなった気分で抜き足、差し足の屁《へ》っぴり腰。

タカチの部屋は、所謂《いわゆる》1Kである。限られた空間を、緻密《ちみつ》と言っていいほど一寸の無駄もなく使っており、僕などの眼から見ると驚くほどいろいろな家具がある。キッチンにわざわざ半円形の小さな独り用食卓が置かれてあるのも、ベッドや机のある部屋の方をその分効率的に広く使うためなのだろうが、何だかタカチの意外な面を見たような気にもさせられる。いや、意外と言っては彼女に失礼かもしれないが、もっと男っぽく豪快なインテリアを、何の根拠もなく想像していたものだから。

一脚しかない食卓の椅子《いす》には僕を座らせて、タカチは奥の部屋の机から椅子を持ってきた。

「——要するに、指輪だったんだ」タカチが座るのを待って、僕は缶ビールを開けた。窓から射し込んでくる陽光の奔流《ほんりゅう》の下で、後ろめたくなかったと言えば嘘《うそ》になるが、僕としてはこうやって勢いをつけるしかない。「この事件全体の謎《なぞ》を、解く鍵は」

「指輪、というのは」一方タカチは、早くも酔いざましを用意してくれているつもりか、コーヒーメーカーに豆をたっぷり入れてセットする。「ハコちゃんの家のダイニングテーブルの下に落ちていたという、あれ？」

「そう、あれはイヴが嵌めていたものだった。彼女の薬指の痕跡《こんせき》からしても、それは間違いない。問題は、どうしてイヴはその指輪を外したか、だった」

「外した、ということは」タカチは自分の薬指から、既に嵌めてはいない指輪を、もう一度外す真似をした。その根元に、あの時のイヴと同じように、赤っぽく肌に喰い込んだ痕跡が残っているのが、見ていて何だか痛々しい。「自分で、っていうこと？」

「そうだよ。自分で外したんだ。誰かに外されたわけじゃない。ついでに言えば、イヴの髪。あれも僕たちは最初、殺人犯か誰かに断髪されたものだとばかり思っていた。だけど、そうじゃない。そうじゃないんだ。あれは、イヴ自身が切ったものだったんだ」

「ちょっと待って。イヴ自身が切った？」一瞬、僕が持っている缶ビールを取り上げたそうな顔になる。「それはつまり、ハコちゃんの家で、ってこと？　ハコちゃんの家に、わざわざ上がり込んで、っていう意味なの？」

「そうだよ。他に考えられない」

「でも、どうして、そんなことをしたの？　彼女は？　わざわざハコちゃんの留守宅に上がり込んで、そんな」

「最初はイヴ自身にも、そんなつもりはなかったんだと思う。イヴはそもそも、まったく別の目的で浜口家へ向かったんだ。しかし彼女は、たまたまあの夜、浜口家が留守だということを、知らなかった」

「別の目的って、何、いったい？」

「もちろん、ハコちゃんに会うことだよ」

「でも、ハコちゃんはイヴのこと、一度も会ったことのないひとだ、って……じゃあ、あれは嘘だったの？」考えたくないことだけど、やっぱりそうなのか、とでも言いたげである。「ハコちゃんは嘘をついてたの？」

「いや。多分、ハコちゃんは嘘をついていないと思うんだ。少なくともそれに関しては。ハコちゃんは、イヴのことなんか全然知らない。だけど、イヴはハコちゃんのことを知っていた。いや、面識はおそらくなかったんだろうけれど、その存在は知っていたんだ。それで、彼女を訪ねて浜口家へやってきた。先月の十五日のことだ。しかし浜口家にはその夜、誰もいなかった」

「じゃあイヴは、それを知った時点でどうして、引き返さなかったの？　留守と知っていながら、何故わざわざ、戸締まりをしていなかったガラス戸から浜口家のリビングに上がり込んだの？　まさか、何か盗んでやろうとか、そういうつもりで忍び込んだのかな」

「それは、ない。イヴには、そんな気持ちは全然なかった。これは状況的に確信できる。イヴは多分、待つつもりだったんだ」

「待つつもり、って」また脈絡のないことを言うとでも文句を垂れたげに顔をしかめかけていたタカチは一転、閃《ひらめ》いたようだった。「もしかして、ハコちゃんが帰ってくるのを？」

「そう。イヴは、ハコちゃんが翌日の十六日、日本を発って渡米する予定であることを、知っていた。だから十五日の夜は、一時的に出かけていようとハコちゃんは必ず自宅に戻ってくる筈《はず》だと判断した。だから、上がり込んでハコちゃんの帰りを待とうとしたんだ」

「会ったこともないひとに会うために、わざわざその留守宅に無断で上がり込んだのか」とにかく僕の仮説を最後まで聞いておこうと決めたのか、とりあえず異は唱えないでおくわ、という感じで頷《うなず》く。「普通じゃないわね」

「そう。かなり切実な理由があったんだ、イヴには。ハコちゃんにどうしても会わなければいけない、という。しかし、いざリビングに上がり込んでみて、気が変わったんじゃないかな」

「どういうふうに？」

「そこに、ハコちゃんの旅行用トランクとか、荷物一式が置いてあるのを見つけたからさ」

「トランク？」

「それを見た時、イヴは思いついたんだ。ハコちゃんに直接会わなくても、これを利用すれば自分の目的は果たせられる、と」

「目的って、どういう？　トランクに入っているものを何か、盗んでいってやろうとか？」

「逆だよ」

「逆？」

「イヴはトランクの中に、あるものを入れておこうとしたんだ」

「盗むんじゃなくて、逆に入れておこうとしたって、まさか、時限装置付きの爆弾とかじゃないでしょうね」

「この場合、似たようなものかもしれない」

「え？」軽口のつもりが、あっさりと頷かれたものだから、驚いたらしい。「え、え？」

「指輪、だよ」

「何ですって？」

「イブはハコちゃんのトランクの中に、自分の指輪を入れておこうとしたんだ。まさしく、時限爆弾と同じ効用を期待して。自分の指輪を、旅立つハコちゃんのトランクへ入れておく。いったい何が起こるか？　旅行先でトランクを開けたハコちゃんは、その指輪に気がつく。これはいったい誰のものかしら、と訝《いぶか》るだろう。それによってイヴは、自分の存在をハコちゃんに知らしめようとしたんだ。それこそが、イヴの十五日の夜のすべての行動の理由なんだよ」

「よく判らない。自分の存在を知らしめる、と言ったって、指輪にはイニシャルとかは彫られていなかったんでしょ。確かタックたち、そう言ってたわよね。そんな指輪を入れておいたって、自分の名前をハコちゃんに知ってもらうことなんか、できないじゃない」

「名前を知らせないでも、よかったんだよ。要するに、女の影、というものをアピールしてやればそれでよかったんだ——あんたは、いい気になって旅行を楽しんでるようだけど、彼の女は、あんただけじゃないんだ、と。あんた以外の女が、彼にはいたんだ。それこそが、あたしなんだ、その証拠に、この指輪を見るがいい、と」

「宮下さんのこと？」とっくにコーヒーは出来上がっていたが、タカチはそれを用意したカップに注《つ》ぐことすら忘れているようである。「ひょっとして、その彼っていうのは、宮下さんのことを言ってるの？」

「そうだよ。ここではっきり言っておけば、イヴがほんとうに会いたかった相手は、ハコちゃんではなくて、実は宮下さんの方だった。自分以外の女、すなわちハコちゃんと長い海外旅行に出発しようとしている宮下さん。彼が日本を発つ前に、何としてもひと眼会って、引き止めるなり恨み言をぶつけるなりしたかったんだろう。ところが、イヴには、それができなかった。何故なら、彼女は宮下さんの居場所を知らなかったからだ。宮下さんが、誰にも内緒でこっそりと引っ越してしまっていたために。このままではイヴは、その怒りの捌《は》け口を見失ってしまう。だから代わりに、浜口美緒という女の子の住所を調べ、その家に乗り込んだ、というわけなんだ」

「でも」そう言いかけたのは、反論するというよりも、僕の説明を理解しやすいように自分なりに整理するためにとった間《ま》だったようである。「指輪のことは、それで判ったけど——肝心の髪のことは？」

「だから、それは指輪とまったく同じ理由さ。イヴは指輪を外そうとして、ふと、これではインパクトが弱いのではないか、と心配になったんだと思う。多分その指輪が、宮下さんからイヴに贈られたものであることは、確かだったのだろう。だけど、さっきもタカチが言ったように、これにはイニシャルの類いが彫られているわけではない。ハコちゃんが、トランクを開けて指輪を見つけたはいいが、全然関心を示してくれなかったら、どうする？　もしかしたら、家族の誰かの指輪が間違って紛れ込んでしまったんだ——その程度に納得されてしまうかもしれない。イヴは指輪を外そうとして、ふいにその可能性に思い当たった。そこでイヴは、もっと強烈にハコちゃんの横面をひっぱたけるような自分の〝名刺〟を、用意する方法を思いついた。そう。それが、あの髪の房だったんだ」

「ちょっと訊いておきたいんだけど」

「何だい」

「タックって、今、また例の、妄想《もうそう》の世界に入ってる？」

「ああ。多分、ね」

「じゃ、あたしも、そのつもりで聞くわ」

「その方がいい。〝名刺〟代わりに自分の髪の毛を相手の女の荷物の中に入れておくなんて、三流演歌の恨み節の世界だからね。もちろん、その場で急に思いついたことだからイヴは、道具も何も用意していない。だが、嫉妬《しっと》で頭に血が昇っているイヴは、ままよとばかりに、浜口家のキッチンから、おそらく調理用のハサミだと思うんだけれど、それを取り出してきた。そして自分の髪をばっさりと切り落とす」

「まさしく、見てきたような嘘を言い、ね」

「そして、これまたキッチンから調達した輪ゴムで、両端を留めて房にした。さらにイヴは念を入れる。何しろモノは髪の毛だから、いくら輪ゴムで留めてあるとはいえ、荷物がいっぱいのトランクの中に入れたら散逸してしまうかもしれない。何か袋に詰めてまとめておいた方がいい。できれば、ハコちゃんがひと眼見てすぐに中味が判る、透明か半透明の入れ物……と考えて、イヴはまたまた閃《ひらめ》いた。そうだ。自分が今、穿《は》いているパンティストッキング。これを脱いで、袋代わりにしよう。パンストといえば、これは普通は女性が使用するものだから、その中に長い髪の房を詰めておけば、これは二重の意味で〝女〟の存在を強調できる方法となる」

「お願いだから、タック」ようやくコーヒーのことを憶い出したのか、カップに注いで押しつけてきた。「これ、飲んで喋って」

「このままトランクに入れてもよかったが、イヴは最後の仕上げに、さらにパンストの中に指輪を入れておくことにした。ここまでやれば、いかにハコちゃんが鈍い娘だとしても、暗黙に込められたメッセージは間違えようがない。タカチ。想像してごらんよ。どこかに旅行へ行っていて、荷物を開けてみたら、そこから、見憶えのないパンティストッキングに入れられた女の髪の房と、そして指輪が出てくるんだ。きみだったら、どういう反応をする？」

「震え上がる、と思うわ。身に憶えがあろうが、なかろうが関係なく。そこに込められた怨念《おんねん》を感じ取って」

「怨念。その通り。全ては、凄《すさ》まじいばかりの怨念が、イヴにとらせた行動だった。だがイヴは、最後の仕上げのところで、ちょっとした失敗をする。指輪を外した時、うっかりそれを床に落としてしまったのだ」

「いったい、どこからそういう、もっともらしい展開を思いつくの？」呆《あき》れたように、タカチは自分のカップに口をつけた。「タックって、詐欺師になれそうだな」

「指輪は、ころころと転がって、ダイニングテーブルの下にもぐり込む。彼女はそれを追いかける。指輪を捕まえて安心したのか、自分がテーブルの下にもぐり込んでいることを一瞬失念して、イヴは立ち上がってしまった」

コーヒーを啜《すす》ろうとしていたタカチの動きが、ぴたりと止まった。湯気に顔面を埋めた姿勢のまま、上眼遣いに僕を見る。

「彼女は思い切り、頭部をテーブルの裏にぶつけてしまう。しかも、彼女は長い髪を束ねるための銀製の髪留めを付けたままだった。それがちょうど立ち上がった時の角度が絶妙だったせいで、そのまま頭部を打ちのめす凶器と化し、イヴは拾ったばかりの指輪を再び取り落とし、よろよろとテーブルの下からは這《は》い出たものの、失神してしまったんだ」

「失神した」結局コーヒーはひと口も飲まずに、音をたててカップを皿に戻した。「……ということは？」

「そう。まだ生きていたと思うんだ。イヴは。これは単なる想像じゃない。あの時、ハコちゃんが口を滑らせたんだ。自分が帰ってきた時、まだ生きていた、と。先輩がそれを聞き咎《とが》めたものだから慌てて、いや死んでいた、と前言撤回した。肺から洩《も》れた空気を呻《うめ》き声と勘違いしたんです、とか何とか、もっともらしい言い訳まで付け加えてね。だけど今思えば、賭《か》けてもいい。イヴは死んではいなかったんだ。ハコちゃんが帰宅した段階で、イヴは確かに生きていた。失神していただけだったんだ」

「でも、それに気がついていたのなら何故、ハコちゃんは、イヴが死んでいた、と言い張ったのかしら？　何のために？　そんな、でたらめを言い張って何の得があるの？」

「多分、なるべく早く、イヴという〝邪魔者〟を自宅から排除したかったんだと思う。翌日予定通りに出発するためにも、ハコちゃんに警察の事情聴取に応じている暇はなかった。イヴが病院に運ばれると同時に、これは傷害事件ということになってしまって、発見者である自分が足止めを喰らうのは絶対に間違いない。ハコちゃんは、そう判断した。だから警察も救急車も呼ばずに、ガンタに助けを求めることにした。ガンタに、イヴをどこかへ始末してきてもらおうと。その際、イヴが死んでいるか、それとも生きているかは、大きな違いを生む。イヴが生きていると知れば、ガンタのことだ。いくらハコちゃんが、どこか遠くへ放り出してくるだけでいいと命令しても、躊躇うことなくイヴを病院へと連れてゆくだろう。だが、そうされるとハコちゃんは困る」

「何故？」

「ハコちゃんは、イヴが怪我《けが》をして失神するに至ったほんとうの経緯を知らなかったんだ。多分、自宅に侵入していた別の暴漢が彼女を殴った、すなわち傷害事件だと信じきっていた。つまり、イヴが病院へ運び込まれた時点で、これは警察沙汰《ざた》になる。そうなると、いくらガンタに、自分の名前は出すなと口止めしておいても、彼がどれだけ持ちこたえられるかは心もとない。ハコちゃんは、そう判断したに違いない。だから無理矢理、イヴは死んでいる、という設定で押し通したんだ。僕たちは彼女の言葉を鵜《う》呑《の》みにして、イヴの脈拍をとってみることすら、しなかったけれど」

「じゃあ、つまりこういうこと？　イヴが死んでいるとなれば、いくら馬鹿正直なガンタだって、どこかへそっと遺棄してくる他はない。自分が事件に巻き込まれたくない、というよりも、ハコちゃんを殺人事件には巻き込みたくないという配慮から、警察には絶対に行かないだろう——そう、ハコちゃんは判断した、と？」

「まさにその通り」

「でも、それって何だか、とっても危険な賭けじゃない。だってもし、ガンタが来た時に、たまたまイヴが息を吹き返したら、いったいどうするつもりだったの？」

「だから、嫌な想像だけど、ハコちゃん、もしかしたらガンタが来る前に、イヴが間違って呻き声を挙げたりしないように、もう一度深く失神させておこう、あるいはもしかしたら、あわよくば殺しておこうとしたんじゃないか、とさえ思っているんだ、実は」

さすがにタカチの顔が強張った。まだ口をつけていないカップを持つ手が痙攣《けいれん》する。煮えたぎったコーヒーを、そのまま僕の頭にぶっかけるつもりなのではないかと一瞬思ったほどに。

「それは」だが、そうやって怒りを吐露してもおかしくなかったのに、この時のタカチは、何故かそうしなかった。憤怒というよりも、どこか老成した諦観《ていかん》のような、彼女がこれまで余り人前では晒《さら》さなかった顔になる。「イヴを、殴るとかして——という意味？」

「多分」

「何か、あたしも飲みたい気分になってきた」僕が買ってきたビニール袋の中から一本取り出した缶ビールを開けてから、ふとタカチは戸惑ったように眼を瞬いた。「どうかしてる……あたし。別に、タックが言っていることを全部、真に受ける必要なんか、ないのに」

「もちろん、そうだよ」

「だけど、あたし真に受けてしまってるんだ。タックの妄想を。考えるのも怖いことだっていうのに、納得してしまっている」大きめのグラスにビールを注《つ》ぐと、まるで生まれて初めて見る光景に心を奪われているかのように、しげしげと立ち昇る泡を見つめた。「何故かしら？」

「さあ」

「もしかして、それはタックの妄想じゃなくて、あたしの妄想にすり替わりつつあるのかな……あれ？」タカチが頓狂《とんきょう》な声を挙げた拍子に、表面張力を保っていたビールの泡が、ほんの少し、テーブルの上にこぼれた。「おかしいじゃない。タック。今あんたが言ったことって、ものすごい矛盾が、ひとつある」

「ほんと？」矛盾を指摘されて、この仮説全体が破綻《はたん》してくれればどんなにいいか……そんな願いが込められていたのだろう、僕は自分で聞いてもあさましいと思えるくらい、嬉《うれ》しげな声を出していた。「どんな？」

「だって、イヴと一緒に発見された〝ボックス〟は、彼女とは別人の髪の毛なんでしょ？それはほぼ間違いないって、この前、コイケさんが言ってたじゃない。でも今のあなたの説は、〝ボックス〟はイヴが自分で切った彼女の頭髪であるという前提で成り立っている。でも、その前提そのものが間違っているんだから――」

「何だ、そのことか」僕は少なからず失望してしまった。「ああ、そうか。まだ言ってなかったっけ。タカチ。そのことは別に、矛盾でも何でもないんだ」

「え？　何、言ってんの、だって――」

「〝ボックス〟は、間違いなくイヴが自分で切った彼女の頭髪だよ。ただ、〝ボックス〟と一緒に桟橋公園で発見された死体は、イヴではなかったんだ――そう考えれば何の矛盾も生まれない。そうだろ？」

「あなた、自分が何を言っているのか、ちゃんと理解してる？」

「だから、イヴは生きてるんだ」

「さっきは、死んでるって言ったわよ。ほんとは自分でテーブルの裏に頭をぶつけて失神しているだけだったのに、ハコちゃんが自分の都合で殴りつけて殺した、って」

「それは聞き間違いだよ。僕は、ハコちゃんがイヴを殺した、なんて言っていない。僕が言おうとしたのは、ガンタが来た時にイヴが呻き声を出さないように、さらに深く失神させるか、もしくはあわよくば殺してしまう目的で、ハコちゃんは自分の手でイヴを殴りつけたかもしれない、ということだ。実際、ハコちゃんはイヴを殴りつけたと思う。その可能性は高い。だけど、イヴはさらに深く失神しただけで、死にはしなかった」

「それじゃ、ガンタが浜口家から運び出したのは死体じゃなかったの？」

「まだ生きているイヴを、死体だと信じ込んで運び出したんだよ、ガンタは。だけど、イヴはまだ生きている。ちゃんと生きて、生活している。タカチだって彼女本人にこの前、会ってきたじゃないか」

「え……え？」

「他にいないだろ？　イヴは宮下さんと深い関係にある女性で、かつ、彼が自分を捨てて他の女の子、すなわちハコちゃんに走った事実を、ちゃんと認識している人物でなければならない。この条件を満たす女性が、ひとりいるじゃないか。たったひとりだけ、僕らの身近に。宮下さんとハコちゃんの、ひそやかなる関係を僕たちに教えてくれたのは、いったい誰だった？」

「ルミさん？」驚くというよりも、タカチは不満そうな声を挙げた。「阿呼《あこ》ルミさんが、あのイヴだって言うの？」

「他に考えられない」

「だってタック、あなたやボンちゃんは、ハコちゃんの家に行って、そこで実際にイヴをその眼で見てるんでしょ。それなのに〝シルキイ〟で会った彼女を間近に見ても、それがあの時のイヴだと全然気がつかなかったわけ？　ううん。あなたやボンちゃんはともかく、死体だと信じ込んで、えっさほいさと車で運び出したガンタですら、気がつかなかったっていうの？　そんな話を、あたしに納得しろっての？」

「実際に気がつかなかったんだから、仕方がないだろ。いや、別に開き直るわけじゃないけど、僕たちは、あの時イヴ——もう、ルミさんと呼んだ方がいいかもしれないけど——が死体だ、と思い込んでいたことを忘れちゃいけない。それに、ハコちゃんの家でルミさんを見たのが七月十五日。正確に言えば、十六日の朝のことだ。そして〝シルキイ〟を訪れたのが八月十七日。一ヵ月余りも経過している」

「その前の八月八日に、タックとボンちゃんは、ひと足先に彼女に会ってるじゃない。山田一郎氏と一緒にいた」

「それでも、ほぼ一ヵ月近くだ。その間に、もちろんルミさんは頭の傷は治っているし、自分で切った髪も美容院へ行って綺麗《きれい》なショートに直している。それに、ずっと仰向けに眼を閉じている顔と、眼を開けた顔と正面から対面するのとは、特に女性の場合は印象が全然違う。そういった小さな要因が積み重なって、僕たちの誰も、あのイヴとルミさんが同一人物だとは、まったく気がつかなかったんだ」

「単に自分たちに観察力が足らなかったっていうだけの話に、えらく長い言い訳をしたわね。だけど、肝心のことをまだ説明してもらっていない。栈橋公園の死体は、それならいったい誰だったたっていうの？」

「ガンタは多分、一旦《いったん》ルミさんを、市民ふれあい公園の阿舎《あずまや》に放置したんだと思う。彼女が死んでいるのだと信じきって。でもルミさんは、しばらくして蘇生《そせい》した」

「浜口家に忍び込んでいた筈なのに、気がついたらそんな場所に寝ている自分に気がついて、ルミさんもさぞかしびっくりしたでしょうね。まさかこれってテレポーテーションかしら、って狐《きつね》につままれたような気分だったかも」

「あるいは案外、揉《も》め事を嫌った浜口家の人間が自分をこっそりとこんな場所に放り出していったんだな、と真実に近いところを推察したのかもしれない。とにかく、意識が戻ったルミさんは、そのまま栈橋公園を立ち去った。傍らに置かれていた毛髪入りのパンストや、それから指輪などの遺留品などには多分、気がつかなかったんだろう。気がついていたら、きっと持って帰った筈だと思うから」

「そのパンストが放置されていた阿舎で、たまたま、別の殺人事件が起こった——そういうことだったの？」

「もちろん、そういう偶然だって起こり得ないわけじゃない。だけど、阿舎に実際に遺棄されていた死体、仮に彼女の方をエヴァと呼ぶとすると、エヴァも頭髪を切られていたんだ。まるでルミさんの状態をそっくり、なぞるかのように。これがはたして、偶然だろうか？」

「犯人は、そこに落ちていた毛髪入りのパンストを見つけて、それを利用しようとしたのかもしれないじゃない」

「どうして？　どうして、そんなことをする必要がある？　科学鑑定を施せばパンスト詰めの毛髪が被害者のものでないことはすぐに判るし、そんな偽装をわざわざしたところでその犯人に、いったいどういうメリットがあると言うんだ？　何の意味もないんだ。むしろ、被害者の髪を切っている暇があったら、さっさと現場から逃げ出すべきじゃないか。そうだろ？」

「言われてみれば、その通りだけど……でも犯人は、実際にエヴァの髪を切っていってるわけでしょ？　それともあれは、殺人犯人の仕業ではなくて、誰か別の——」

「いや。犯人の仕業なんだと思う」

「それなら、何のメリットもないのに、何故そんなことをしたの？」

「実は、メリットがあったんだ」

「ちょっと。ないと言ったり、今度はあると言ったり。いったい、どっち？」

「他の人間が犯人だとしたら、何のメリットもない。だけど、この人物に限って言えば、たったひとつだけメリットがある。それは、桟橋公園に遺棄した死体の身元を、警察にではなく、ボアン先輩や僕たちに対して、誤認させることができる、というメリットなんだ」

「タックや、ボンちゃんに対して……？　何、それ。どうして警察じゃなくて、タックたちなの。それこそ、タックたちをひっかけて、いったい何の得があるっての。だいたい、タックたちのことを知っているなんて、その犯人はいったい、どこの誰──」

がたん、と音をたててタカチが座っていた椅子《いす》が、ひっくり返った。腰を浮かせた彼女は、食卓に手をついてようやく立っているという感じで、唇《くちびる》が震えている。

「嘘……」無表情──だがそれは、彼女が普段、鎧《よろい》のように纏《まと》っている防衛機能的仮面ではなく、人格崩壊的なそれだった。「タック……あなた、何……何を」

「僕がどういう場面を想像したか、いや、妄想したか、順番に説明するよ。先ず、ルミさんを桟橋公園に放置したガンタは、立ち去ろうとして車に戻る。そこでふと、阿舎の方を見たガンタは、死体だとばかり思っていた彼女が、ふらふらと立ち上がるのを目撃したんだ。もちろん、ガンタは驚いただろう。でも、死んでいたとばかり思い込んでいた彼女が生きていたことは、嬉《うれ》しかったんだと思う。少なくともこれで、殺人事件なんてものは存在しなくなったわけだし、自分も死体遺棄なんて犯罪に手を染めたわけでもなくなった。その喜びを、ガンタは先ず誰に報告して、分かち合おうと思ったか」

「ハコ……ちゃん」唇をほとんど動かさずに、そう呟《つぶや》いた。瞳《ひとみ》が空洞のようになっている。

「ガンタはその足で、ハコちゃんの家へ引き返した……そう言いたいの？」

「あるいは、ルミさんを病院へ連れていってやろうという考えも浮かんだかもしれない。しかし彼女はしっかりと自分の足で歩いているようだし、無用なトラブルは避けた方がいいと判断したのだろう、ガンタはルミさんに声をかけることはせずにそのまま車を走らせた。ところが浜口邸へ着いてみると、そこにはハコちゃんと一緒に、意外な人物がいた」

「宮下さん……」

「その通り。あの夜の宮下さんに浜口邸に赴く予定があったとは考えにくいから、多分ハコちゃんが急遽《きゅうきょ》呼び寄せたんだと思う。あるいは、彼女がルミさんを失神させるために殴りつけたという想像が当たっているのだとしたら、そのことで興奮状態に陥っていたのかもしれない。とにかく、ハコちゃんは宮下さんを自宅に呼び寄せた。他の誰が知らなくても、ハコちゃんだけは宮下さんの連絡先を知っていた筈だからね。さてその一方、ふたりが一緒にいる場面を見せつけられる形となったガンタの胸に、どういう嵐《あらし》が吹き荒れたかは容易に想像がつく。具体的にどういうやりとりがあったのかは判らない。とにかく、ガンタは衝動的に、ふたりを——」

「でも、ふたりはっ」悲鳴混じりに叫んだタカチは、椅子が倒れていることも忘れて、そこに崩れ落ちた。いっそ見事なくらい、べたりと尻餅《しりもち》をついてしまう。だが、痛みをまったく感じないかのように、彼女の表情は微塵《みじん》も動かない。「ふたりは今、一緒に北米を旅

「――」

「誰も、実際に見た者はいないんだよ。ハコちゃんと宮下さんが日本を出国する場面を。誰も確認していないんだ。彼らは、アメリカになんか、行っていない。ハコちゃんの手紙や写真だって、レイチェルの偽装だったじゃないか」

「それじゃ……あの、アダム、は」

「米倉満男というのは、むろん偽名だ。宮下さんは、どこか別のマンションへ引っ越していたわけじゃなかったんだ。アメリカへの逃避行の準備として家財道具一切を処分し、旅館に身をひそめていた。彼が『安槻ハイツ』を出たのが、先月の十一日。アダムが問題の旅館に投宿した日だ。そしてアダムは、五日分の宿泊代を前払いしていたという。五日分といえば、十五日の夜まで。つまり十六日に、ハコちゃんと一緒に安槻を出て、日本を出発する予定であったと考えれば、何もかもぴったりと辻褄《つじつま》が合う。宮下さんこそが、アダムだったんだ」

「……アダムと一緒に発見された、〝ルート〟の方は」

「当然、ハコちゃんの頭髪と、そして彼女から脱がせたパンストだった。ハコちゃんの死体を、とりあえずイヴのそれと誤認させておくための偽装だった。もちろんガンタは、ハコちゃんの旅行用トランクとか荷物一式をも浜口家から持ち出した筈だ。両親が戻ってきた時に、ハコちゃんが無事に出発したのだと思い込ませるために」

「そんな偽装をして、いったい何になるの」キッチンの床に尻餅をついたまま、タカチは一向に立ち上がろうとしなかった。「そんなごまかしが、いつまでも通用するわけじゃないのに」

「いつまでも通用するかもしれないと、もしかしたら期待していたのかもしれないよ。うまくすれば、ハコちゃんは海外を旅行すると言い残したまま行方《ゆくえ》をくらましてしまった、という結論で迷宮入りになってしまう、と」

「だって、娘がいつまでも帰らなければ、ハコちゃんの両親は捜索願いを出す。警察がその気になって調べれば、彼女が実は、日本を出国すらしていなかった、なんてことだって簡単に判明してしまう筈」

「それでも、別によかったんだよ。だって、渡米する直前に、例えば東京かどこかでトラブルに巻き込まれてしまったのではないか、という推測だって当然出てくるだろうし。彼女の死体でも出てこない限り、ハコちゃんは行方不明になった、という物語が出来上がってしまっていた可能性は充分にある。あんな厳しい両親のもとにいられなくなって家出をしたんだな――世間は、あっさりとそう納得していただろう」

「あんな杜撰《ずさん》な処理をしておいて、それで死体がいつまでも見つからないなんて、そんなわけ、ないじゃない」

「死体そのものは見つかっても、その身元が判らなければ同じことさ」

「でも、栈橋公園死体遺棄の一件が、もしタックたちの口から警察に洩《も》れたら……」

「それこそ、ガンタの望むところだった。僕たちの証言によって確認されるのは、イヴの身元は他の誰であっても、少なくともハコちゃんではあり得ない、という結論だけなんだから」

「馬鹿」大粒の涙がタカチの目尻《めじり》に膨らんだかと思ったら、たちまち蛇口が壊れた水道みたいに頬《ほお》を溢《あふ》れ、雪崩《なだ》れ落ちる。「馬鹿よ。ガンタが、じゃない。あたし、よ。あたしが馬鹿だって言ってるの。どうして、タックが言うことを全部、信じてしまうの？　ほんとのことじゃないかもしれないのに。ほんとのことだっていう可能性の方が、全然低いのに。どうして笑い飛ばせないの。こんな妄想。どうして」

「悪かったよ。タカチ。例によって、悪ノリしすぎたみたいだ。もうやめる」今頃になってようやく、尻餅をついているタカチに手を差し延べている僕。僕も理性を失っているのかもしれない。自分自身の仮説に。「ほら。立って――」

「勝手にやめないで」

身長差を失念していたせいで、タカチを助け起こすつもりが、逆に僕が引っ張られて、こけてしまった。

「だって……」

「タックの考えには、まだ納得できない点があるわ。それは、アダムがもし宮下さんならば、どうしてガンタは、彼の死体と一緒に〝ルート〟、すなわちハコちゃんの髪とパンストを捨てておいたの？　変じゃない。だって、タックの考えによればガンタは、ハコちゃんの身元が判明しないことをこそ、望んでいた。それならば、桟橋公園の事件と、今度の国道沿いの事件とが、互いに関連があると判断されるような証拠品は絶対に残すべきじゃない。そうでしょ？　万一、アダムの身元が判明した場合、当然、ふたりは知り合いだったかもしれないという可能性が検討される。そうなると、あとは一気に、イヴがハコちゃんだったという結論が導かれるかもしれないじゃない。どうしてそんな危険を敢《あ》えて冒すの？」

「そうだ……」

やっと出てきた……初めて自分の仮説に矛盾を指摘されて、僕はむしろ歓声を挙げたくなった。だが勢い込んで飛び起きようとした拍子に、食卓に思い切り頭をぶつけてしまった。ジャンプに失敗した蛙《かえる》みたいに床に腹這《はらば》いになる。

「ちょ、ちょっと、タック」慌てて、タカチが頭だけかかえ起こしてくれた。「大丈夫？」

「だ、大丈夫……タ、タカチ、その通りだ。きみの言う通りだよ。もしガンタが犯人なら、そんな真似をする筈はない。彼にとっては、ふたつの事件は絶対に関連づけて捜査されてはまずかった筈なんだ。〝ルート〟は絶対に、アダムの死体とは別々に処分しなければいけない筈だった。それなのに……」

ふいに玄関のドアが開いて、キッチンに風が舞い込んできた。どうやらタカチは、ロックもチェーンも掛けていなかったらしい。くりくりとした瞳のウサコが、沓脱《くつぬ》ぎのところで、ぽかんとタカチと僕を見下ろしている。

「あ。あは。あはは。これは失礼」床の上で僕の頭を膝枕《ひざまくら》する恰好《かっこう》になっているタカチを見て、ウサコは完璧《かんぺき》に何か誤解をしたらしい。ひきつった笑いを浮かべながら、後ずさりをした。「お邪魔しちゃって、どもども。いや、そんなつもりはなかったんですが。それじゃ、おふたりさん、ごゆっくり。またね」

「待って」タカチは僕の頭を放り出して、すっ飛んでゆくと、ウサコの襟首《えりくび》を摑《つか》んだ。

「ち、違うんだったら」

「な、何すんの。いーってば。タカチ。そんなに慌てなくても。あたし、誰にも、何にも言わないからさあ」

「誤解だって言ってるでしょお」

「いーから。いーから。無理しなくても。ほら。さっさと続きをやって頂戴《ちょうだい》な。しかし、何と言うか、タックと、とはねー」

「わー、だから誤解だって言ってるのにい。誤解したまま、世間に出ていくんじゃない。話を聞きなさい。ウサコったら。こら。中へ入りなさい。入れったら」

「わ、判ったわかった。あ。こら。服が破れる。判りましたってば、もー」

「それで、何の用なの」

「あれ。やっぱり、誤解じゃないんだ。だって、タカチ、怒ってるもん。邪魔されて」

きゃはは嬌声《きょうせい》を挙げるウサコの笑顔が、ふいに石膏《せっこう》で固めたみたいに、そのまま強張った。僕の位置からは見えないが、多分タカチに睨《にら》まれて身が竦《すく》んでいるのだろう。

「ご、ごめん。冗談よ。じょおだん」

「あたし、そういう冗談、嫌いなの」

「そ、そうだよね」

「誤解じゃないのなら、ちゃんと正直にそう言って、お引き取り願うわよ。あたしの性格、知ってるでしょ？」

「そうか。それも、そうでした。ごめんごめん。タカチ。そんなに怒らないでよ。あたしさ、ひとが幸せそうにしてるの見るの好きだから、つい嬉しくなっちゃって——あ、あ、こんなこと言ってたらまた泥沼か。やめるやめる。もう言わない。ところで、来てるの、タックだけ？」

「そうよ。どうして？」

「おかしいな。ガンタ、どこへ行ったんだろ」

「ガンタ？」さっきまで話していた内容が内容だったものだから、ふと僕は嫌な予感に襲われた。そして、こういう予感は、だいたい外れないものなのだ。「ガンタが、どうしたの」

「ん。さっきさ、ガンタのアパートの前を通ったらね、パトカーがいっぱい停まってて、ほいで建物の周りにロープが張ってあってさ、立入禁止になってんの。何かあったのかなと思ったけど、野次馬は群れてるばかりで、誰もまだ事情を知らないし。おまわりさんは、入っちゃ駄目だよって言うだけで、何にも教えてくれないし。ほいで、ガンタを探して訊いてみようと思ったんだけど、どこにもいないんだよね。これが。ボアン先輩たちはまだ帰ってないから、タックのところかなと思ったけど、そこにもいないし、〝アイ・エル〟にもいない。まさかタカチんところじゃないだろうな、と思ったらやっぱり、ガンタはいなかった。タカチとタックがいちゃついてるだけで……あ、ご、ごめんごめん。だから冗談だってば。もう。何も、そんなに怖い顔をすることた、ないじゃ……え？　あ、あれ？　ね。ふたりとも。どこへ行くの？　ね。どこへ行くのってばあ」

失楽の恋人

『――自分は除《の》け者なのだ、ピエロなのだ、そう思った途端、何も判らなくなりました』

アパートの自室で首吊《くびつ》り自殺をしたガンタの遺書は、そんなふうに始まっている。そこに書き連ねられていたのは、僕の唾棄《だき》すべき妄想《もうそう》が、完全にとまではいかないものの、ほぼ大筋で裏づけられてしまう内容であった。

警察の捜査によると、ボールペンで大学ノートに書かれた筆跡はガンタ自身のものであると確認されたし、現場の状況にも何ら不審な点は見当たらなかったそうである。つまり、ガンタが自殺をしたのは疑いようのない事実なのだ。

動機はもちろん彼が、自ら犯した罪に対する悔恨に耐えられなかったからである。そして逮捕され、犯罪者として残りの一生を送る自分の姿を想像すると耐えられなかったのである。遺書には、そう記されている。

しかしそれではどうして、前日まで何喰《なにく》わぬ顔をして普通に僕たちと接していたガンタが、八月十九日になって急に、自ら死を選ぶような真似をしたのか。それは、アダムの死体が発見されたことが、きっかけであったという。

『――国道沿いの雑木林から発見された死体は、安槻大学三回生の宮下伸一さんのものです。私が殺しました。

もちろん私は、宮下さんの死体が、いつまでも発見されずに済むなどと、楽観的に考えていたわけではありません。一応、眼につきにくい場所に隠したものの、いずれは見つかるだろうと思っていました。

そして、たとえ死体が宮下さんのものであると判明したところで、私にはどうってことはない。何故《なぜ》なら、私が犯人である、などと疑うひとはひとりもいないと思っていたからです。

しかし、私はとんでもない思い違いをしておりました。死体の身元が判明すれば、同時に宮下さんの新しい引っ越し先（結果的には旅館だったわけで、私はそれを知らなかったのですが）も調べられる。そうすると当然、その部屋からは宮下さんが渡米のために用意していたパスポートや航空券などが出てくる筈《はず》だ――そのことを私は迂闊《うかつ》にも、すっかり失念していたのです。

どういうことなのか、できる限り簡潔に、説明致します。

先ず、私が、浜口美緒さんと宮下伸一さんを殺してしまったのは――』

ここからガンタは、七月十五日の夜、ハコちゃんに呼び出され、彼女の自宅に忽然《こつぜん》と出現した死体を始末してくるようにと命令されたこと、桟橋の市民ふれあい公園の阿舎《あずまや》に放置して帰ろうとしたところ、それは結局死体ではなかったことなどをえんえんと書き連ねているのだが、ほぼ僕の想像の通りであったのでここでは割愛したい。ただ、迷惑をかけたくないというガンタの心遣いなのであろうか、ボアン先輩と僕の名前は一切出していない。最初から自分の車を運転して浜口家へと向かった、つまり、すべて自分独りでやったのだ、というふうに記してある。

『――自分は結局、死体遺棄などという犯罪に手を染めなくて済んだのだ、そう思うと、とても嬉《うれ》しかった。なのに、せっかくのその嬉しさが、吹っ飛んでしまった。

美緒さんはもう眠っているかもしれないと思わなかったわけではないが、私はともかく、浜口邸へと引き返しました。浜口邸のリビングには、さっき私が死体（と思っていたもの）を担ぎ出してきた時とは違い、煌々《こうこう》と明かりが灯っていた。美緒さんに声をかけようと思って、ふとガラス戸越しに中を覗《のぞ》いた私は、声を失ってしまった。

何と、さきほど居酒屋で別れたばかりの宮下伸一さんがいたのです。何故、宮下さんがこんなところに……何が何だか、わけが判らなかった。

庭で茫然《ぼうぜん》と佇《たたず》んでいる私にも気づかず、美緒さんと宮下さんは、深刻そうな顔で向かい合い、何事か喋《しゃべ》っていました。

私は咄嗟《とっさ》に、勝手口の方へ回りました。この日の浜口家は、美緒さんの怠慢のせいで一階の戸締まりが全然されていなかった。もしや、まだここのドアも鍵《かぎ》を掛けていないのではないか、と思ったのです。

やはり、開いていました。私は勝手口から、キッチンへと入りました。そして、対面式のカウンターの陰に隠れて、ふたりの会話を盗み聞いたのです。

「――こういうのって、やばいよ」宮下さんの声が聞こえました。少し怒っているような感じでした。「いよいよ出発は明日だっていうのに。僕がここへ来てるの、誰かに見られたりしたら、台無しに――」

「誰もいないんだから、いいじゃない」拗《す》ねたような、美緒さん。「泊まっていってよ。あたし、今晩、怖くて眠れそうにない」

「今晩と言っても、もうすぐ朝だよ。そんなに何時間もあるわけじゃや、ないだろ」

「だったら、いいじゃない。ここにいて。また、誰か変なひとが忍び込んできたりしたら、どうするの？　あたしがレイプされちゃったりしたら、どうするの？」

「だから、家の中は全部、見たよ。誰もいない。あとはちゃんと戸締まりをして、朝まで待てばいいじゃないか」――』

　ハコちゃんはやはり、イヴ（ルミさん）が、誰か別の侵入者によって襲われた、と思い込んで怯《おび》えていたのだ。ボアン先輩や僕、そしてガンタが去って独りになってしまうと、ハコちゃんは怖くなった。まだ家の中に賊が潜んでいたりしたら、どうしよう。でも、自分で調べる勇気はない。そこで宮下さんを呼び寄せた――そういう経緯《いきさつ》だったらしい。そんな時間帯に旅館にいた宮下さんにどうやって連絡をとったかというと、以前からふたりは互いに、万一のためにポケットベルを用意し合っていたらしい。

『――ふたりはしばらく、泊まっていって、いや帰るの押し問答をしていました。そのうち美緒さんが急に怒ったみたいに、

「ほんとに、あたしのこと、大事に思ってくれているの？」などと言い始めたのです。

「ほんとに愛してくれているの？」

「何を言い出すんだよ、今さら。そんなこと、決まってるじゃないか」

「嘘。何だか、怪しい。ほんとにあたしと一生、アメリカで暮らす覚悟が、できてる？」

「できてるから、行くんじゃないか」

「途中で、あたしを捨てて、日本へ帰ってしまう気なんじゃないの？」

「馬鹿なこと言うなよ」――』

ガンタの描写から判断する限り、ふたりの言い合いは不毛の極みであったようだ。そして彼の印象としては、どうやらハコちゃんが鋭いところを衝《つ》いており、宮下さんはそれに押されて苦しい言い訳を繰り返している感じだったという。

つまり、ハコちゃんはかけおちするつもりでいたが、宮下さんの方はそうではなかった、

とするタカチの仮説は、どうやら的を射ていたようなのである。

『――やがて、宮下さんの方が言い負かされて、泊まっていく、と折れました。それから、しばらくリビングの方は静かになりました。といっても、ふたりが出ていったわけではありません。かすかな忍び笑いや、互いに唇を重ね合っているらしき音、そしてとにかく猥雑《わいざつ》な雰囲気が伝わってきます。直接見えない分だけ、余計に卑猥《ひわい》な感じがしました。

私は耐えられなくなって、勝手口からそっと出ていこうとしました。今にして思えば、もうあと何秒か早くそう決めて浜口邸を後にしていれば、私が罪を犯すこともなかったでしょう。

「――つまんない飲み会だったわね」美緒さんが喘《あえ》ぎながら、そう舌打ちをしたのが聞こえたのです。「時間の無駄だったわ。最初から、ふたりだけで、こうしていればよかった」

こうして改めて文字にして書いてみますと、何だ、どうっていうこともない科白《せりふ》じゃないか、と自分でも首を傾《かし》げてしまう。でも、何と表現すればいいのか判りませんが、これを聞いた時、私は何だか、自分の存在の全てが、冷たく否定されたような気持ちになったのです。

美緒さんと一緒に過ごした時間は、私にとって凄《すご》く大切なものだった。ふたりだけで過ごしたわけではない、友人たちと一緒で、しかも私は彼女と特別親しげな時間をもったわけではない。それでも、とても楽しかったことに変わりはない。月並み過ぎる表現かもしれないが、そっと宝石箱に仕舞い込んでおきたいような、そんなひと時であったのです。それを他ならない美緒さんに、そんなふうに否定されるなんて。なんだか後ろから、その宝石箱を足蹴《あしげ》にされたような気分でした。そして、泥に埋まった宝石を慌てて探し出そうとしている自分を、背後から思い切り嘲笑《ちょうしょう》されたような気持ちになったのです。

気がついてみると私は、肉叩《にくたた》きを手に持っていました。どこから取り出したのか、よく憶《おぼ》えていませんが、シンクのところにあったように思います。キッチンは乱雑だったわけではなく、きちんと片づいていました。それなのに何故、肉叩きだけが所定の場所ではなく、そんなところに放り出されていたのかは、判りませんが——』

補足しておくならば、この肉叩きはハコちゃんがルミさんを殴りつけるために取り出し、その後付着した血痕《けっこん》を洗うつもりでシンクに置いたまま放置してあったものと思われる。穿《うが》った見方をするならば、ハコちゃんは二重の意味で、ガンタに対して罪な仕打ちをしたと言える。彼女がこの凶器を、使用後にちゃんと仕舞い込んでおけば、あるいはガンタの発作的な犯行は避けられていたかもしれないからだ。

『——そしてリビングのソファで重なり合っているふたりに、襲いかかった。
何の権利があって……そう思いました。何の権利があって、俺を除け者にするんだ、と。

いったいどういう権限があって、他人の大切なものには何の価値もないと鼻で笑えてしまえるんだと。自分が持っているものだけが美しく、そして価値があるのであって、それはおまえなんかには一生手に入らないものなんだ、とばかりに馬鹿にできるのか。物欲しそうな顔をするんじゃない、あっちへ行けとでも言わんばかりに。勝手に自分たちだけをヒーローとヒロインに仕立て上げ、勝手にひとをピエロに貶《おと》めて、と。

互いにまさぐり合っているふたりには、抵抗する暇もありませんでした。私はふたりの頭に肉叩きを振り降ろしめった打ちにしました。何だ、おまえたち、まだ服を着てるのか……そんな馬鹿なことを考えたのを、何故か今でもはっきりと憶えています。

頭を血まみれにして倒れたふたりを前にして、私は我に返った。

死体をこのままにしておくのはまずい……そう思ったのです。明日になれば、美緒さんの御両親が帰ってきます。当然、彼らはすぐに警察に通報するでしょう。

事件のことが公になれば、真っ先に疑われるのは、私です。何故なら――』

ここでガンタは、その理由を述べる以上は、ボアン先輩と僕の名前を出さざるを得ないことに気がついたのだろう。要するに、僕たちふたりによって、生きている最後のハコちゃんと一緒にいた自分を目撃されているため、という根拠を説明しかけたものの、ガンタは結局、僕たちの名前を出すことを思い切れなかったらしい。この後の部分は、ボールペンの字が乱れて途切れたまま、改行されている。

『――とにかく私は、ふたりの死体を浜口邸から遠ざけることに決めて、ふたりの死体を順番に担いで、車に乗せました。人間の死体が、あんなに重いものとは知らなかった。しかも、ふたりも。気が遠くなるような重労働でしたが、歯を喰《く》いしばってやり遂げました。特に意識していたわけではなかったのだが、車を走らせているうちに、私は、さきほど行ってきたばかりの、桟橋市民ふれあい公園に向かっていました。きっと他に、いい場所に思い当たらなかったのでしょう。

そして阿舎に行ってみて、さきほどの、死体とばかり思っていた女性が、彼女のものであるパンストに詰めた髪を、置き忘れていっていることに気がつきました――』

ここで補足しておくと、指輪については、ガンタはルミさんを運び出す際に、彼女の指に戻しておいたらしい。

『――私は咄嗟《とっさ》に、ふたりの死体を積んだまま、浜口邸に引き返しました。そして、キッチンにあった調理用ハサミを取り出し、美緒さんの髪を切り、そして彼女のパンストを脱がせてその髪を詰めた上で、改めて美緒さんの死体を、桟橋市民ふれあい公園へと運んだのです。

何故、こんなことをしたかと言うと――』

もちろん死体の身元を誤認させるためだが、それを説明するとなると再び、ボアン先輩と僕の名前を出さざるを得なくなることに気づき、ガンタは再び、この文章を途中で止めている。万一、死体遺棄に関して自分に捜査の手が伸びてきたとしても、ボアン先輩と僕の証言によって、イヴの死体はハコちゃん以外の見知らぬ女性であると証言される展開を期待したのだ。

念のためお断りしておくと、もちろんこうしたガンタがわざと省略した部分については、ボアン先輩と僕は警察の事情聴取に応じて、すべて説明してある。

『――しかし、宮下さんの死体を彼女と同じ場所に捨てる気にはなれず、美緒さんの死体を遺棄した後、私は再び車を走らせました。

結局山奥に入り、国道沿いの雑木林に、宮下さんの死体を捨てましたが、この時、私はとんでもないミスを犯したのです。

自分ではずっと、驚くほど冷静に行動をしているつもりでした。でも、やはり殺人などという、とんでもない罪を犯してしまったことで、頭に血が昇っていたのでしょう。

私は何と、宮下さんの死体と一緒に、美緒さんの髪を詰めたパンストを、捨ててしまった。もちろん、ほんとうは、別々に処分するつもりだったのです。でも、うっかりして、そのまま雑木林に捨ててしまったらしい。

そのことに、十九日の朝刊記事を見るまで、全然気がついていなかったのだから、間抜けな話です。自分が重大なミスを犯したことを、ようやく知って、私は青くなりました。何故なら――』

正直にすべてを書くことができないもどかしさ故か、ガンタはここで、ボールペンで滅茶苦茶な書きなぐりをして、大学ノートのページに穴を開けている。

もちろん、その理由は、僕たちにはよく判っている。たとえ、アダムの身元が宮下さんだと判明しようとも、桟橋公園の方の事件と関連づけて考えられない限り、ガンタにとっては何の心配もなかった。

ところがガンタは自ら、警察はもちろん、僕たちにすら、ふたつの事件を関連づけて考えるきっかけを与えてしまったのである。アダムの死体の傍らに、ハコちゃんのパンスト詰めの髪を遺棄してしまう、という重大なミスによって。

さらに昼のテレビのニュースが、ガンタに追い打ちをかけた。アダムが、米倉満男という名前で市内の旅館に泊まっていた男性と判明した、と報じられたのである。

米倉満男が宮下さんであることに、ガンタはもちろん、すぐに気がついた。しかも何と、旅館には、その被害者の荷物が放置されたままだというではないか。

ということは、死体の身元はすぐに判明する。ガンタはそう考えた。宮下さんはハコちゃんと一緒に渡米する予定になっていたから、彼の荷物の中にはきっと、パスポートやら航空券やらが入っていた筈だ。そこから身元は一発で判る。

アダムの身元が判明し、しかも彼が渡米の準備をしていたとなると、一旦《いったん》関連づけられてしまっている桟橋公園事件の方の死体が、実はハコちゃんであるということは一気に見破られてしまう。たとえ警察は気づかなくても、ボアン先輩たちが気づく。ガンタはそう考えた。ハコちゃんが殺されていると判明した時点で、自分が殺人犯であることは、少なくとも友人たちにはバレてしまう。そう観念したのだ。

事実、僕が気づいてしまったわけだから、ガンタの考えは正しかったわけだ。しかし、彼が間違っていた点がひとつある。それは、旅館に放置されていた〝米倉満男〟の荷物からは、パスポートどころか、身元を示すものは何ひとつ発見されなかった、という事実だ。どうやら宮下さんは、万一山田一郎氏やエージたちに旅館を発見されて踏み込まれた場合に備えていたのか、彼のパスポートや航空券などの貴重品一式は、空港行きのバスが出ている駅のコインロッカーから発見されている。つくづく用心深いというか、それだけ山田一郎氏を恐れていたということなのだろう。

そういう点では、ガンタはいささか先走りしてしまったと、言えなくもない。

だが、同じ観念しなければいけなかったのならば、自首して欲しかった。そう無念に思っているのは僕だけではあるまい。ガンタ自身はどう思っていたのか知らないが、彼は自ら命を絶ってこの世からリタイアすることで、僕たちを永遠に〝除け者〟にしてしまった、とも言えるのだ。あんなに、自分が除け者にされることを恐れ、憎んでいたガンタが。

浜口夫妻によって、イヴがハコちゃんこと浜口美緒であると確認され、一方の宮下家も、お母さんが亡くなられたばかりだというのに、その直後に長男が遺体で発見されるという、二重の悲劇に見舞われた夏。

今さらこんな繰り言を述べても詮《せん》ないことなのだけれど、もしハコちゃんがごく普通の女子大生であったならば、今回の事件は起こらなかった。少なくとも起こる可能性は、ぐんと低くなっていた。そう思わずにはいられない。

ハコちゃんがあんなにも戯画的に（厳格に、という形容は当たらない、と思う）両親によって束縛と管理をされておらず、ごく普通に大学生活を楽しんでさえいれば、その心の隙間《すきま》を宮下さんにつけいられることもなかったし、彼の逃亡計画に利用されることもなかっただろう。それは、まず間違いない。

いったい何が浜口夫妻をして、ひとり娘をかくも〝囚人〟のように扱わせしめたのか。それは彼ら自身の知られざるインモラルな〝趣味〟の、その反動だったのではないか。他人に迷惑をかけない限り、どんな趣味嗜好《しこう》を持とうが勝手じゃないか――彼らが割り切っていれば何の問題もなかった。しかし彼らは、そう割り切れてはいなかった。少なくとも僕は、そう思う。彼らは後ろめたかったのだ、と。自分たちは不道徳な、罪深い快楽に耽《ふけ》っているという罪悪感が、浜口夫妻には常につきまとっていた。だからこそ、その反動で、娘に対しては極端に厳しく接した。ヒステリックなほど道徳的であろうとした――僕には、そう思えて仕方がない。

だとしたら、何と滑稽《こっけい》なことだろう。彼らの二重規範は、何とグロテスクな皮肉を、彼らのひとり娘の上に結実させたことだろうか。

そう、グロテスク。何もかもが、グロテスクな夏。

こうして、大学二回生の夏休みが終わる頃、僕たちは三人もの友人を失っていた。

エピローグ

「——だから言ったでしょ、絶対うまくいくから、って」

「ああ……そうだな」

「何よ。うかない顔して」

「だって、これはちょっと、行き過ぎなんじゃないか」

「なんでよ。どういうこと」

「だって、俺《おれ》が死んだことになっちまった」

「何言ってんの。そもそも、そう偽装するのが目的だったんでしょうが。だったら、いいじゃないのさ。これで」

「よくないよ。これだと俺、戸籍を失ったままになってしまうじゃないか」

「はん。ということは、いずれはまた、あたしから逃げ出すつもりなんだ」

「そういう問題じゃない」

「じゃ、どういう問題なの」

「心配なんだよ、俺」

「何が」

「ガンタが遺書で、あれは俺の死体だ、って断言しちまったもんだから、みんなその告白を鵜呑《うの》みにしちまって、何の検査もせずに死体を荼毘《だび》に付してしまう。そしたら俺は、このままずっと〝幽霊〟じゃないかよ」

「何言ってんのさ。いざとなれば、自分で名乗り出れば、それでいいじゃない。私はまだ、死んでいません、って」

「おいおい。じゃあ、俺の身代わりになった、あの男を殺したのは誰なんだ、って話になるじゃないか。だろ。それとも何か。俺たちみんなで殺しました、って正直に言うのか？　それで、俺があいつになりすまして、ずーっと隠れてました、とかって？」

「馬鹿ね。そんなこと言ってないでしょ。ちっとは頭を使ってよ。いい。あなたには、山田の報復が怖くて逃げ回っていた、という立派な言い訳があるじゃない。そのことだけ、正直に言えばいいのよ。その間、世間の出来事には疎《うと》くて、自分が死んだことになっている事件も知らなかった、と言えばいいのよ」

「……そうか」

「そうよ。簡単な話よ」

「それはそうだが……そういえば」

「何さ」

「いや、気になってしょうがないんだが、〝あの男〟って、結局、誰だったんだ？」

「知らない」

「知らないってこた、ないだろ?」

「だって、ほんとに知らないもの。キーちゃんの同郷だってことしか、聞いてない」

「彼女本人も、か?」

「多分ね。知らないんじゃないの? 昔から、自分のこと追っかけ回していて、彼女が田舎から逃げ出しても、しつこくついてきた、ということくらいしか、さ」

「しかしなあ……殺すこた、なかったんじゃないの?」

「キーちゃんが、あのまま喰《く》いものにされてるのを見るのは忍びなかったのよ。それに、あんたにとっても、ちょうどよかったじゃない。あのまま山田から逃げ回り続けるのにも限界がある。そりゃあ、いずれは〝生き返る〟にしても、とりあえずは死人になって、ほとぼりが醒《さ》めるのを待つしかない、って。ちょうどあいつは、あんたと背恰好も似ていたし血液型も同じ。歯形とか照合されたら、もちろんごまかしようがないけど、田舎では鼻つまみ者だったらしいから、親戚《しんせき》や知人が会いにくる心配もない。こちらに顔見知りの友だちもいない、もしかしたらうまく入れ替わることができるかもしれない。もうそれしか方法がないって、あんたも同意してたくせに」

「そりゃあ、そうだけど」

「そうでしょ? そう思い切って実行した結果、こうして、ばーんと天下の新聞が、あんたは死んだと保証してくれたわけだ。山田だって、そうか死んだのかって納得して、そのうち仕事にとりまぎれて忘れてくれる。そうなれば、あたしたちの思い通りじゃないの

「そりゃあ、そうなんだが……」

「だいたい、驚いたわよ。あの夜。といっても、もう明け方だったけど。頭、血まみれにして、あたしんとこへ転がり込んできた時は。ふん。ずうずうしいったら、ありゃしない。あの朝にも、あたしを見捨てて、別の娘と高飛びをしようとしていたくせに、さ」

「仕方ないだろう。美緒にいきなり家に呼び出されたと思ったら、突然あんな騒ぎだ。ガンタの奴、何をとち狂ったのか。まったく。迷惑な話だ。美緒は殴り殺されるわ、俺も危うく殺されそうになるわで、せっかく長い時間かけて練った逃亡計画も、おじゃんだ」

「その逃亡計画ってのは、このあたしから逃げ出す算段だったんじゃないの。それをのこのこと。どの面さげて、まったく」

「どうしようもなかったんだ。他に行く当ても、なかったし。それに、おまえだって何にも言わずに部屋に匿《かくま》ってくれて、馴染《なじ》みのモグリ医者に手当てを頼んでくれたじゃないか。それにしても、おまえも頭、同じように血まみれで怪我《けが》してたのには驚いたけど」

「自分でも、何があったのか、わけ、判らなかったけどね。あんたのことで、あの娘んとこに捩《ね》じ込んでやろうと思ったら留守だったから、いろいろ腹いせ考えているうちに、頭、打って気を失って。気がついたら桟橋公園で寝てる。何だこりゃってなもんよ。でも、その日の夕刊記事と、それからあんたの話を聞いて、あの死体が、あの娘だってことが判った。そこから今度の計画を思いついたんだから、大したもんでしょ？」

「まあ、それは、な」

「大学のお友だちたちがお店を訪ねてきた時に、あんたの行方《ゆくえ》なら浜口美緒に訊《き》けば、って意味ありげに教えておいて、一丁上がりよ。あとは、あいつの死体があんたのものだと勘違いされるのは時間の問題だった」

「大したもんだよ」

「はん。それだけ？　もっともっと、感謝してもらいたいもんだわね」

「何を言ってる。俺が無意識に持って帰ってきた美緒の髪とパンストがなかったら、成立しなかった賭《か》けじゃないかよ」

「そういや、どうしてあんなもん、持って帰ってたの？」

「知らないよ。ガンタの車の中に乗せられていた時に、無意識に摑《つか》んでたんだ。それだけだよ。ガンタも、俺が死んでるとばかり思い込んでいたから、そのことに気がつかなかったんだな。何かに利用してやろうとか、そんなつもりは、あの時は一切なかった」

「ほら、ごらん。やっぱりこれは、あたしの手柄じゃないのさ」

「そう言えば聞いたぜ」

「何を」

「おまえ、山田のことを、弟だとか言ったんだって？　先輩たちに」

「何だ。キーちゃんが喋《しゃべ》ったの。いいじゃない。別に。彼、ちょっとあたしの好みだったからさ。フリーだみたいに見栄を張ったのよ」

「ふん。気の多い女だ」

「何さ。あんたこそ。あたしが知らないとでも、思ってるの？　自分の立場をいいことに、最近、キーちゃんにちょっかい、かけてるらしいじゃないの」

「いいじゃないか。これも、身代わりの務めってもんだろ。それに彼女だって、時々かまってやらなきゃ、いつ、秘密をばらすかもしれないじゃないか」

「あんた、秘密がばれて欲しいの？　それとも、欲しくないの？　どっちなのよ」

「すぐにバレちゃ、困るさ。しかし、いつまで経ってもバレないのは、もっと困る」

「だから、いざとなれば、自分が姿を現せばいいって言ってるでしょ。簡単な話じゃない。なんなら、今から出頭する？」

「そんなに、すぐにバレてたまるか」

「ふん。幽霊は嫌だと言ってみたり、やっぱり死んだことにしておきたいと言ってみたり」

「俺はな、ただ、五体満足で逃げおおせたいだけさ。それだけなんだよ」

「はん。そのためには、女を捨てるのも、親友がボコボコにされてるのに知らん顔するのも、平気のへいざなわけね」

「親友？　おいおい。やめてくれ、あんな鬱陶《うっとう》しい奴《やつ》らなんか、親友じゃない」

「ふん」

「そんなこと言ってるおまえだって、奴のことは怖いくせに」

「奴って、山田のこと？　は。誰が。だいたい、あたしに手を出した男を、顔も知らずに、名前と身分だけを頼りに、しゃかりきで探し回るような男なのよ。基本的に足りないんだって、ここが。あんたのことだって、キーちゃんの同郷ってだけで、ろくに前歴も調べずに雇ったじゃないの。楽勝ってもんよ。楽勝」

「――やっぱり、そういうことだったのか」

いきなり襖《ふすま》を開けてボアン先輩が部屋に乗り込んできても、それまで布団の中で裸で睦《むつ》み合っていたらしい男女――宮下伸一と阿呼《あこや》ルミは、驚くというよりも、妙に欲惚《よくぼ》けしたような、腑《ふ》抜けた顔をこちらに向けるばかり。

「何なんだよ、おまえら……いったい、どこから入って――」

「おかしいとは、思ってたんだ」

邪険に宮下さんを遮ると、お喋《しゃべ》りのボアン先輩にしては珍しく、言葉を発するのが苦痛のような感じで、一気にまくしたてた。「ガンタが死体だと勘違いして運んだ女がルミさんなら、その後、自分と同じ状況で、しかも同じ場所から発見された死体のことが、彼女には不思議でたまらなかった筈なのに、俺たちが訪ねていった時、何故かその一件には全然触れようともしなかった。もしかしたら宮下の失踪《しっそう》と何か関係があるんじゃないかと疑うのが自然なのに。浜口家に不法侵入していたという負い目を割り引いても、まったくひと言も口にしない、というのは、いくら何でもわざとらし過ぎだぜ」

ボアン先輩の科白《せりふ》が聞こえているのかいないのか、宮下さんもルミさんも、ふたりで一緒にいる現場を捕まえられて困惑するというよりも、僕たちが勝手に部屋に上がり込んだことを非難しているみたいな眼つきを晒《さら》すばかりである。余りにも突然なので、自分たちの窮状を実感することができないらしい。

「可哀相《かわいそう》に。ガンタの奴。自分がハコちゃんとおまえのふたりを殺したんだと思い込んだまま、自殺しちまった。おまえらがあんな小細工さえしなければ、せめておまえのことは殺さずに済んでいた、と判っていた筈なのに。そしたらガンタだって、自殺なんて馬鹿なことはせずに、自首の方を選んでいたかもしれない。判ってんのか。おまえはそのことが、いったい、判ってんのかよ」

「だって」ようやく宮下さんは、不服そうな声を洩《も》らしながら上半身を起こした。「だって、美緒を殺したのは、あいつだ。その事実はどのみち、動かしようがないじゃないか」

「おまえの身代わりになった男を殺したのは、おまえだろ」

「俺じゃない。俺はただ、あいつの手を、こう、押さえただけ——」

「もちろん自首するよな、宮下？」ますます喋ることが苦痛になってきているのか、先輩、息苦しさを振り払うみたいにして相手を遮った。「そうしないとおまえ、おふくろさんの遺影の前にも立てないんだぜ。この、親不孝者め。さっさと服を着ろ」

「じょ、冗談じゃ……」

「言っておくがな。俺たちが、どうやってこの家に入れたのか、よく考えろよ。いったい誰から、ここの合鍵《あいかぎ》を預かったのか――」

　先輩が何を仄《ほの》めかしているのか理解したのだろう、不貞腐れたような顔で、だらしなく乳房を晒したまま寝そべっていたルミさんまで、顔色を変えて跳び起きた。

「――ま、何だな」僕の横をすり抜けて部屋に入ってくると、山田一郎氏は色付きメガネを外してハンカチでゆっくりと拭《ぬぐ》った。「とことん、舐《な》められたもんだわな、この俺も」

「あ、あんた……」

「いい加減にしとかないと、しまいにゃ血を見るぞと、あれほど言っておいただろうが。この馬鹿女が」

「ち、違う」さっきまでだらしなく放り出していた乳房を、慌てて布団で隠す。「違うのよ。あ、あんた。聞いて。聞いてったら」

「慌てなくても、俺は手を出さねえよ」メガネを掛け直すと、山田氏は低く笑いながら、ボアン先輩を顎《あご》でしゃくった。「こちらの方が、おまえたちふたりには絶対に自首させるから、手は出さないでくれと、おっしゃるんでな。ただし、おまえらがとことんシラばくれるようなら、その時は、俺に任せてくださるんだとさ」

　うあ、とか何とか、声にならない呻きを洩らしたかと思うや、ルミさんは尻餅《しりもち》をついたみたいにその場にへたり込んだ。何もかも剝《む》き出しにした裸体を隠そうとする余裕すらない。

「大したタマだよな、おまえも」ぷるぷると瘧《おこり》にかかったみたいに痙攣《けいれん》している宮下さんに、山田氏は尖《とが》った犬歯を覗《のぞ》かせて笑いかけた。「褒《ほ》めてやりたいくらいだよ、その度胸を。よくぞまあ、ぬけぬけとこの俺の後ろにへばりついていたもんだ。おっと、そういや、あの風邪はもう治ったのか？　え？」

「あれには、すっかり騙《だま》されたよ」ボアン先輩にしては珍しく、憂《うれ》いに翳《かげ》った声であった。「まさか、尋ねびとが堂々と、しかもあんな形で現れるとは、思わないものな。変装というほど大した偽装はしていなかったのに、すぐ眼の前にいるおまえに、俺もタックもまったく気づかなかった。だが間違えるなよ、宮下。俺たちは、自分たちが迂闊《うかつ》だったとは思っちゃいないからな」

僕は反射的に、後頭部をさすっていた。もちろん実際にはもう痛まないのだが、記憶が甦《よみがえ》るとともに、ふとその部分が熱を帯びたような錯覚に襲われたのである。胸ぐらを摑《つか》まれ『安槻ハイツ』の郵便受けに後頭部を思い切り叩《たた》きつけられた記憶——しかも、他ならぬ宮下さんの手によって、である。

「あたしも見てみたかったわ」僕の横から、タカチがそう口を挟んだ。「自分の正体がバレないためには、手段を選ばず、友だちですら殴りつけるという、捨て身のお芝居を、ね」

頭髪を茶色に染め顎髭《あごひげ》をたっぷりたくわえた宮下さんは、一瞬、窓の方に逃げ出そうとする素振りを覗かせたのだが、タカチのそのひと言で、全身を強張らせる。それを見て、僕はつくづく思った——今、彼の立場にいるのが自分でなくてよかった、と。あんなレーザー光線みたいな声を投げつけられたら、それだけで、僕なぞ悶死《もんし》していたに違いないのだから。

「それはいいから。いい加減に服を着たらどう。宮下伸一さん。じゃなくて、ここではエージくん、か？」

宮下さんは、何やら意味不明の呟《つぶや》きを洩らしながら、その場にへたり込んだ。それは〝エージ〟を名乗って僕たちの眼の前に現れた時、自分の正体がばれないよう、風邪と偽って、わざわざ潰《つぶ》して絞り出していた、あの掠《かす》れ声に、とてもよく似ていた。

文庫版のための覚書――あとがきにかえて

本作品『彼女が死んだ夜』は、匠千暁、高瀬千帆、羽迫由紀子、辺見祐輔という四人の学生を主人公とする本格ミステリ・シリーズの一作品で、時系列的には一番最初の事件簿という体裁をとっています。本シリーズはキャラクターたちが変化してゆく成長形式をとっているわりには、諸般の事情で各作品が複数の版元に跨《また》がって刊行されるという、あまり手際が良いとは言い難い状況になっておりまして、いったいどういう順番で読めばいいのかと混乱されている読者の方もいらっしゃるかもしれませんので、ここで、作品世界内の時系列に沿って一連の作品を整理しておきたいと思います。

①『彼女が死んだ夜』――カドカワノベルズ（一九九六）、角川文庫（本書）
②『麦酒の家の冒険』――講談社ノベルス（一九九六）、講談社文庫（近刊）
③『仔羊たちの聖夜《イヴ》』――カドカワエンタテインメント（一九九七）
④『スコッチ・ゲーム』――カドカワエンタテインメント（一九九八）
⑤『依存（仮題）』――幻冬舎（近刊）
⑥未定（卒業編）

⑦『解体諸因』――講談社ノベルス（一九九五）、講談社文庫（一九九七）

②の文庫と⑤は二〇〇〇年六月に刊行予定です（他社の宣伝で、すみません）。⑥の部分を「未定」としてあるのは、主人公たちが学生時代の物語は一応そこで打ち止めと考えているからで（確定しているわけではありませんが）、⑧以降は、それぞれが社会人になった時代に舞台を移す予定です。加えて、現在〈小説NON〉に不定期で発表している短編群に関しては、祥伝社より単行本にまとめる企画が持ち上がっています。並行して〈PONTOON〉で、これまた不定期に掲載している短編群に関しては（まだまだ先のことになりそうですが）幻冬舎よりまとめて刊行したいと考えています（他社の宣伝ばっかりで、すみません）。さらに版元が拡散してしまうわけで、こんな無様な事態になってしまったのは、ひとえに作者の計画性の無さに由来します。ご迷惑をおかけしている関係者諸氏、そして読者のみなさまに、この場を借りて深くお詫《わ》びする次第です。

なお本書『彼女が死んだ夜』は昨年の『麦酒の家の冒険』に引き続き、創作集団LEDの手によって二〇〇〇年四月末に舞台劇化が予定されています。これが活字になる頃には既に終了しているはずですが、LEDのホームページ・アドレスは次の通り。

http://www.bananawani.org/mountain/oec/led/

舞台写真も掲載されるはずですので、興味のおありの方はぜひ。

末筆ながら、今回の文庫化に当たってお世話になりました、解説の法月綸太郎氏、角川書店書籍編集部の遠藤徹哉氏に、この場を借りて深く御礼申し上げます。

二〇〇〇年　三月

西澤　保彦

解説

法月綸太郎

西澤保彦氏の第六作に当たる本書は、一九九六年八月にカドカワノベルズから刊行された。これは、奇想天外なSFパズラーの鬼才としてミステリ・SFの両シーンから熱い視線を浴びていた作者が、デビュー以来のホームグラウンド（講談社ノベルス）を離れて書いた最初の他社本であるとともに、それまでになかった新しい作風の展開を示したという意味でも、注目すべき作品といっていいだろう。具体的にいうと、西澤氏がシリーズ・キャラクターを描くことに初めて本腰を入れて取り組んだ長編なのである。

西澤氏は現時点までに、SF（超能力）パズラー路線の〈神麻嗣子シリーズ〉と青春ミステリ仕立ての〈匠千暁シリーズ〉の二シリーズを書き継いでおり、本書は後者の系列の第一長編に当たる。ただし安槻大学とその周辺を騒がせるキャンパス三人組——匠千暁（通称タック）、辺見祐輔（通称ボアン先輩）、高瀬千帆（通称タカチ）——が活躍する作品が書かれたのは、これが初めてではない。作中の時系列は逆になっているが、彼らはすでに西澤氏のデビュー短編集『解体諸因』に登場しているからだ。

しかしその時点ではまだ、作者はキャラクターの魅力を引き出すことにさほど意を注いでいなかったようだ。『解体諸因』の作中では、探偵役のタックとボアン先輩は最後まで顔を合わせないし、九つのバラバラ殺人の謎《なぞ》に焦点を当てた連作短編集という作りからして、二人の存在感は希薄だった。タカチに至っては、完全に脇役扱いである。だから『解体諸因』に関しては、シリーズ第一作というより、パイロット版といった方がしっくりするのではないか。本書について、「シリーズ・キャラクターを描くことに初めて本腰を入れて取り組んだ長編」という表現を使ったのはそのためである。

そういえば、リアルタイムで本書の新刊を手に取った時、私は意外な気がしたのを覚えている。というのも、それまでに発表された初期の五作は（右に記したような理由から『解体諸因』も含めて）いずれも独立した作品ばかりで、西澤氏はシリーズ・キャラクターを作らない作家だと思い込んでいたからだ。

そんな印象を抱いたのは、主要な登場人物のすべてがプロットの美学に殉ずるようにバタバタと死んでいく『殺意の集う夜』の読後感が、思いのほか後を引いていたせいだろう。それは極端なケースかもしれないが、『七回死んだ男』や『人格転移の殺人』のようなSFパズラー路線にしても、作品ごとに設定の縛りがきつい分、キャラクターの再利用はむずかしい。それもあって、西澤氏は作中人物を一回限りのゲームの駒と割り切って、ほとんど執着心を持たないタイプの作家にちがいない、と頭から決めつけていたように思う。

もちろん、これは私の考えが足りなかったのだ。今にして思えば、西澤氏はデビュー当時から都筑道夫の熱狂的なシンパであることを隠していなかったのだから。シリーズ・キャラクターのメリットを強調したミステリ評論『黄色い部屋はいかに改装されたか?』の愛読者である西澤氏が、シリーズ探偵というスタイルに無関心だったはずがない。『解体諸因』の巻頭に、「『赤い密室』はいかに改装されたか?」という一行が記されているのは、シリーズ化の予告と受け取るべきだったのである。

都筑道夫といえば、本書の中盤には「消えた財布の問題」ともいうべき、作者お得意の純粋推理を試みるパートが挿入されていて、このくだりは「ジャケット背広スーツ」を連想させる。このエピソードは妙に生臭い話になっていくのだが、この種の生臭さは、西澤氏がバイブルと見なしている『退職刑事』に由来するものだろう。「写真うつりのよい女」といい、「妻妾同居」といい、「理想的犯人像」といい、『退職刑事』の第一巻は、セックスがらみの情痴犯罪の占める比率が高くて、私も最初に読んだ十代の頃はさすがに辟易《へきえき》した覚えがある。面白いのは、西澤氏がそういう「師匠」のクセまで律儀にコピーしているところで、うがった見方をすれば、自らもシリーズ名探偵を本格的に立ち上げるに当たって、都筑道夫へのリスペクトを作中で再確認するために、こうしたサブプロットを組み込んだのではないか、という推測もできる。

しかし、本書で活躍するトリオ探偵の人物配置は、都筑道夫ではなく、もっと別の作家が生み出したキャラクターにそのオリジナルを求められるはずである。というのも、開巻早々、タックとボアン先輩は心ならずも「単なるコソ泥どころではない〝悪事〟に関わる」羽目に陥るのだが、私はこの場面にさしかかったところで、

「あ、これはライスだな」

と思ったからだ。

ライスといっても、米やシラミではない。言わずと知れたアメリカの女流ミステリ作家クレイグ・ライスのことである。主人公たちがひょんなところで死体に出くわし、やむにやまれぬ事情から警察に通報する前に証拠を隠滅して、事件を引っかき回すのはライスの十八番なのだが、彼女の作風を連想した理由はほかにもある。

結論からいうと、〈匠千暁シリーズ〉のトリオ探偵の配置は、クレイグ・ライスの看板キャラクター、心やさしき酔いどれ弁護士J・J・マローンと、ジェイク&ヘレンのジャスタス夫妻からなる爆笑トリオとそっくりなのだ。一見パッとしない男二人ときっぷがよくて男勝りの美女ひとりという組み合わせといい、奇妙な友情で結ばれた三人組が、浴るほど酒を飲み、不謹慎なジョークを連発しながら、得体の知れない殺人事件に巻き込まれていくという毎度おなじみのパターンといい、これはどう考えてもライスである。西澤氏が過去の名作からヒントを得たり、挑戦意欲をかき立てられたりする傾向の強い作家であることも考慮に入れれば、ボアン先輩とタック&タカチのトリオが、マローン弁護士とジャスタス夫妻の関係を下敷きにしているといっても、あながち的はずれな読みではないような気がする。

そういう目で本書を読んでいくと、〝悪事〟に加担する覚悟を決めた人情家のタックが「もし事件が迷宮入りしたら、責任をとって自分が解決する」と宣言してしまうのは、いかにもおっちょこちょいのジェイクが口にしそうな台詞《せりふ》だし、途中からヤクザまがいの整理屋とその情婦が事件に介入してくるのも、コミカルなギャングたちの描写に長《た》けたライスの作風を意識してのことだろう（この整理屋とボアン先輩の対決シーンは、めちゃくちゃおかしい）。

ちなみにライスの作品は、ユーモア・ミステリの文脈で語られることが多いのだが、主人公トリオのはてしないハチャメチャぶりとは裏腹に、作者の暗い人生観がワインの瓶の底にたまった澱《おり》さながら、随所で顔をのぞかせる悲痛な一面を備えていることを忘れてはならない。そこにはユーモアとペーソスといった通俗的な対比ではとらえきれない、もっと根源的な人生への絶望が影を落としていて、主人公たちがのべつまくなしに酒を飲み、羽目をはずし続けるのも、そうした絶望と折り合いをつける手段がそれしかないと知っているからこそなのである。こういうダークな人生観は、西澤氏の作品にも通底するもので、本書でもそうだが、ユーモラスな見かけにもかかわらず、〈匠千暁シリーズ〉は非常に陰惨で哀しい結末を迎えるものが少なくない。西澤氏がライスのキャラクターに惹《ひ》かれたのも、おそらくそうした部分にシンパシーを感じたからだと思う。

さて、ここから先は私の勝手な憶測にすぎないので、読者は適当に読み飛ばしてもらってかまわない。西澤氏は本書でライスのキャラクターを借りただけでなく、プロットのレベルでも、ライスのある作品を強く意識していたのではないだろうか。

その作品というのは、『素晴らしき犯罪』（一九四三）である。この考えにはいくつかの根拠があるのだが、読者の楽しみをそぐことにもなりかねないので、ここではいちいち触れないことにする。興味のある読者は、『素晴らしき犯罪』と本書を読み比べて、ライスの着想を西澤氏がいかに巧みに換骨奪胎しているか、確かめてみるといい（＊）。

もちろん、先行作品の単なる換骨奪胎で終わらないのが、西澤氏のパズラー作家としての腕の見せどころで、本書はいわくありげなプロローグ（これを頭に持ってくるところも、作者のテクニシャンぶりを証明している）から、エピローグの最後の一頁に至るまでまったく予断を許さない、たくらみと創意に満ちた好作品に仕上がっている。個人的な趣味からいうと、ツイストの利いたプロットと終盤のたたみかけるような解決の切れ味が抜群で、非SF系列の作品の中では、現時点までのベストに推したい作品である。

（＊）老婆心ながら、読解のヒントをひとつ書き添えておく。『素晴らしき犯罪』と本書をつなぐミッシング・リンクとして、『解体諸因』の「第八因　解体照応」「最終因　解体順路」の二編を挙げておきたい。『素晴らしき犯罪』は首と胴体が切断されたバラバラ死体（と被害者の身元探し）の謎をメインにした「解体ミステリ」で、ちょっと定石をはずした面白い着想が見られるのだが、書き方がルーズなせいか、正直言ってライスがその着想をうまく処理しているとはいいがたい。

「解体照応」「解体順路」の二編は、『素晴らしき犯罪』の着想を西澤氏が料理したらどうなるかという作品で、そこには「首の切断」と並んで、「髪の切断」というモチーフが取り入れられている。後者のモチーフは「なぜ犯人は被害者の髪を切って、ストッキングに詰めたのか？」というホワイダニットの謎に変形されて、本書に再登場するのだが、最終的にこの謎は、『素晴らしき犯罪』のプロットをもっと巧妙にアレンジした意外な真相を導くカギとなっているのだ。

最後にもうひとつだけ、蛇足めいたことを。本書以降の作品で、タックとボアン先輩、タカチの酔いどれトリオの魅力はよりいっそうパワーアップしていくのだが（特にタカチの成長は著しい）、作者自身は巻を追うにしたがって、天真爛漫なお気楽娘、羽迫由紀子（通称ウサコ）のキャラクターに肩入れしているようなふしがある。シリーズ第四作『仔羊たちの聖夜』のカバー見返しの内容紹介では「キャンパス三人組」だったはずなのに、次の『スコッチ・ゲーム』のそれでは、いつのまにかウサコを加えた「キャンパス四人組」に変わっているからだ。ちなみに、この変化とほぼ時期的に前後して〈神麻嗣子シリーズ〉が始動しているのも、非常に興味深いことである。タックとタカチの関係を保科匡緒と能解警部のコンビに移し替え、ボアン先輩の代わりにウサコ的なキャラクターを加えると、〈神麻嗣子シリーズ〉のトリオができあがるのだから。

いや、ひょっとしたら、西澤氏の狙いはもっと別のところにあるのかもしれない。私は〈神麻嗣子シリーズ〉は、実は西澤版『スイート・ホーム殺人事件』（クレイグ・ライス）ではないかとにらんでいるのだが……。

それはまた別の話である。

二〇〇〇年四月一日

本書は、一九九六年八月カドカワノベルズより
刊行された作品を、文庫化したものです。

彼女《かのじょ》が死《し》んだ夜《よる》

西澤保彦《にしざわやすひこ》

角川文庫　11498

平成十二年五月二十五日　初版発行

発行者――角川歴彦

発行所――株式会社角川書店

東京都千代田区富士見二―十三―三

電話　編集部(〇三)三二三八―八四五一

営業部(〇三)三二三八―八五二一

〒一〇二―八一七七

振替〇〇一三〇―九―一九五二〇八

印刷所――日本写真印刷　製本所――コオトブックライン

装幀者――杉浦康平

に 9-1　ISBN4-04-354001-9　C0193

角川文庫発刊に際して

角川源義

第二次世界大戦の敗北は、軍事力の敗北であった以上に、私たちの若い文化力の敗退であった。私たちの文化が戦争に対して如何に無力であり、単なるあだ花に過ぎなかったかを、私たちは身を以て体験し痛感した。西洋近代文化の摂取にとって、明治以後八十年の歳月は決して短かすぎたとは言えない。にもかかわらず、近代文化の伝統を確立し、自由な批判と柔軟な良識に富む文化層として自らを形成することに私たちは失敗して来た。そしてこれは、各層への文化の普及滲透を任務とする出版人の責任でもあった。

一九四五年以来、私たちは再び振出しに戻り、第一歩から踏み出すことを余儀なくされた。これは大きな不幸ではあるが、反面、これまでの混沌・未熟・歪曲の中にあった我が国の文化に秩序と確たる基礎を齎らすためには絶好の機会でもある。角川書店は、このような祖国の文化的危機にあたり、微力をも顧みず再建の礎石たるべき抱負と決意とをもって出発したが、ここに創立以来の念願を果すべく角川文庫を発刊する。これまで刊行されたあらゆる全集叢書文庫類の長所と短所とを検討し、古今東西の不朽の典籍を、良心的編集のもとに、廉価に、そして書架にふさわしい美本として、多くのひとびとに提供しようとする。しかし私たちは徒らに百科全書的な知識のジレッタントを作ることを目的とせず、あくまで祖国の文化に秩序と再建への道を示し、この文庫を角川書店の栄ある事業として、今後永久に継続発展せしめ、学芸と教養との殿堂として大成せんことを期したい。多くの読書子の愛情ある忠言と支持とによって、この希望と抱負とを完遂せしめられんことを願う。

一九四九年五月三日

角川文庫ベストセラー

特急「有明」殺人事件　西村京太郎

有明海三角湾で画家の水死体が発見された。最後のメッセージ「有明海に行く」を手がかりに、十津川警部の捜査は進んでゆくが……。

危険な殺人者　西村京太郎

日常生活を襲う恐ろしい罠と意表をつく結末。人気絶頂の著者による、多彩な味わいの七作を収録した傑作オリジナル短編集！

オリエント急行を追え　西村京太郎

拳銃密輸事件を捜査中に行方不明となった刑事を追って、十津川はベルリン、そしてシベリアへ！　本格海外トラベルミステリー。

特急ひだ3号殺人事件　西村京太郎

「ひだ3号」の車内で毒殺事件が発生！　容疑者は犯行を否認したまま自殺し、留置場には謎の遺書が……。傑作トラベルミステリー集。

雨の中に死ぬ　西村京太郎

大都会の片隅に残された死者からの伝言《メッセージ》をテーマに描く表題作他、人間心理の奥底を照射し、意外な結末で贈る傑作オリジナル短編集。

夏は、愛と殺人の季節　西村京太郎

謎を残す二年前の交通事故。難航する捜査線上に浮かぶ意外な人物に十津川警部の怒りは頂点に達した！　長編トラベルミステリー。

北緯四三度からの死の予告　西村京太郎

警視総監宛てにKと名乗る男から殺人予告が四通。だが五通目にはそのKの死亡記事が……。札幌―東京、二つの事件の結び目を十津川警部が追跡する。